Marilyn Schröder

AF206103

# Magische Welten

## Tödliche Entscheidungen

© 2020 Schröder, Marilyn
Herstellung und Verlag:
BoD – Books on Demand, Norderstedt.
ISBN:
9783750442368
Coverbild:
gestaltet von Liana Stötzer;
Programm: PicsArt

Für meine Cousine Liana,

die mir stets

mit Rat und Tat

inspirierend zur Seite stand.

bisher erschienen:

Band 1 – Die Macht des Steins
Band 2 – Fluch der Finsternis

# 1. Kapitel

Alenka kniete noch immer zitternd am Boden, während ihr ununterbrochen Tränen über die Wangen rannen. Langsam richtete sie sich nun auf und ging schwankend auf den leblosen Körper ihrer Schwester zu. Schluchzend fiel sie neben ihr auf die Knie. Sie schloss die Augen und versuchte einen Gedanken, ein Gefühl, irgendetwas von ihr wahrzunehmen.

Doch da war nichts! Nichts, das Alenka hätte spüren können! Nur undurchdringliche schwarze Leere.

Afra war tot!

Das Blut, das noch immer an dem Hals ihrer Schwester klebte, schimmerte rötlich auf ihrer dunklen Haut.

Alenka konnte es nicht glauben. Afra konnte nicht tot sein! Nicht jetzt! Nicht nachdem sie jetzt endlich hätte leben können - jetzt, nach 17 Jahren Gefangenschaft, jetzt, da die Welt wieder ihre Ordnung bekam!

Und egal, wie schockiert und traurig sie damals über Devilias Tod gewesen war, das war nichts im Vergleich hierzu. Außerdem lebte Devilia und nun hasste Alenka sie! Sie hasste sie, wie sie nie geglaubt hatte, jemanden hassen zu können. Nicht einmal Thyra, die ihre Eltern ermordet und Alenka bei ihrer Verurteilung vor wenigen Tagen noch verhöhnt hatte.

Und trotzdem war sie nicht im Stande gewesen, Devilia zu töten.

Das schrieb sie allein dem lähmenden Schock zu, den sie über den Mord an ihrer Schwester verspürt hatte. Und zu allem Überfluss war auch noch ihre Freundin dafür verantwortlich gewesen.

Und dann hatte sich natürlich auch noch Julia einmischen müssen! Diese Vampirin widerte Alenka einfach nur an. Sie hatte Devilia zu einer Mörderin gemacht. Sie war schuld an Afras Tod!

Plötzlich hörte Alenka ein sanftes Klopfen an der Tür. Erschrocken erhob sie sich und straffte die Schultern, während sie die Tränen hastig von ihren Wangen wischte. Niemand sollte sie so sehen. Das ließ ihr Stolz nicht zu. Doch ihre Hände wollten nicht aufhören zu zittern und Alenka verbarg sie schnell hinter ihrem Rücken, als sie sich von Afras leblosem Körper abwandte.

„Herein!", rief sie mit nach vorn gerecktem Kinn, doch ihre Stimme klang brüchig.

Leise wurde die große Flügeltür geöffnet und David trat ein. Seine hellblauen Augen musterten Alenka mitfühlend, als er auf sie zuschritt und sie sanft umarmte.

Alenka lehnte ihren Kopf dankbar gegen seine Schulter. Sie wusste, dass David sie verstand. Schließlich hatte auch er seine komplette Familie verloren – am selben Tag wie sie. Er brauchte auch nichts zu sagen, einfach seine Nähe tat gut.

Beruhigend strich er ihr über das Haar, während erneut Tränen in Alenkas Augen traten und sie das Gesicht an seiner Schulter verbarg.

Irgendwann hörte sie auf zu weinen. Sie war einfach nur noch traurig, innerlich zerrissen von unendlichem Kummer. Afra war wie ein Teil von ihr selbst gewesen. Alenka brauchte ihre Schwester. Was sollte sie nur ohne sie tun?

„Einer von Julias Leuten ist da", flüsterte David ihr leise ins Ohr.

Abrupt hob Alenka den Kopf, als sie den Namen der Vampirin hörte. Sie spürte kaum, wie sie hart mit der Stirn gegen Davids Kinn stieß.

„Au!" Er hob seine Hand und massierte die schmerzende Stelle. „Was...?", begann er, doch Alenka ließ ihn nicht ausreden.

„Schick ihn herein!"

„Du könntest aber auch...", wandte David ein, doch Alenka unterbrach ihn erneut.

„Nein!", sagte sie entschieden. Es war ihr gleich, was er ihr vorschlagen wollte. Sie wusste nur, dass jemand für Afras Tod bezahlen sollte. Und wenn sie Devilia wollte, musste sie mit Julia sprechen. „Schick ihn zu mir!"

„Okay!" David sah sie noch einen Moment lang etwas unsicher an, doch Alenka schob nur entschlossen das Kinn nach vorn, bis er sich schließlich abwandte und den dunklen Raum verließ.

Alenka zwang sich, nicht zu ihrer toten Schwester zu sehen, um sich bei dem bevorstehenden Gespräch besser konzentrieren zu können. Mit zitternden Händen strich sie das schwarze Kleid glatt. Es passte perfekt zu ihrer Stimmung und trotzdem war es elegant und majestätisch geschnitten.

Während sie wartete, spürte sie, wie sich ihr Haar von selbst zu einer Steckfrisur wand. Diese Magie war wirklich bewundernswert und Alenka wusste, dass sie trotz ihrer eigenen Zweifel und Unsicherheiten respektabel aussehen würde.

## 2. Kapitel

Die Tür wurde leise geöffnet und Alenka atmete tief ein, um sich zu beruhigen.

Sie erkannte den Mann sofort. Sein rotblauer Körperanzug allein war bereits ungewöhnlich genug, um ihn nicht vergessen zu können. Hinzu kamen noch die abstrakte Schminke in seinem Gesicht und die geschmacklose Sonnenbrille mit den zu großen Gläsern, die den Augen von Insekten ähnelten. Er war dabei gewesen, als Julia Devilia verwandelt und auch als sie Alenkas Vater damals vor 17 Jahren vor Thyra gewarnt hatte. Alenka wusste, dass er in der Lage war, jede besondere Gabe zu kopieren, was natürlich bedeutete, dass sie ihre speziellen Führerkräfte niemals in seiner Gegenwart einsetzen durfte, obwohl sie selbst noch nicht wirklich wusste, worin diese eigentlich genau bestanden.

Alenka straffte die Schultern und reckte das Kinn nach vorn, um möglichst selbstbewusst zu wirken. „Sei gegrüßt, Gyula!"

Der Mann deutete eine Verbeugung an, bevor er sich wieder aufrichtete. „Alenka!" Er nickte ihr knapp zu.

Sie musterte ihn eingehend, doch nichts verriet ihr, was er gerade dachte und das beunruhigte sie. „Was will Julia von mir?", fragte Alenka, obwohl sie die Antwort bereits erahnen konnte.

„Ich nehme an, du würdest dich nicht dazu überreden lassen, auf eine Bestrafung zu verzichten?!"

„Nein!", erwiderte Alenka entschieden.

„Julia hat auch nichts anderes erwartet!", erwiderte Gyula nur gleichgültig.

Was auch immer Julia durch diesen Mann erreichen wollte, damit würde sie nicht durchkommen. Alenka war im Recht und das hätte die Vampirin wissen müssen.

„Du kannst sie daran erinnern, dass es eine Vereinbarung gibt, die es einzuhalten gilt. Auch ihrerseits!", verkündete Alenka bestimmt, obwohl sie es nicht vollständig schaffte, das Zittern in ihrer Stimme zu verbergen. „Sie hat kein Recht, Devilia zu schützen! Sie hat Afra getötet! Sie gehört mir!"

Gyula nickte langsam. „Julia will sich selbst davon überzeugen. Du kannst gern sofort zu ihr kommen oder du wartest, bis es dunkel wird. Vorher bekommst du Devilia nicht! Die Erbringung eines Beweises ist auch Teil des Deals."

Alenka sah den Mann einen Moment überrascht an. Was hatte Julia nur vor? Alenka wusste, dass er recht hatte, dennoch missfiel es ihr, der sadistischen Vampirin gegenüberzutreten und sie auch nur in Afras Nähe zu lassen. Wer konnte denn auch nur erahnen, auf welche geistesgestörten Ideen sie womöglich kam?!

Doch Alenka wusste auch, dass ein Treffen mit ihr unausweichlich war. Dann konnte sie es auch genauso gut gleich hinter sich bringen.

„Gut, wie sie wünscht. Gehen wir", sagte sie mit bebender Stimme und schritt auf die Tür zu.

„Deine Schwester!", erinnerte Gyula sie leise.

Alenka spürte einen schmerzhaften Stich in ihrem Herzen, doch sie blieb nicht stehen, sondern stieß die großen Flügeltüren nur schwungvoll auf, die sie aus dem düsteren Kellergewölbe in einen kleinen Gang führten. Einen Moment fragte sie sich, warum sie den reglosen Körper ihrer Schwester überhaupt nach hier unten hatte bringen lassen. Als sie die Nachricht von ihrem Tod erhalten hatte, war ihr die Vorstellung unerträglich erschienen, Afras Mörder allein – ohne sie – entgegenzutreten. Doch nun war ihre

Gegenwart für Alenka unerträglich. Sie machte es ihr unmöglich, auch nur einen klaren Gedanken zu fassen.

„David!", rief Alenka dem blonden Mann zu, der sofort aufstand und zu ihr trat. „Wir statten Julia einen Besuch ab! Bring bitte Afra mit!"

David nickte langsam, bevor er wortlos an ihr vorbeiging, doch sie konnte deutlich fühlen, dass er ihre Entscheidung nicht guthieß.

Alenkas Blick wanderte zu einem dunkelhaarigen Mädchen mit tränennassem Gesicht. Wie auch David hatte sie seit Alenkas Konfrontation mit Devilia im Gang auf sie gewartet, um ihr jederzeit moralisch beistehen zu können. „Luise", sprach Alenka das Mädchen zögerlich an. „Weiß Marvin Bescheid?"

Luise schüttelte nur stumm den Kopf, während sie sich mit zitternden Händen die Tränen von den Wangen trocknete. Alenka wusste, dass sie Afra gemocht hatte. Schließlich waren sie zusammen im Gefängnis aufgewachsen. Luise war mit gerade einmal zwei Jahren verhaftet worden, drei Jahre nach Afra und Alenka. Sie war eine Halbhexe, auch wenn sie bisher selbst noch nicht herausgefunden hatte, welche ihre magischen Kräfte waren.

„Teile es ihm bitte mit und dann schick ihn her!", verlangte Alenka entschieden.

Luise nickte wortlos, bevor sie sich umdrehte und eilig den von weißen Kerzen erleuchteten Gang entlang stolperte.

Alenka sah ihr nur kurz nach, bevor sie sich zu David umwandte.

Langsam kam er auf sie zu, die linke Hand über der Trage, die neben ihm in der Luft schwebte. Das Geräusch seiner Schritte hallte dumpf von den Wänden wider. Die Kerzen flackerten und warfen unheimliche Schatten.

Alenka erschauderte unwillkürlich. Sie hatte diesen Ort noch nie gemocht und ihr Vater hatte ihr auch sicher nicht ohne Grund als Kind verboten, nach hier unten zu kommen.

Hastig wandte Alenka sich von David ab. Sie konnte Afra nicht ansehen. Ihr war eiskalt und erst jetzt bemerkte sie, dass sie am ganzen Körper zitterte, wobei der Grund dafür nicht nur die Kälte war. Bewusst zog sie ihren Geist vor David zurück. Sie wollte weder seine Besorgnis noch seine Zweifel ertragen! Sie drehte sich auf dem Absatz um und schritt den Gang entlang, in dem Luise vor wenigen Sekunden verschwunden war.

Alenka konnte nur vermuten, dass Gyula ihr folgte, denn sie konnte ihn weder hören noch irgendeine Spur seines Geistes auffangen, genau wie bei Devilia. Ob ihre Kraft wirklich nur auf magische Personen beschränkt war? Sie konnte sich dumpf entsinnen, dass ihr Vater ihr gegenüber einmal etwas in diese Richtung erwähnt hatte.

Rasch stieg sie die steinerne Treppe hinauf und schob die scheinbar feste Wand an deren Ende zur Seite, um kurz darauf in der prunkvollen Eingangshalle des Schlosses zu stehen.

Alenka spürte Marvins Anwesenheit, noch bevor sie ihn sah. Auch in seinem Geist lag ernsthaftes Mitgefühl, jedoch unterstrichen von einer starken Zustimmung, was ihr Vorhaben betraf, auf eine merkwürdige Weise, die Alenka erschaudern ließ.

„Folgt mir!", sagte sie zu Marvin und Luise im Vorbeigehen, bevor sie das Schloss verließ.

Vor dem Tor standen zwei blonde Zauberer Wache, die Alenka mit seltsamen Blicken bedachten.

„Haltet die Stellung, bis wir wieder zurückkehren!", wies sie Laurentius und Dagad an, die nur stumm nickten, während Gyula an ihr vorbeiging und wortlos die Führung übernahm.

Alenka versuchte, die neugierigen Blicke der Magier, an denen sie vorbeikamen, zu ignorieren, dennoch registrierte sie, wie die Hexen und Zauberer schockiert Luft holten und sich leise miteinander unterhielten.

Sie war froh, als Gyula endlich stehen blieb, doch nirgends war ein verborgener Eingang zu Julias Reich zu entdecken. Da waren nur zwei hochgewachsene Bäume, die sich umeinander wanden und gerade so viel Platz boten, dass ein ausgewachsener Mensch aufrecht unter ihnen stehen konnte.

Gyula trat zur Seite und gab den Blick auf ein großes, dunkles Loch frei, das im Boden gähnte. Er bedeutete ihr, voran zu gehen, doch Alenka rührte sich keinen Schritt. Glaubte er wirklich, dass sie in einen schwarzen Tunnel steigen würde, von dem sie nicht einmal annähernd wusste, wie tief er war?!

„Dort werde ich nicht hinuntergehen", verkündete sie entschieden.

„Das ist aber der einzige Weg", entgegnete Gyula unbeeindruckt.

Alenka holte zitternd Luft. Das konnte sie einfach nicht!

„Soll ich zuerst gehen?", bot David an, als sie nicht reagierte.

„Wenn es dir keine Umstände bereitet", sagte Alenka zögernd und musterte ihn besorgt. Wenn ihm etwas geschah, würde es ihre Schuld sein.

David verdrehte die Augen und ließ sich ohne zu Zögern hinunterfallen. Alenka zuckte erschrocken zusammen, als sie hörte, wie er unsanft auf dem Boden landete.

„Alles okay, Alenka! Du kannst ruhig runterkommen!"", rief er nach einer Weile nach oben.

Erleichtert atmete sie auf, als sie seine Stimme hörte und es ihm offensichtlich gut ging. Trotzdem machte sie keinerlei Anstalten, ihm zu folgen.

„Alenka?", fragte Luise leise und Alenka konnte die Besorgnis in ihrem Geist spüren.

„Ihr könnt gern vorangehen", sagte sie und trat schnell zur Seite. Sie spürte, wie ihre Hände heftig zitterten, während Marvin die Trage vorsichtig nach unten schweben ließ, bevor er und Luise sich in den Tunnel fallen ließen.

Alenka wusste, dass sie ihnen nun folgen musste, doch als sie in den dunklen Abgrund blickte, spürte sie, wie ihr die Luft wegblieb und ihr ein Schauer über den Rücken rann. Entgeistert wich sie zurück. Sie wusste, dass die anderen sicher unten angekommen waren, trotzdem konnte sie es einfach nicht.

„Keine Angst!", hörte Alenka plötzlich Gyulas Stimme leise an ihrem Ohr.

Erschrocken zuckte sie zusammen, als sie seine Hände spürte, die sich leicht um ihre Hüften legten.

„Vertraust du mir?"

Alenka schüttelte stumm den Kopf, während er sie mit sanfter Gewalt zu dem Loch im Boden schob. Sie versuchte, seine Hände von sich zu stoßen, doch er hielt sie energisch fest. Und dann verlor sie den Boden unter den Füßen und alles um sie herum wurde schwarz. Sie spürte Gyulas Hände an ihren Hüften, die sie vor einem tödlichen Sturz bewahren würden, dennoch schnürte ihr die Angst die Kehle zu. Der Schrei blieb ihr im Hals stecken, während der Luftzug ihr den Atem nahm.

Dann spürte Alenka, wie Gyula sie sanft auf dem Boden absetzte. Zitternd stolperte sie nach vorn. Bevor sie stürzte, umfassten sie zwei starke warme Hände und hielten sie sanft auf den Beinen.

Langsam sah Alenka sich um. Die Wände waren allesamt aus Erde und nur die beiden hellen Lichtbälle von David und Marvin sorgten dafür, dass sie überhaupt etwas sehen konnte.

„Danke!", sagte sie nur mit bebender Stimme und machte sich mit zittrigen Händen von David los. Er nickte stumm und wandte sich wieder der Trage zu.

„Hier lang!", stellte Gyula fest und ging mit sicheren Schritten voran. Er schien kein Licht zu benötigen, um den Weg zu finden.

Nach wenigen Metern bog der Gang nach links ab. Schweigend folgten sie Gyula. Alenka spürte Davids besorgte Blicke auf sich ruhen, doch sie wollte nicht wissen, was er dachte.

Der Gang schien endlos zu sein, doch schließlich bog Gyula nach rechts ab.

Sie kamen in einer Höhle an, die von solch undurchdringlicher Dunkelheit war, dass es nicht möglich war, das Ausmaß ihrer Größe zu erschließen. Im Schein der beiden leuchtenden Bälle erkannte Alenka die Umrisse von etwas, das sich in rätselhafter Form aus dem Boden erhob. Erst als sie in unmittelbarer Nähe vor einem dieser Gewächse stand, erkannte sie, dass es sich hierbei um riesige Wurzeln handelte. Noch dunklere, unterschiedlich große Stellen an den Wänden ließen sie darauf schließen, dass noch eine beträchtliche Anzahl von weiteren Gängen in diese Höhle führte.

Alenka erschauderte unwillkürlich. Hier unten war es kalt und unheimlich. Es war ihr unbegreiflich, wie jemand freiwillig so leben konnte, obwohl Julia natürlich ohnehin sehr eigen war.

Gyula ging langsam voran. Zitternd folgte Alenka ihm und wäre beinahe mit ihm kollidiert, als er abrupt stehen blieb.

Vor ihnen erstreckte sich erneut ein tiefes Loch, dessen Boden nicht zu erkennen war. Dafür drang aus ihm jedoch ein schwacher Lichtschimmer empor, von dessen Realität Alenka nicht vollständig überzeugt war.

Schaudernd wich sie vor dem Abgrund zurück und hoffte inständig, dass Gyula nicht erneut plante, zu springen. Doch er stand nur da und schien auf irgendetwas zu warten.

Nervös sah Alenka sich um. Sie konnte trotz der beiden hellen Glühbälle kaum etwas erkennen, das weiter als zehn Meter entfernt war. Sie schauderte bei der Vorstellung, dass sich womöglich Vampire und andere furchteinflößende Kreaturen in den Schatten verbargen, lautlos und ungesehen, nur um auf den am besten geeigneten Augenblick für einen Angriff zu warten.

Doch das war gegen die Vereinbarung! Niemand durfte ihnen etwas anhaben. Obwohl Devilia diese Regelung natürlich auch nicht befolgt hatte, doch dafür würde sie bestraft werden.

Plötzlich hörte Alenka ein leises knirschendes Geräusch und zuckte erschrocken zusammen. Mit klopfendem Herzen sah sie sich um, doch der anhaltende Klang, der sie an zwei aneinander reibende Steine erinnerte, schien aus dem Loch direkt vor ihr zu dringen.

Mit angehaltenem Atem beobachtete Alenka, wie sich zwei Gestalten aus der Tiefe hoben. Erschrocken wich sie zurück, bis sie gegen einen warmen Körper stieß. Sie konnte gerade noch einen Schrei unterdrücken, als sie sich, schwindelig vor Angst, umdrehte.

15

Alenka fühlte, wie sich eine Hand sanft auf ihre Schulter legte. Erleichtert atmete sie auf, als sie in Davids hellblaue Augen blickte. Sie konnte die Bestätigung in seinem Geist sehen, dass er im Recht gewesen war und sie nicht hätten herkommen sollen. Auch er verspürte eine gewisse Furcht und dabei waren sie Julia bislang noch nicht einmal begegnet.

Schweratmend wandte Alenka sich wieder zu den beiden Gestalten um, die sie nun als die Männer erkannte, die ebenfalls bei Devilias Verwandlung zugegen gewesen waren und von denen sie wusste, dass sie gewöhnliche Menschen waren.

Alenka stellte fest, dass es eine große Steinempore war, auf der sie sich nach oben bewegt hatten und die demzufolge auch diese eigentümlichen Geräusche verursacht hatte. Wie Alenka wusste, war Julias Reich vollständig aus Magie aufgebaut und daher konnte sie es theoretisch jederzeit zerstören, sollte sich die Vampirin ihren Vereinbarungen widersetzen, auch wenn sie sehr hoffte, dass es nicht so weit kommen würde.

„Was ist denn hier los?", fragten die beiden Männer gleichzeitig, doch mit offensichtlich unterschiedlichen Stimmungen. Alenka hatte zwar keinen Zutritt zu ihrem Geist, doch sie hörte die verschiedenen Tonlagen heraus.

Der beleibtere Mann musterte sie grimmig und schien nicht gerade erfreut, doch der blonde Gentleman schenkte ihr ein charmantes Lächeln und deutete eine Verbeugung an, bevor er die Stufen herunterstieg und seine Schritte in ihre Richtung lenkte.

„Julia muss etwas mit Alenka klären", sagte Gyula, während nun auch der besser genährte Mann die Empore verließ. „Sieht nämlich so aus, als hätten wir ein Problem. Deine angebliche Freundin scheint sich Ärger eingehandelt zu haben, Leon!", fügte Gyula mit einer gewissen Schärfe hinzu und wandte sich halb zu dem blonden Mann um.

„Ich weiß überhaupt nicht, wovon du redest!", erwiderte der jedoch nur mit gespielt entrüsteter Miene, als er vor Alenka stehen blieb.

Sie spürte, wie Leon sanft ihre Hand ergriff. Ihr stockte der Atem, als er sie zu seinem Mund führte und seine Lippen leicht darüber strichen.

Alenka konnte die Überraschung der drei Magier um sich herum spüren, bei Luise unterstrichen von freudiger Begeisterung. David schien sich jedoch im Gegensatz überhaupt nicht darüber zu freuen. Er war plötzlich aufgebracht und beinahe wütend auf Leon.

Entschieden zog Alenka ihre Hand zurück. So etwas gehörte sich unter keinen Umständen in der Öffentlichkeit und sie hoffte, dass die anderen die Unverschämtheit dieses Mannes geheim halten würden.

Auf Leons Gesicht zeichnete sich gespielte Enttäuschung ab und selbst wenn sie echt gewesen wäre, bezweifelte Alenka, dass sie Mitleid für ihn empfunden hätte. Sie konnte die Schadenfreude in Davids Geist über ihre Zurückweisung spüren, doch noch etwas anderes lag in seinen Gefühlen, wenn sie es richtig deutete, ein Hauch von Erleichterung oder womöglich sogar Hoffnung.

Überrascht sah Alenka zu ihm, doch aus seiner Miene konnte sie nichts erschließen. Bedeuteten seine Gefühle womöglich, dass ihm selbst etwas an ihr lag und er aus diesem Grund den Handkuss nur ungern gesehen hatte?!

Alenka spürte, wie sich bei dieser Vorstellung eine undefinierbare Wärme in ihrem Körper ausbreitete und ein schwaches Lächeln auf ihre Lippen trat.

Doch zu lächeln war in dieser Situation gänzlich unan-´

gebracht. Einerseits da ihre Schwester nur in wenigen Metern Entfernung tot auf einer Trage lag, aber auch da es in Anbetracht von Leons Handkuss missverstanden werden konnte.

Alenka missfiel es, ihrem guten Ruf an nur einem Tag noch ein weiteres Mal nicht gerecht zu werden. Das einzige Gefühl, das angebracht gewesen wäre, war Trauer, doch das ließ ihr Stolz nicht zu. Außerdem befürchtete sie, dass Julia Schwächen nur zu gut erkennen und für ihre eigenen Interessen nutzen könnte.

# 3. Kapitel

„Alenka!" Gyula bedeutete ihr mit einer knappen Kopfbewegung, auf die Empore zu steigen.

Sie straffte die Schultern und ging mit sicheren Schritten auf die Stufen zu. Als sie auf halber Höhe angelangt war, blieb sie stehen und wandte sich zu den anderen um.

David ließ die Trage vorsichtig auf einer der Stufen absetzen, während Gyula an ihr vorbeiging bis zur obersten Plattform.

„Ich komm' mit!", verkündete Leon, als sich die Empore auch schon ruckartig in Bewegung setzte und Alenka beinahe den Halt verloren hätte, hätte Gyula sie nicht am Arm gefasst und energisch zurückgezogen.

„Danke!", sagte sie nur mit zittriger Stimme und entwand sich seinem Griff.

„Und was ist mit...?", brummte der beleibtere Mann, als Leon ebenfalls auf die Empore stieg.

„Läuft uns doch nicht weg, oder? Die Kneipen sind morgen auch noch da!", verkündete Leon mit einem verwegenen Lächeln.

Der andere Mann schien sich nicht besonders über diese Wendung der Ereignisse zu freuen, dennoch stieg er murrend mit auf, bevor die Empore knirschend im Fels versank.

Alenka sah sich nervös um, während sie von grauem Stein umschlossen wurden. Sie konnte ihr Herz laut schlagen hören. Die Luft schien knapper zu werden und sie spürte, wie kalte Schauer über ihren Rücken rannen.

Alenka war erleichtert, als das Ende des schmalen Felstunnels in Sicht kam. Ihre Umgebung wurde nun eine Nuance heller. Jetzt konnte Alenka erkennen, dass sich unter ihnen ein weitläufiges Tal erstreckte, dass jedoch in nahezu undurchdringlicher Schwärze lag. Es wirkte beinahe ebenso unheimlich wie die Tunnel zuvor und sie wünschte sich nichts sehnlicher, als wieder in ihrem wundervoll lichten Schloss zu sein.

Alenka spürte Gyulas Hand vorsorglich an ihrem Arm, als die Plattform ruckartig auf dem Boden aufsetzte.

„Kommt mit!" Er ließ sie los und winkte sie die Empore herunter.

Erleichtert folgte Alenka ihm. Sie war froh, wieder auf unbeweglicher Erde zu stehen.

Schweigend gingen sie über grasbewachsenen Boden durch die weite Landschaft, während Alenka immer nervöser wurde. Sie hatte eine gewisse Furcht davor, Julia gegenüber zu treten, doch das durfte die Vampirin niemals erfahren.

Der Weg erschien ihr endlos, trotzdem hätte sie es bevorzugt, weiterzugehen, als Gyula stehen blieb.

Vor ihnen erhob sich, vorausgesetzt sie erkannte es unter diesen mangelnden Lichtverhältnissen richtig, ein lilafarbenes Schloss. In dem schwachen Licht der Leuchtbälle und den Schatten, die diese verursachten, wirkte es düster und bedrohlich.

Mit dem Rücken zu ihnen machte sich Gyula an dem schwarzen Holztor zu schaffen, bis es schließlich mit einem knirschenden Geräusch aufglitt.

Die Gänge, die er sie entlang führte, waren durchgehend nach dem gleichen Muster gestaltet, rosa und lila Wände mit schwarzen, detailliert gearbeiteten Rosenranken.

Alenka bemühte sich, sich den Weg einzuprägen, doch als Gyula schließlich stehen blieb, konnte sie nicht mehr sagen, in welche Richtung der Ausgang lag.

Sie standen vor einer Tür, auf der ein großes goldenes ‚J' abgebildet war, umrankt von schwarzen Rosen und der untere Teil in eine rötliche Farbe getaucht; zumindest hoffte Alenka, dass es sich dabei tatsächlich lediglich um Farbe handelte.

Gedämpft, für sie kaum hörbar, klopfte Gyula gegen die Tür, die unmittelbar darauf von einer jungen Frau mit einer asymmetrisch geschnittenen Kurzhaarfrisur geöffnet wurde. Alenka rümpfte etwas skeptisch die Nase, während sie sie kritisch musterte. Ihr Kleidungsstil war für ihr Alter gänzlich unangebracht. Nur die kleineren Kinder trugen noch zu Festlichkeiten derartige mit unzähligen Rüschen und Schleifen besetzte Kleider. Alenka kannte die Frau nicht, doch sie war ihr auf den ersten Blick unsympathisch. Außerdem schien sie ein Vampir zu sein, obwohl nicht einmal Devilias Haut derart erschreckend weiß gewesen war.

„Mary, es wird schon alles wieder gut", sagte Gyula und strich der Frau leicht mit den Fingerkuppen über die Wange.

„Komm rein, Gyula!", erklang eine kühle, überhebliche Stimme, die Alenka augenblicklich erkannte.

Als sie eintraten, wandte sich Julia langsam mit erhobenem Kopf zu ihnen um. Alenka missfiel dieser Blick, mit dem die Vampirin sie bedachte. Möglicherweise lag es an ihrer unheimlichen Schminke oder einfach nur an Julia selbst, doch in ihrer Gegenwart fühlte sie sich erniedrigt, fast so, als würde sie überhaupt keinen Rang von Bedeutung besitzen. Alenka spürte jedoch, dass es den anderen nicht gerade besser erging. Auch sie fühlten sich hier unbehaglich, doch sie war sich unsicher, ob dieser Umstand eher motivierend wirkte oder die Situation vielmehr verschlimmerte.

Entschieden reckte Alenka das Kinn und straffte ihre Schultern. Niemand sollte ihr ihre Unsicherheit anmerken.

„Alenka!", begrüßte Julia sie mit einem kalten Lächeln, das nichts Menschliches mehr an sich hatte.

„Julia!" Sie nickte der Vampirin kurz zu, doch sie spürte, wie es ihr den Atem zuschnürte. Am liebsten hätte Alenka sofort den Rückweg befohlen, doch das durfte sie natürlich nicht.

Es gelang ihr nicht, Julias Gesichtsausdruck zu deuten, mit dem sich die Vampirin wieder von ihr abwandte, doch sie war sich sicher, dass er nichts Gutes bedeuten konnte.

„Jean, ich brauche eine Blutprobe!"

Alenka beobachtete, wie die Vampirin eine Spritze an einen muskulösen Mann reichte, der durchaus ein Oberteil hätte vertragen können. Von dem Gespräch vor einem Monat mit ihm, als Devilia nach ihrer Verwandlung wieder aufgewacht war, war Alenka bekannt, dass er ein Werwolf war.

Als er sich erhob, konnte Alenka nun auch Devilia sehen mit ihrer neuen unschicklichen Kurzhaarfrisur. Sie lag auf dem Bett, auf dem sich der Werwolf soeben wieder niederließ. Die eisernen Ketten waren noch immer um ihre Handgelenke gelegt und verhinderten so, dass sie in der Lage war, noch jemanden zu ermorden. Ihre Haut war wächsern und sie hatte die Augen geschlossen. Sie bewegte sich nicht und zuckte nicht einmal zusammen, als der Mann ihr die Spritze in den Arm stach. Eigentlich hätte sie ihrem äußeren Erscheinungsbild nach auch bereits tot sein können, doch Alenka bezweifelte, dass Julia sich in diesem Fall die Mühe gemacht hätte, sie herzubestellen.

„Julia, es gibt eine Vereinbarung!", sagte sie mit zitternder Stimme, als der Werwolf der Vampirin gerade die

Blutprobe überreichte. Alenka wollte eigentlich nicht wissen, was die Vampirin damit plante, dennoch konnte sie den Blick nicht abwenden, als sie die dunkelrote Flüssigkeit in ein kleines kristallenes Glas füllte.

„Natürlich!", erwiderte Julia nur kühl und Spott klang in ihrer Stimme mit.

Beunruhigt musterte Alenka sie. Sie war sich unsicher, ob Julia überhaupt beabsichtigte, sich an die in der Vereinbarung festgelegten Regelungen zu halten.

Die Vampirin hob das kleine Glas mit Devilias Blut an und führte es zu ihrem Mund. Angewidert wandte Alenka den Blick ab. Allein die Vorstellung von dem, was Julia gerade tat, war abstoßend genug, sodass es nicht im Geringsten nötig sein sollte, es auch noch mitanzusehen.

„Jean!"

Alenka hörte die überhebliche Stimme der Vampirin und blickte widerstrebend zu ihr. Überrascht, aber auch erleichtert, stellte sie fest, dass Julia offenbar – wider Alenkas Vermutung – nichts von dem Blut getrunken hatte. Stattdessen reichte sie es an den Werwolf weiter, der es entgegennahm, um daran zu riechen.

„Was ist das?", fragte er und eine kleine Falte zeichnete sich auf seiner Stirn ab.

„Das wüsste ich auch gern", erwiderte Julia kühl, bevor sie sich zu Alenka umwandte. „Ich benötige eine Blutprobe von Afra! Willst du das selbst machen oder soll ich es tun?"

Alenka starrte die Spritze entsetzt an, die auf Julias offener, von einem Netzhandschuh halb bedeckter Hand lag. So etwas konnte sie nicht selbst tun, doch die Vampirin wollte sie unter keinen Umständen in Afras Nähe sehen.

Bevor Alenka jedoch eine Entscheidung treffen konnte, war Julia bereits erhobenen Hauptes an ihr vorbeigeschritten und stand nun direkt vor Afra.

„Nein!", rief Alenka entgeistert, doch die Vampirin bedachte sie nur mit einem boshaften, beinahe spöttischen Lächeln.

„Ich werde sie mir ohnehin ansehen! Ob nun jetzt oder in einer Stunde spielt keine Rolle!"

Erst als Julia mit einer leichten Bewegung ihren Arm abschüttelte, bemerkte Alenka mit Entsetzen, dass sie die Vampirin festgehalten hatte. Bevor sie Julia in irgendeiner Weise noch davon abhalten konnte, kniete sich die Vampirin bereits in einer anmutigen Bewegung neben Afra und stach ihr die Spritze in den Arm.

„Was tust du da?", fragte Alenka scharf, als Julia sich mit ihren langen spitzen Fingernägeln an Afras Hals wagte.

„Ich sehe sie mir an", erwiderte Julia nur kühl, ohne zu ihr aufzusehen. „Mary, komm her!"

Alenka spürte das Kleid der blonden Frau gegen ihr Knie schlagen, als sie an ihr vorbeieilte und sich neben Julia stellte.

„Sieh dir ihren Hals an!", befahl die Vampirin kühl, während sie sich langsam mit der Spritze erhob und zurück zu dem kleinen Tisch ging, auf dem der Werwolf das kristallene Glas mit Devilias Blut wieder abgestellt hatte.

Alenka beobachtete misstrauisch, wie sich die blonde Frau neben Afra kniete. Ein Ausdruck kindlicher Neugier war auf ihrem blassen Gesicht abzulesen. Als sie das Blut an Afras Hals jedoch berührte, änderte sich plötzlich etwas in ihrem Blick. „Tut mir leid, Julia!", sagte sie mit erstickter Stimme, bevor sie im nächsten Moment bereits verschwunden war.

„Mary!", erklang Gyulas besorgte Stimme und dann war auch er schon nicht mehr zu sehen.

„Gyula!", rief Julia ihn mit schneidender Stimme zurück.

Im nächsten Augenblick stand er an der Tür, die nun langsam zuschwang, und wandte sich dem Anschein nach widerwillig zu Julia um.

„Ich brauche dich noch!", stellte die Vampirin knapp fest, bevor sie sich an die beiden anderen Männer wandte. „Leon, Ralf, ihr seht nach ihr!"

Der beleibtere Mann – Ralf – nickte widerstrebend.

„Du kannst dich voll und ganz auf uns verlassen, Julia!", verkündete Leon mit einem charmanten Lächeln, bevor er Anstalten machte, das Zimmer zu verlassen.

„Besser wäre das für euch!", erwiderte Julia mit herablassendem Unterton, doch die Drohung hinter ihren Worten sorgte dafür, dass Alenka ein eisiger Schauer über den Rücken rann.

Etwas verwundert sah sie den beiden Männern nach. Erst als die Tür hinter ihnen geschlossen war, wandte sie sich wieder zu der Vampirin um. „Was ist mit ihr?", fragte sie irritiert, da sie die Reaktion der blonden Frau nicht einordnen konnte.

Julia musterte sie nur kühl von oben herab und Alenka fühlte, wie sie innerlich zusammenschrumpfte, doch sie zwang sich, dem Blick der Vampirin standzuhalten.

„Spielt das eine Rolle?", fragte Julia schließlich nur gleichgültig und wandte sich wieder den beiden Blutproben zu. „Gyula, du untersuchst Afra!"

Alenka sah die Vampirin fassungslos an, während sich Gyula an ihr vorbeidrängte und neben Afra kniete. Sie verstand nicht, wie ihr ein Mitglied ihrer Gemeinschaft offensichtlich so vollkommen egal sein konnte!

„Keine Bisswunde!", hörte sie Gyula sagen und wandte sich überrascht zu ihm um.

„Ich weiß!", erwiderte Julia überheblich, ohne sich die Mühe zu machen, zu ihm zu sehen.

Verständnislos blickte Alenka zwischen der Vampirin und dem Mann hin und her. Sie hatte schließlich das Blut an Afras Hals gesehen!

„Und... ihr Puls...", murmelte Gyula, der sich nun halb zu Julia umdrehte. „Sie lebt noch!"

Es dauerte einen Moment, bis Alenkas Verstand begriff, was er soeben verkündet hatte. Sie konnte die Hoffnung und Überraschung der anderen wahrnehmen, als ihre eigene Freude bereits gedämpft wurde.

Afra war tot! Das hatte sie selbst festgestellt und sie empfand es als grausam von der Vampirin, auf welche Weise sie nun versuchte, Alenka zu überlisten.

„Afra ist tot!", sagte sie mit schwacher Stimme, doch Gyula schüttelte den Kopf.

„Noch nicht! Ihr Herzschlag ist nur so schwach, dass ein Mensch ihn nicht fühlen kann. Sie ist noch am Leben! Gerade so!"

Alenka spürte kaum, dass sie am ganzen Körper zitterte, während David sie sanft auf einen Stuhl drückte. Sie konnte all das nicht begreifen! Es war zu viel für sie!

„Die Blutproben sind wirklich interessant!", durchbrach Julia schließlich die Stille.

Schweratmend sah Alenka zu ihr auf. Auf dem Tisch vor der Vampirin standen nun mehrere kleine Gläser, deren Inhalte die unterschiedlichsten Farben hatten.

Julia tippte gegen zwei davon, deren Flüssigkeiten von einem dunklen Rot waren. „Afra hat Devilias Blut im Körper. Nur wenig, aber ausreichend, dass sie bisher noch am Leben ist. Dann noch ein ziemlich starkes Schlafmittel..." Die Vampirin deutete auf ein Gläschen mit einer durchsichtigen Substanz darin. „Und ein Gift, genau wie Devilia!"

Alenka konnte die Vampirin nur sprachlos ansehen. Sie war nicht in der Lage, ihrem Gedankengang zu folgen.

„Aber welches Gift kann einem Vampir derartigen Schaden zufügen?", fragte der Werwolf, der Devilia nun fest an sich drückte.

„Offensichtlich dieses hier", erwiderte Julia kühl und stieß mit ihrem Fingernagel leicht gegen ein Glas mit grünem Inhalt.

„Kannst du ein Heilmittel herstellen?", hakte der Werwolf mit angespannter Stimme nach.

„Nein!" Die Vampirin schüttelte den Kopf, während sie die verschiedenen Substanzen betrachtete, bevor sie sich mit dem Gift in der Hand zu Alenka umdrehte. „Ich kann die einzelnen Stoffe nicht trennen. Es ist mit Magie hergestellt. Das musst du machen!"

Zitternd sah Alenka auf die grüne Flüssigkeit. Verlangte Julia gerade von ihr, dass sie ein Heilmittel herstellte? Aber das überstieg ganz eindeutig ihre Fähigkeiten! Sie hatte bislang noch nichts aufgeholt von dem, was sie die vergangenen 17 Jahre versäumt hatte. Sie beherrschte nicht einmal die Grundlagenzauber, die Afra sich im Gegensatz zu ihr innerhalb des letzten Monats hatte beibringen lassen.

„Tut mir leid", sagte sie mit zitternder Stimme und sah sich hilfesuchend nach David um.

„Es gibt nur wenige Magier, die Gifte und Gegengifte wirkungsvoll brauen können!", erklärte er, während er eine Hand sanft auf Alenkas Schulter legte.

„Wer bringt es?", fragte der Werwolf und sah Alenka mit einem unangenehm durchdringenden Blick an.

Alenka zögerte. Erst jetzt wurde ihr bewusst, wie wenig

Kenntnis sie eigentlich von ihrem Volk hatte. Ihr fiel nur eine einzige Hexe ein, die etwas von Heilkunst verstand. „Tiara", antwortete sie zögernd. „Devilias Mutter! Sie…"

„Wo wohnt sie?", fragte der Werwolf nur und seine Stimme klang äußerst angespannt.

„Ich… ich bin mir nicht sicher!", antwortete Alenka stockend. Sie fühlte sich äußerst unwohl. Der Blick des Werwolfs schien sie zu durchbohren und sie spürte, wie sie kaum mehr Luft bekam.

Plötzlich konnte sie in Davids Gedanken deutlich das Wort ‚Menschenwelt' lesen. Sie sah ihn kurz von der Seite an, doch er erwiderte ihren Blick nicht.

„Sie müsste momentan in der Menschenwelt sein", wiederholte Alenka Davids Gedanken laut, jedoch mit bebender Stimme. Sie spürte alle Blicke der Anwesenden auf sie gerichtet und ihr war bewusst, dass sie eine konkretere Antwort von ihr erwarteten.

„Ich finde sie", sagte Gyula schließlich.

Erleichtert sah Alenka zu ihm auf.

„Dann geh!", befahl Julia kühl und wandte sich von Alenka ab.

Im nächsten Moment war Gyula bereits verschwunden und die Tür schloss sich mit einem dumpfen Geräusch hinter ihm.

# 4. Kapitel

„Ich verstehe das nicht!", sagte Alenka nach einer Weile verzweifelt. „Devilia hat Afra getötet!"

„Nein, hat sie nicht!", erwiderte Julia gleichgültig mit dem Rücken zu ihr.

„Aber was ist dann geschehen?", fragte Alenka mit zitternder Stimme.

Julia ließ sich Zeit mit ihrer Antwort, während sie die kleinen Gläser gelangweilt mit ihren Fingernägeln verrückte.

„Ich würde es auch gern wissen, Julia", bemerkte der Werwolf leise.

Die Vampirin sah jedoch nicht einmal zu ihm auf, während sie nur weiterhin die Gläser verschob. „Es sieht so aus, als hätte Devilia tatsächlich etwas von Afras Blut getrunken, aber sie hat sie nicht getötet!", stellte Julia mit überheblicher Stimme fest. „Sie haben beide Wein getrunken, vielleicht war das Gift dort drin. Interessant ist, dass Devilia dieses Fläschchen bei sich hatte." Nachdenklich drehte Julia eine kleine Phiole zwischen den Fingern. „Ein Schlafmittel! Sie muss es Afra verabreicht haben, aus welchem Grund auch immer. Es hat das Gift in ihrem Körper praktischerweise etwas verlängert und noch mit Devilias Blut… Ich würde vermuten, Devilia hat ihr damit unbeabsichtigter Weise das Leben gerettet. Vorausgesetzt natürlich, sie bekommt innerhalb der nächsten Stunden ein Gegengift!"

Alenka sah Julia fassungslos an. Verlangte die Vampirin etwa von ihr, dass sie Devilia nun auch noch dankbar sein sollte?

„Dann hat sie Afra vergiftet!", stellte Alenka mit bebender Stimme fest.

Ein herablassendes Lächeln umspielte Julias Lippen, als sie sich langsam zu ihr umwandte. „Oh nein! Du hast nicht die geringste Ahnung von Vampiren, habe ich recht?!"

„Ich bin nicht vollkommen unwissend", erwiderte Alenka zögernd, doch sie bemerkte, wie ihre Stimme dabei zitterte.

„Ach ja?" Julia musterte sie überheblich.

Hilfesuchend streckte Alenka ihren Geist nach denen der anderen aus, doch auch sie schienen auf diesem Gebiet nicht sonderlich bewandert. Sie wusste, dass Afra einige Erkundigungen über Vampire eingeholt hatte, doch sie selbst hatte sich bevorzugt mit ihrem eigenen Volk befasst. Demzufolge war Alenka sich nun auch nicht sicher, worauf Julia hinauswollte oder ob sie die Antwort auf diese Frage tatsächlich wissen wollte.

„Vampire würden niemals Gift benutzen, um jemanden zu töten. Wo bliebe da der Spaß?! Wir haben viel bessere...", setzte Julia zu einer Erklärung an, wurde jedoch von dem Werwolf unterbrochen.

„Das ist doch jetzt egal!", warf er mit ungeduldiger Stimme ein. „Devilia würde niemals jemanden umbringen!" Er musterte Alenka eindringlich mit seinen dunklen Augen und sie wollte ihm wirklich gern glauben, doch die Führerin in ihr verlangte aussagekräftigere Beweise.

„Bist du dir da sicher?", fragte Julia kühl mit ihrer auf boshafte Weise herablassenden Art. „Sie ist schließlich ein Vampir!"

„Das spielt keine Rolle! Nicht alle Vampire sind so wie du!" Der Werwolf wirkte äußerst angespannt, doch seine Stimme klang fest und selbstsicher.

Nervös beobachtete Alenka die Vampirin. Der Werwolf hatte sie soeben indirekt auf all die Morde angesprochen, die sie im Verlauf der Jahrhunderte zweifelsohne begangen hatte und für Alenka war es ungewiss, wie sie darauf reagieren würde.

„Abwarten!", erwiderte Julia nur kühl, doch es lag ein gefährliches Glitzern in ihren Augen. „Gyula, komm rein!", fügte sie hinzu, ohne den Blick von dem Werwolf abzuwenden.

Überrascht über die Schnelligkeit des Mannes wandte sich Alenka zu der Tür um, die nun leise von außen geöffnet wurde. Sie spürte Tiaras Besorgnis und Verwunderung und erhob sich rasch. Nervös strich sie über ihr Kleid, das in der Zwischenzeit wieder von einem strahlenden Weiß war.

„Alenka!" Tiara vollführte einen kleinen Knicks vor ihr, bevor Entsetzen ihren Geist erschütterte, als sie Afras und Devilias leblose Gestalten erblickte. „Was ist passiert?" Schockiert starrte sie ihre Tochter an, während Panik in ihr aufstieg. Alenka konnte sehen, wie Tränen in die Augen der Hexe stiegen, als sie verzweifelt mit dem Gedanken rang, ihre Tochter womöglich gerade erneut zu verlieren.

Alenka konnte nicht anders, als Mitleid mit ihr zu empfinden, auch wenn sie Devilia vor wenigen Minuten noch am liebsten selbst hingerichtet hätte. Doch nun, da sie Tiaras schreckensstarre Miene sah, wusste sie, dass sie ihr das niemals antun konnte, selbst wenn sie Devilia in jeder Hinsicht als schuldig befand. Deswegen zögerte sie nun auch mit einer Antwort.

Langsam ging Tiara auf das Bett zu. In ihrem Geist konnte Alenka erkennen, wie schwer ihr jeder einzelne Schritt fiel. Sie hatte Angst davor, was sie feststellen musste, sobald sie neben ihre Tochter trat, doch gleichzeitig konnte sie auch nicht in Unwissenheit bleiben.

Alenka spürte, wie Tiaras Kummer sie tief berührte. Tränen stiegen ihr selbst in die Augen, woraufhin sie ihren Geist hastig zurückzog. Sie durfte jetzt nicht schwach werden!

Wie in Zeitlupe streckte Tiara eine zitternde Hand nach Devilias leblosem Körper aus. „Devilia", hauchte sie mit erstickter Stimme, bevor sie laut aufschluchzte und ihre Tochter zu schütteln begann, bis der Werwolf sie schließlich sanft zurückschob.

„Nein!" Verzweifelt schüttelte Tiara den Kopf, bevor sie auf den Knien zusammenbrach. „Das darf nicht wahr sein! Sie kann nicht tot sein!"

„Sie ist nicht tot", bemerkte Julia sichtlich gelangweilt, doch in ihrer Stimme klang eine eisige Kälte mit, die Tiara augenblicklich erstarren ließ.

In Zeitlupe hob sie ihr tränennasses Gesicht und starrte die Vampirin mehrere Sekunden einfach nur an, bis sie ihre Sprache wiederzufinden schien. „Ist sie nicht?", brachte sie schließlich mit bebender Stimme hervor. „Was ist dann mit ihr? Was ist passiert?" Die Hexe wandte sich nun zu Alenka um und sah sie flehentlich an, doch Alenka konnte ihr noch immer keine Antwort geben.

Sie war zutiefst erschüttert von Tiaras Reaktion und demzufolge konnte sie ihr nicht noch mehr Leid zufügen, indem sie ihr erklärte, dass Devilia Afra getötet hatte, auch wenn Julia etwas anderes behauptete.

„Die Frage stellen wir uns auch gerade", nahm Julia ihr die Antwort ab, wobei ein undefinierbares Lächeln ihre Lippen umspielte.

Leichte Verwirrung lag nun in Tiaras Geist, während sie verzweifelt zwischen Alenka und der Vampirin hin- und hersah.

„Wir brauchen ein Gegengift!", stellte der Werwolf ungeduldig fest. „Wir verlieren kostbare Zeit. Sie stirbt, wenn wir nichts unternehmen!"

„Was für ein Gegengift?", fragte Tiara mit belegter Stimme, während sie jedoch entschlossen die Tränen von ihren Wangen trocknete und sich wieder aufrichtete.

„Hierfür!" In einer Geste, die schon an sich überheblich wirkte, jedoch gänzlich zu ihr passte, reichte Julia der Heilerin das kleine Gläschen mit dem Gift.

„Alenka meinte, du kannst sowas", sagte der Werwolf bemüht ruhig, doch Alenka registrierte den drängenden Unterton in seiner Stimme.

Tiara antwortete jedoch nicht. Alenka spürte ihre Angst, um das Leben ihrer Tochter, bevor sie ihre gesamte Konzentration auf das tödliche Gemisch richtete. Wortlos hielt Tiara eine Hand darüber, mit den Fingerspitzen nach unten, die sie im Uhrzeigersinn rotieren ließ und so die giftige Substanz in Bewegung versetzte.

Fasziniert, mit einem Anflug von Neid, beobachtete Alenka, wie die Heilerin versuchte, das Gift auf seine Bestandteile zu erschließen, das nun zischende Geräusche von sich gab.

Dann erstarrte die giftige Substanz und Alenka spürte gleichzeitig Überraschung und Entsetzen in Tiara aufsteigen. Noch bevor sie etwas sagte, war Alenka bereits bewusst, dass dieses Gift ihre Fähigkeiten überstieg.

„So etwas habe ich noch nie gesehen", stellte Tiara leise fest, während erneut Verzweiflung in ihr aufstieg und sie hilfesuchend zu Alenka sah.

Alenka nickte langsam, während sich die lähmende Enttäuschung durch ihren gesamten Körper zog, doch sie war Tiara trotzdem dankbar, dass sie es wenigstens versucht hatte.

„Das heißt, es gibt kein Heilmittel?! Sie werden beide

sterben?", fragte der Werwolf mit bebender Stimme.

Alenka spürte, wie ein Schauer über ihren Rücken rann und sich ihr Herz verkrampfte. Ihr fiel das Atmen schwer, während sich eine unbekannte Leere in ihr ausbreitete. Es fühlte sich an, als hätte sie Afra an nur einem Tag zweimal verloren und erst jetzt wurde ihr bewusst, dass sie sich ernsthafte Hoffnungen gemacht hatte.

„Es muss doch jemanden geben, der ein Gegengift herstellen kann. Irgendjemand hat das Gift ja auch gebraut!", warf Luise zuversichtlich ein.

Alenka spürte, dass die Halbhexe noch nicht aufgegeben hatte. Sie hoffte noch immer auf ein Wunder. Vielleicht konnte auch tatsächlich noch Hoffnung bestehen, denn immerhin klangen ihre Worte durchaus nachvollziehbar.

Zweifelnd sah Alenka Tiara an. Womöglich kannte sie jemanden, der in der Lage war, ein Gegengift herzustellen und Afra somit zu retten?! Und tatsächlich spürte sie, dass Tiara wahrhaftig eine Idee hatte.

*Thyra.*

Entsetzt zog Alenka ihren Geist zurück. Das hatte sie nicht im Entferntesten erwartet. „Nein!" Alenka schüttelte entschieden den Kopf. Das letzte, wonach ihr der Sinn stand, war die Mörderin ihrer Eltern zu bitten, ihnen zu helfen!

Alenka spürte Tiaras Überraschung, bis ihr bewusst zu werden schien, dass Alenka in ihrem Geist gelesen hatte. „Sie ist die Einzige, die mir einfällt", stellte die Heilerin fest und es war offensichtlich, wie verzweifelt sie sein musste, wenn sie sogar diese Möglichkeit ernsthaft in Betracht zog. „Es heißt, sie sei brillant."

„Um wen geht es?", fragte der Werwolf mit angespannter Stimme.

Langsam wandte sich Alenka zu ihm um, während sie nach Worten rang, doch sie brachte es nicht über sich, diesen Namen auszusprechen.

„Egal, wer es ist, es geht auch um deine Schwester!", sagte er und es lag beinahe etwas Flehentliches in seinem Blick.

Alenka zögerte. Sie hatte Angst, Thyra erneut zu treffen, doch der Werwolf hatte unglücklicherweise recht! Es ging um Afra! Wäre es ihr eigenes Leben gewesen, hätte sie sich geweigert, aber das Leben ihrer Schwester konnte sie nicht aus einem so nichtigen Grund verwerfen.

„Bitte!", drängte nun auch Tiara, während ihr Blick zu Devilia flackerte.

Widerstrebend nickte Alenka, bevor sie sich zitternd zu den anderen Magiern umwandte. „Marvin, hole Thyra hierher!"

Sie spürte die Überraschung und das Entsetzen um sie herum und sie war sich plötzlich nicht sicher, ob sie diesen Befehl nicht besser sofort widerrufen sollte.

Doch Marvin nickte bereits wortlos und verließ das Zimmer.

„Ich geh' mit!", sagte Gyula hastig. „Das heißt, wenn du erlaubst, Julia?!"

Die Vampirin nickte nur wortlos, ohne jedoch ihren unangenehmen Blick von Alenka abzuwenden.

Im nächsten Augenblick war Gyula bereits verschwunden.

Zitternd holte Alenka Luft, während sich die Tür langsam hinter ihm schloss. Hatte sie wirklich soeben das Richtige getan?

„Thyra?", rief Luise schließlich fassungslos in die eingetretene Stille und Alenka spürte den Schrecken in ihrem Unterbewusstsein. „Ihr kann man nicht trauen!"

Alenka sah sie sprachlos an. Luise hatte recht! Vermutlich würde Thyra sie nur wieder verspotten und wenn sie tatsächlich etwas brauen sollte, würde es vermutlich ein Gift sein, das Afra und Devilia erst recht tötete.

„Ein Versuch ist es wert!", warf der Werwolf mit angespannter Stimme ein.

Schweigend sah Alenka ihn an. Sie hoffte, dass er recht behalten würde.

„Der Tag scheint wirklich noch interessant zu werden", bemerkte Julia gleichgültig, während sie Alenka noch immer überheblich musterte.

Fassungslos sah sie die Vampirin an. Sie konnte sie einfach nicht begreifen!

„Ist dir das etwa wirklich alles egal?", fragte Luise und Alenka spürte ihre Fassungslosigkeit.

„Oh nein", erwiderte die Vampirin mit einem bösartigen Lächeln, bei dem wieder dieses gefährliche Glitzern in ihren Augen lag. „Ich finde es durchaus unterhaltsam."

„Unterhaltsam? Das kann nicht dein Ernst sein!"

Alenka spürte, wie nun auch Wut in Luise aufstieg. Sie konnte es ihr nicht verübeln und vermutlich war dieser Zustand für die junge Halbhexe auch besser, um ihren Schock zu überwinden.

„Warum nicht?", bemerkte Julia nur herablassend.

Alenka hörte, wie Luise hinter ihr entsetzt nach Luft schnappte.

„Glaubst du wirklich, dass mich zwei Leben auch nur im Geringsten kümmern?!", fuhr Julia ungerührt fort. „Ich habe schon viel mehr selbst…"

„Julia, es reicht jetzt!", warf der Werwolf scharf ein, doch obwohl die Vampirin ihren Satz nicht beendete, überschattete das fehlende Wort die Stimmung. Es tauchte sie in ein unbehagliches Schweigen, während alle Blicke auf Julia gerichtet waren, die sich nun langsam dem Werwolf zuwandte.

„Wie du willst!", sagte sie nur überheblich, doch an ihrer Tonlage wurde deutlich, dass sie nicht wirklich beabsichtigte, ihm irgendeinen Gefallen zu tun.

„Du könntest mir fast leidtun, wenn du nicht...", zischte Luise und Alenka spürte die von Entsetzen begleitete unterdrückte Wut in ihr.

„Hör auf!", warf Tiara leise ein, bevor die junge Halbhexe den Satz vollenden konnte.

Besorgt sah Alenka zu Julia, doch die Vampirin stand noch immer vollkommen gelassen an dem kleinen Tisch mit unverändert gleichgültiger Miene.

„Wenn ich nicht was?", fragte Julia überheblich, doch Luise antwortete nicht.

Erleichtert stellte Alenka fest, dass ihr wieder bewusst geworden zu sein schien, welche Gefahr von der Vampirin ausging.

„Keine Sorge, ich werde dich nicht töten", stellte Julia fest, doch ihr Tonfall verhinderte jede Gewissheit.

„Solltest du sie nur anrühren, werde ich dich vernichten!", verkündete Alenka leise, jedoch mit erstaunlich fester Stimme. Sie wusste nicht, wie sie diese Drohung wahr machen sollte, doch sie war sich sicher, eine Möglichkeit zu finden.

„Nur zu!", entgegnete Julia herablassend. „Ich habe schon lange genug gelebt."

Alenka sah die Vampirin verständnislos an, was sich jedoch in Ärgernis wandelte, als sie begriff, dass Julia sich über sie amüsierte und weder sie noch ihre Worte ernst nahm.

# 5. Kapitel

Schweigend warteten sie, während die Zeit immer langsamer zu vergehen schien und Alenka immer nervöser wurde. Mit Erleichterung spürte sie jedoch, dass auch die anderen ein gewisses Grauen vor der bevorstehenden Begegnung hegten.

Als es schließlich leise an der Tür klopfte, zitterte sie bereits am ganzen Körper, während graue Pünktchen vor ihren Augen tanzten und sie ihre Hände nicht mehr spüren konnte. Trotzdem richtete sie sich noch ein Stück auf und straffte ihren Rücken. Thyra sollte ihr ihre Unsicherheit auf keinen Fall anmerken.

Alenka spürte, wie sich auch die anderen darauf gefasst machten und war insgeheim erleichtert, nicht allein zu sein.

„Herein!" Ein überhebliches Lächeln umspielte Julias Lippen, als sie den Befehl aussprach und für einen Moment stellte sich Alenka die Frage, wer wohl gefühlloser war – Thyra oder Julia?!

Leise wurde die Tür geöffnet und Gyula betrat den Raum. Ihm folgten Marvin und Rick, ein großgewachsener, muskulöser Mann mit kahlrasiertem Kopf.

Sie hatten Thyra an je einem Arm gefasst und stießen sie unsanft in den Raum. Durch ihren langen schwarzen Umhang war nicht genau zu erkennen, wie dünn sie tatsächlich war, doch Ricks Hand schloss sich vollständig um ihren Oberarm, sodass sich seine Fingerspitzen berührten. Ihre Kleidung war schmutzig und an den Schultern zerrissen, doch trotz dieses Erscheinungsbildes hatte sie das Kinn widerspenstig nach vorn gereckt und musterte Alenka geringschätzig.

Es war schockierend, wie eine einzelne Person so viel

Verachtung in sich tragen konnte. Daher war Alenka erleichtert, dass die Brüder ihr vorsorglich die eisernen Ketten angelegt hatten, deren Magie die grausame Hexe am Gebrauch ihrer Zauberkräfte hinderte.

Mit einer gewissen Genugtuung bemerkte Alenka den beinahe nervösen Blick, mit dem Thyra Julia bedachte, bevor sie eine spöttische Verbeugung vor Alenka andeutete.

Alenka holte zitternd Luft. Es widerstrebte ihr, das zu tun, doch sie musste Afra retten. „Ich will, dass du ein Gegengift herstellst!", sagte Alenka entschieden und sie war erleichtert, wie selbstbewusst ihre Stimme klang.

Ein verächtliches Lächeln umzuckte Thyras Lippen. „Warum sollte ich?"

Alenka spürte, wie ihr die Sorge um Afra den Hals zuschnürte und ein jäher Zorn in ihr aufstieg, wie sie ihn bisher nicht gekannt hatte. „Weil ich dich sonst töten werde! Auf die qualvollste Weise, die bislang erfunden wurde!" Sie konnte die begeisterte Zustimmung von Marvin und Rick zu ihrer Drohung wahrnehmen und auch die abwartenden Zweifel der anderen.

Doch aus Thyras Stimme sprach nur Hohn. „Natürlich!" In den Gedanken der Hexe tauchte ein flüchtiges Bild des Gerichtssaals auf. ‚Wie beim letzten Mal!'

Dieser spöttische Satz, den Thyra nicht einmal laut ausgesprochen, sondern nur gedacht hatte, entfachte in Alenka einen Zorn, der ihr das Blut in die Wangen schießen ließ. Sie war sich bewusst, was diese skrupellose Mörderin von ihr dachte, doch sie war nicht schwach!

Alenka hatte Mühe, ihre Stimme weiterhin beherrscht klingen zu lassen, als sie wieder zu sprechen begann. „Es wäre ein Fehler von dir, zu glauben, ich könnte es nicht!"

Thyra hob jedoch nur spöttisch eine Augenbraue und

musterte sie mit unverändert geringschätzigem Blick. „Wen willst du für dich zaubern lassen? Deine Halbhexe?"

Das war Alenka zu viel. Sie wünschte Thyra von ganzem Herzen die entsetzlichsten Qualen, die es überhaupt gab.

Im nächsten Moment krümmte sich die Hexe mit einem erstickten Aufschrei zusammen, woraufhin die beiden Brüder sie überrascht losließen.

Entsetzt zuckte Alenka zurück, als sie die Schmerzen in Thyras Geist spüren konnte, und sofort ließ dieses erschreckende Gefühl nach.

Hatte **sie** das soeben bewirkt? Vollkommen fassungslos sah sie auf Thyra hinab, die zitternd am Boden kniete und nach Luft rang.

„Ich habe mich wohl in dir getäuscht. Du bist Alois ähnlicher, als ich dachte, aber…" Thyra ließ eine kurze Pause zwischen ihren Worten, die sie brauchte, um Luft zu holen und in der sie einen kurzen Blick zu Afras lebloser Gestalt warf. „Aber andererseits auch das komplette Gegenteil von ihm!" Thyras Stimme zitterte unüberhörbar, während sie sprach, doch Alenka war noch zu geschockt, um etwas zu erwidern.

Mit Entsetzen bemerkte sie jedoch, dass diese ihr so verhasste Hexe recht hatte. Alenka bedeutete ihre Familie alles und sie würde niemals zulassen, dass ihrer Schwester ein Leid geschah, wie auch ihr Vater, doch andererseits hätte **er** niemals jemanden gefoltert, egal, was derjenige auch getan hatte.

Während Alenka noch völlig gelähmt vor Schreck und Entsetzen war, beobachtete sie mit Überraschung, wie sich Tiara langsam aufrichtete und näher trat. Alenka konnte deutlich fühlen, dass sie äußerst nervös war, doch sie empfand momentan im Gegensatz zu allen anderen nicht den geringsten Hass auf Thyra. Sie schien zu wissen, was sie tat, trotz der panischen Angst um das Leben ihrer Tochter.

„Thyra, bitte!" Tiaras Stimme war kaum mehr als ein Flüstern. In ihren Augen glänzten erneut Tränen und einen schrecklichen Moment lang befürchtete Alenka, Thyra würde sie für ihre Schwäche nur verspotten, so wie sie es mit Alenka getan hatte.

Doch die skrupellose Mörderin tat nichts dergleichen. Nur äußerst langsam hob sie den Kopf, um die blonde Heilerin anzusehen.

„Bitte!", wiederholte Tiara noch einmal und nun klang ihre Stimme flehentlicher denn je.

Alenka bezweifelte, dass sie etwas bewirken konnte, doch sie wollte ihr die Chance dazu geben, auch wenn sie es nicht für ratsam hielt, so offensichtlich all ihre Schwächen zu zeigen.

„Devilia ist meine Tochter! Ich kann es nicht ertragen, wenn sie stirbt!"

„Ich dachte, dass hätte ich bereits erledigt?!", erwiderte Thyra nur spöttisch, doch ihre Stimme klang schwach und ließ ihre Worte nicht ganz so boshaft wirken, wie sie es wohl beabsichtigt hatte.

„Das ist dir wohl nicht gelungen", warf Julia überheblich ein und machte Thyra in ihrer herablassenden Art damit deutliche Konkurrenz.

Alenka konnte Thyras Erstaunen für einen Moment spüren, doch sofort wurde dieses Gefühl wieder von Verachtung überdeckt. Mit Genugtuung stellte Alenka jedoch fest, dass auch sie sich nicht besonders wohl in der Gegenwart der Vampirin zu fühlen schien.

„Devilia ist jetzt ein Vampir", stellte Tiara mit zitternder Stimme fest, während sie verzweifelt gegen die Tränen anzukämpfen suchte. „Ich kann sie nicht nochmal verlieren! Und Afra, sie ist deine Nichte! Das bist du ihnen schuldig!"

Mit Überraschung musste Alenka feststellen, dass Tiaras Worte auf unerklärliche Weise eine Wirkung auf Thyra zu haben schienen. Ihr Geist war zwar noch immer deutlich von Hass überschattet, dafür bekam ihre scheinbare Maske nun jedoch erste Risse. Wenn Alenka den Gesichtsausdruck der Mörderin richtig deutete, schien sie wohl ernsthaft in Erwägung zu ziehen, ihnen zu helfen.

Alenka warf einen kurzen Blick auf Tiara, während sie ihr stumm die Nachricht sandte, weiterhin auf Thyra einzureden. Wie auch immer sie es machte, es schien zu funktionieren.

„Stell dir vor, du hättest selbst eine Tochter", fuhr die Heilerin mit bebender Stimme fort, während ihr Blick panisch zu Devilia huschte, als könnte sie sich so davon überzeugen, dass es noch nicht zu spät für sie war. „Jemanden, den du mehr liebst, als alle anderen. Wie würdest **du** dich dann an meiner Stelle fühlen?" Sie ließ eine kurze Pause, um Thyra die Möglichkeit zu einer Antwort zu geben, doch die skrupellose Hexe musterte sie nur schweigend.

„Wir waren doch mal Freunde. Du hast schreckliche Dinge getan, aber wenn noch irgendwas Menschliches in dir ist, dann bitte rette sie. Versuch es! Ich flehe dich an!" Tiaras letzte Worte waren nur noch zu erahnen, denn ihre Stimme wurde vollständig von einem plötzlichen Tränenschauer erstickt.

Atemlos sah Alenka von ihr zu Thyra. Sie wusste, dass es gefährlich war, auf die Einsicht einer Mörderin zu hoffen, doch da es um Afras Leben ging, konnte sie sich keinen Vorwurf dafür machen.

Thyra sah die Heilerin noch einen Moment wortlos an, bevor ein spöttisches Lächeln ihre Lippen umspielte, das Alenka förmlich das Blut in den Adern gefrieren ließ. „Okay", stellte die Mörderin knapp fest, bevor sie ihren Blick auf Alenka richtete. „Aber dann musst du mir **die hier** abnehmen!" Sie hob ihre Hände ein Stück und ließ das Metall der Ketten leise aneinander klirren.

Entgeistert sah Alenka die Hexe an. Glaubte Thyra wirklich, dass sie es sich so leicht machen konnte? Für wie unvernünftig hielt sie Alenka?

„Das ist keine Verhandlung!", stellte sie scharf fest und sandte Thyra die Botschaft noch einmal mittels ihrer Gedanken, um ihr zu zeigen, dass sie ihre Worte absolut ernst meinte.

Doch die Mörderin musterte sie nur weiterhin spöttisch. „Das war mir klar", sagte sie schließlich und noch bevor sie es aussprach, verstand Alenka endlich, was sie gemeint hatte. „Es ist nur so, dass ich ohne Magie nichts machen kann." Thyras Stimme hatte nun mittlerweile einen ernsten Ton angenommen, auch wenn der Spott noch nicht vollständig verschwunden war.

Alenka zögerte. Sie traute Thyra nicht und in ihren Gedanken konnte sie nicht lesen, was sie vorhatte. Alenka dachte an Afra und hoffte, dass sie ihre Entscheidung nicht bereuen würde. „Rick, nimm ihr die Ketten ab!"

Sie spürte den stummen Protest der Brüder, doch keiner von beiden widersprach. Stattdessen machten sie sich zum Zaubern bereit, für den Fall, dass Thyra auch nur Anstalten machen sollte, ihre Magie gegen sie einzusetzen.

Alenka sah, wie Thyra leicht zusammenzuckte, als Rick die Ketten aufschloss und sie ihr dann von den Handgelenken riss, sodass sie blutige Schrammen hinterließen.

„Wenn du gerade dabei bist, kannst du **sie** auch gleich davon befreien", bemerkte Thyra und deutete mit einem Kopfnicken auf Devilia, während sie vorsichtig über die roten Striemen an ihren Handgelenken fuhr.

Alenka zögerte. Sie war sich dessen bewusst, dass die Ketten Devilia schwächten, doch sie hielt es für vernünftiger, sie daran zu hindern, jemandem gefährlich zu werden. Allerdings wollte sie dadurch auch nicht die Schuld an ihrem Tod tragen, obwohl sie sie noch immer für all das verantwortlich machte.

„Rick!", sagte Alenka schließlich widerstrebend und bedeutete ihm, Thyras Rat zu befolgen.

Er nickte nur knapp, doch er gab sich keine Mühe, sein Missfallen auch nur im Geringsten vor ihr zu verbergen.

„Ich mach das!", warf der Werwolf ein und versperrte dem Zauberer den Weg.

„Entweder ich mach es oder es bleibt!", erwiderte Rick und in seiner Stimme lag eine deutliche Warnung.

„Rick!", ermahnte Alenka ihn leise. Sie wollte nicht, dass es zum Streit kam. „Gib ihm den Schlüssel! Das ist in Ordnung!"

Sie spürte den Widerwillen, mit dem ihr gehorchte, bevor er wieder seinen Platz neben Thyra einnahm.

Zögernd wandte Alenka dem Bett den Rücken zu. Sie machte sich Sorgen, wie viele Fehlentscheidungen sie heute wohl bereits getroffen hatte.

„Jetzt bin ich gespannt", bemerkte Julia herablassend, als sie Thyra das Gläschen entgegen hielt.

Alenka bemerkte, dass die Hände der Mörderin zitterten, als sie der Vampirin das Gift abnahm. Sie hatte das Gefühl, dass Thyra nicht unbedingt auf dem Höhepunkt ihrer Kräfte stand. Das Gefängnis schien bereits jetzt einige Spuren auf ihr hinterlassen zu haben, was Alenka ein

Gefühl eisiger Genugtuung gab.

„Und? Kannst du es?" Julias überhebliche Stimme machte deutlich, dass sie nicht daran glaubte.

Thyra antwortete nicht und Alenka konnte das Gefühl einer unbestimmten Befürchtung in ihr erkennen, während sie das Gemisch konzentriert musterte.

Plötzlich spürte Alenka, wie sich um die Mörderin ein Strom von Magie aufbaute, der sogar durch ein leichtes Flimmern in der Luft sichtbar wurde. Sie verkrampfte sich, während auch die anderen erschrocken zusammenzuckten. Alenka sah, wie Marvin Thyra im nächsten Moment grob im Nacken fasste und Rick nach ihren Händen griff, um ihr die eisernen Ketten sofort wieder anzulegen.

Schweratmend sah Alenka sich um, doch sie konnte nicht entdecken, was Thyra soeben mit ihrer Magie bewirkt haben konnte, denn es schien noch allen gut zu gehen.

„Alenka", warf Tiara leise ein, während in ihren Gedanken ein Bild auftauchte, das Alenkas ungestellte Frage beantwortete.

Überrascht sah sie zu Thyra. Vor ihr auf dem Boden stand das Glas, das Rick ihr entwunden hatte, und daneben lag ein schlichtes dunkelgrünes Laubblatt. Dem Anschein nach wohl nicht gerade die effektivste Tötungswaffe.

Alenka spürte, dass auch Thyra etwas erschrocken war. Sie schien die Reaktion der Brüder offensichtlich nicht erwartet zu haben.

„Marvin, Rick, lasst sie los!", sagte Alenka entschieden. Sie konnte ihnen ihre Reaktion nicht verübeln. Immerhin war sie ebenfalls erschrocken, doch, wie sie sich nun selbst eingestehen musste, anscheinend zu unrecht.

„Rick!", ermahnte sie den Zauberer mit zittriger Stimme,

als er nicht reagierte. Nur äußerst widerstrebend gehorchte er schließlich.

„Schnelle Leute hast du", bemerkte Thyra nach einer kurzen Stille und ein spöttisches Lächeln zuckte um ihre Lippen, doch etwas Bitteres lag hinter ihren Worten.

Alenka zögerte. „Tut mir leid", sagte sie schließlich leise. Sie wusste immerhin, dass es ihr Fehler war und ihr Vater hatte sie zu höflichem Benehmen erzogen, obwohl es ihr in jeder Faser ihres Körpers widerstrebte, sich ausgerechnet bei seiner Mörderin zu entschuldigen.

„Ihr Magier seid wirklich rührend!", bemerkte Julia überheblich. „Ich bin wirklich froh, dass wir solche Probleme nicht haben!"

„Stimmt!", erwiderte Rick und in seinen Gedanken spürte Alenka, dass er die Vampirin von ganzem Herzen verachtete. „Du tötest nämlich jeden sofort!"

„Nein, nicht sofort! Wo wäre da der Spaß?! Aber es hat entschiedene Vorteile", antwortete Julia mit einem boshaften Lächeln. „Außerdem meinte ich das nicht!"

„Tut mir leid, wenn ich euch unterbreche, aber Devilia und Afra sterben gerade!", warf der Werwolf mit angespannter Stimme ein.

Alenka zuckte bei seinen Worten zusammen. Sie spürte, wie ihr die Sorge um Afra die Luft nahm. Sie durfte sie nicht verlieren!

Zitternd wandte sie sich zu Thyra um, doch sie sah noch, wie Julia gleichgültig die Schultern zuckte.

Nervös beobachtete Alenka, wie die skrupellose Hexe die Spitze des Blattes kurz in die grüne Flüssigkeit tauchte. Innerhalb einer Sekunde war es von unten nach oben verwelkt und zerfiel nun langsam in seine Bestandteile. Entsetzt schaute sie auf die Überreste, doch Thyra schien diese Reaktion erwartet zu haben und sie schien auch zu ahnen, um was für ein Gift es sich handelte.

„Übrigens, Alenka", warf Rick ein und trat einen Schritt auf sie zu. „Das haben wir bei dem Vampir und der toten Frau gefunden." Er hielt ihr ein kleines schwarzes Fläschchen entgegen, doch es schien leer zu sein.

„Welche tote Frau?", fragte Alenka schockiert, als sie spürte, wie Thyra die Flasche mit wachsendem Entsetzen musterte, während das Bild des Schlosses im magischen Wald kurz durch ihren Geist huschte.

„Keine Ahnung! Wir kannten sie nicht", antwortete Rick nachdenklich. „Vermutlich ein Mensch!"

„Würde das viele Menschenblut erklären", bemerkte Julia kühl, doch Alenka hörte ihr kaum zu.

Sie versuchte, in Thyras Geist zu lesen, doch aus irgendeinem Grund konnte sie nicht die Antworten finden, nach denen sie suchte. „Kannst du ein Gegengift herstellen?", fragte sie schließlich mit angespannter Stimme, doch Thyra reagierte nicht. „Gib mir eine Antwort!", befahl Alenka ungeduldig.

Thyra sah sie nicht an, trotzdem hörte Alenka das Zittern in ihrer Stimme, als sie sprach. „In dem Schrank unter der Treppe waren mehrere goldene Fläschchen. Sie sahen aus wie die." Sie deutete kurz auf das schwarze Fläschchen in Alenkas Händen. „Wenn du nicht alles umgeräumt hast; im obersten Regal ganz hinten!"

Alenka sah Thyra einen Moment überrascht an. Hatte sie etwa ein fertiges Gegengift in ihrem Schloss, ohne es zu wissen?

„David…", begann sie langsam, doch Julia unterbrach sie.

„Gyula ist schneller", sagte die Vampirin überheblich, während sie dem Mann mit einer knappen Geste bedeutete, zu gehen. „Es sei denn natürlich, du hast Lust, Ewigkeiten zu warten und deiner Schwester derweilen beim Sterben zuzusehen?!"

Noch bevor Julia ausgesprochen hatte, war der Mann bereits verschwunden und die Tür schwang nur noch mit einem dumpfen Geräusch zurück ins Schloss.

Alenka antwortete der Vampirin nicht. Aus irgendeinem Grund ärgerte sie ihre Art und Weise, obwohl sie recht hatte und jede Sekunde kostbar war. Sie warf einen kurzen Blick auf Afra, während Rick Thyra die Ketten wieder so fest anlegte, wie es ihm möglich war.

Es war ein merkwürdiges Gefühl für Alenka, ihre sonst so aufgeweckte Schwester derart erschreckend ruhig daliegen zu sehen. Es war beängstigend und sie hoffte inständig, dass es noch nicht zu spät für sie war.

# 6. Kapitel

Überrascht hob Alenka den Kopf, als es leise an der Tür klopfte. Es war beinahe unheimlich, wie schnell Gyula war.

„Du kannst reinkommen, Gyula", bemerkte Julia gleichgültig, während sie die kleinen Gläser auf dem Tisch vor ihr erneut verschob.

Leise wurde die Tür geöffnet und der Mann betrat den Raum. „Hier!" Er reichte Alenka vier kleine goldene Fläschchen, die der schwarzen in Größe und Gravuren tatsächlich glichen.

„Du musst es ihr in eine Vene spritzen, damit es sich schnell im Körper verteilt", sagte Thyra leise, ohne Alenka anzusehen. „Und sobald sie aufwacht, kannst du ihr noch eine zum Trinken geben."

Mit zitternden Händen schraubte Alenka eines der Fläschchen auf. Die Flüssigkeit darin war von einem dunklen Rot, doch sie war sich nicht sicher, ob das Gutes oder Schlechtes verhieß.

„Was ist das?", fragte der Werwolf misstrauisch, als Julia ihr die Flasche bereits abnahm und daran roch.

„Blut?!" Die Vampirin musterte Thyra skeptisch. „Das wird nicht funktionieren! Werwolfs- und Vampirblut vertragen sich nicht."

„Mit dem richtigen Bindungsmittel schon", antwortete Thyra und nach allem, was Alenka in ihren Gedanken erkennen konnte, sagte sie tatsächlich die Wahrheit.

Alenka musterte die Flaschen mit Abscheu. Sollte sie Afra wirklich Blut als Heilmittel geben? Auch wenn es mit Kräutern und Magie angerichtet war?

„Hast du es getestet?", fragte Julia nur kühl und musterte Thyra von oben herab.

„Ja! Auch bei Vampiren!"

Alenka bemerkte, wie sich Julias Augen leicht verengten, doch sonst war nichts an ihrer Miene abzulesen, bis ein boshaftes Lächeln ihre Lippen umspielte. „Gut! Probieren wir es!" Sie nahm Alenka die restlichen Flaschen ab, bevor sie sich mit erhobenem Kopf umdrehte und zurück zu dem Tisch ging. In einer fließenden Bewegung füllte sie eine Spritze mit der Flüssigkeit, die sie dem Werwolf reichte.

„Du hoffst nicht wirklich, dass es funktioniert, oder?", fragte er mit bebender Stimme, während er sie der Vampirin abnahm.

„Nein!", antwortete Julia knapp und obwohl Alenka keinen Einblick in ihre Gedanken hatte, war sie sich sicher, dass diese Äußerung der Wahrheit entsprach.

„Manchmal würde ich dir wirklich gern den Kopf abreißen", murmelte der Werwolf halblaut, während er Devilias linken Arm streckte und die Spritze in ihre Armbeuge stach.

„Bist du dir sicher, dass du wirklich die Blutbahn getroffen hast?", fragte Tiara entgeistert und in ihrem Geist war deutlich erkennbar, dass der Werwolf ihrer Meinung nach medizinisch gänzlich falsch vorgegangen war. „Das Blut muss erst gestaut werden, um die Vene überhaupt zu finden. Damit…"

„Ich mache das nicht zum ersten Mal!", unterbrach er die Heilerin knapp, doch nun lag ein beinahe liebevoller Ausdruck auf seinem Gesicht, als er die Spritze vorsichtig wieder aus Devilias Arm zog und mit einem Finger sanft auf die millimetergroße Wunde drückte. „Meine Augen sind besser, als die eines Menschen", fuhr er fort und wandte sich nun halb zu Tiara um. „Ich kann die Vene auch ohne Stauung sehen. Mir liegt genauso viel wie dir daran, dass Devilia am Leben bleibt. Das kannst du mir glauben."

Etwas verwundert musterte Alenka ihn. Obwohl er ein Werwolf war und wohl nicht weniger grausam als Julia, schien er im Gegensatz zu ihr Gefühle zu besitzen. Aus irgendeinem ihr unbekannten Grund schien ihm tatsächlich etwas an Devilia zu liegen.

„Wie rührend!", bemerkte Julia spöttisch, während sie mit einem abfälligen Lächeln auf den Lippen bereits eine zweite Spritze mit der roten Flüssigkeit füllte und sie Gyula überreichte.

„Warte!", sagte Alenka mit zittriger Stimme, als er sich neben Afra kniete.

„Worauf?", fragte die Vampirin nur unbeeindruckt und bedeutete dem Mann, fortzufahren.

Alenka öffnete den Mund, um zu protestieren, doch Julia ließ ihr keine Gelegenheit dazu. „**Mir** ist es gleich, ob sie stirbt", bemerkte sie kühl, woraufhin Alenka innerlich erstarrte und den Mund wieder schloss.

Beunruhigt wandte sie sich zu Afras lebloser Gestalt um, als Gyula bereits wieder aufstand. Sie hoffte wirklich, dass es funktionierte und sie spürte die Angst, die sie am ganzen Körper zittern ließ.

Alenka sah, wie Luise sich besorgt neben Afra kniete und sie mit angehaltenem Atem musterte.

„Gyula, ich will, dass du das mit der toten Frau überprüfst!", durchbrach Julias eisige Stimme die Stille, als wären Afra und Devilia für sie nicht länger interessant genug, um ihnen weiterhin Beachtung zu schenken. „Sorge dafür, dass es wie ein Unfall aussieht. Und beeil dich! Vielleicht brauche ich dich heute noch."

Alenka hörte, wie sich die Tür hinter dem Mann leise schloss, bevor sie sich zögernd umdrehte. Julia war ihr ein

Rätsel, doch im Moment hatte sie entschieden andere Sorgen.

Ungeduldig warf sie einen Blick auf Devilia. Wenn es tatsächlich funktionierte, würde sie zweifelsohne zuerst aufwachen.

Der Werwolf hielt ihre ehemalige Freundin sanft im Arm, während er bereits eine weitere der Flaschen in der Hand hielt. Doch Devilia sah noch immer genauso leblos aus, wie zuvor.

Schweigend warteten sie. Die Zeit schien stehen zu bleiben und Alenka befürchtete bereits, dass Julia Recht behalten würde, als Devilia sich plötzlich bewegte und nach Luft schnappte.

Sie hielt sich mit einer Hand die Kehle, während sie langsam wieder zu sich kam.

Mit einem erleichterten Aufschrei eilte Tiara an die Seite ihrer Tochter, um sich von ihrem Wohlbefinden zu überzeugen.

Auch Alenka atmete leise auf. Wenn es bei Devilia funktionierte, musste es auch bei Afra wirken.

„Trink das", sagte der Werwolf leise und hielt Devilia das Fläschchen an den Mund.

„Was...?" Devilias Stimme klang brüchig und rau und das Sprechen schien ihr schwer zu fallen.

„Keine Fragen!"

Alenka beobachtete, wie der Werwolf sanft einen Finger auf Devilias Lippen legte, bevor er mit seiner Hand über ihre Wange strich.

Devilias Hand zitterte, als sie ihm das Fläschchen abnahm und es an ihre Lippen setzte.

Alenka wandte sich von den beiden ab. Devilia ging es eindeutig gut, also würde auch Afra wieder aufwachen!

Es würde ihr wieder gutgehen! Trotzdem schnürte ihr die Angst noch immer die Kehle zu. Was, wenn es doch zu spät war?! Wenn es aus irgendeinem Grund doch nicht funktionieren sollte?!

Erst als Afra leise aufstöhnte und blinzelnd die Augen öffnete, spürte Alenka, wie die Anspannung von ihr fiel. Auch die anderen schienen erleichtert zu sein und nun konnte Alenka auch endlich wieder Afras Geist auffangen.

Ihre Schwester war verwirrt und schien nicht recht zu wissen, was eigentlich passiert war, als Luise sie auch schon stürmisch umarmte. „Afra, wie geht es dir?"

Alenka sah, wie ihre Schwester leicht zusammenzuckte. Es ging ihr noch immer schlecht und sie war äußerst schwach.

„Luise, bitte sei vorsichtig!", ermahnte Alenka das Mädchen entsetzt und kniete sich selbst neben ihre Schwester.

„Tut mir leid", murmelte Luise betreten und ließ Afra sofort wieder los.

„Alenka!" Afras Stimme war so schwach, dass Alenka sie kaum verstand.

„Dir wird es bald wieder besser gehen", versprach sie zuversichtlich, als sie spürte, wie ihr jemand leicht auf die Schulter klopfte. Überrascht sah sie auf.

Wortlos hielt Julia ihr eines der goldenen Fläschchen entgegen.

„Danke!" Alenka nahm es ihr mit zitternden Händen ab und reichte es Afra.

„Was ist das?", fragte ihre Schwester misstrauisch, während Luise ihr half, sich aufzurichten.

„Eine leider wirkungsvolle Medizin!", bemerkte Julia kühl. „Schön, dich wieder unter den Lebenden zu sehen!"

Damit wandte sich die Vampirin ab, während Afra vorsichtig an dem Fläschchen nippte und das Gesicht verzog.

„Das ist ekelhaft!", brachte sie hustend hervor. „Davon trink' ich keinen Schluck!"

„Doch, das wirst du!", widersprach Alenka entschieden.

„Trink's doch selber!"

„Ihr scheint es wieder besser zu gehen", bemerkte Luise und tatsächlich lag wieder dieses lebendige Funkeln in Afras dunklen Augen, als sie sich nun von selbst aufsetzte.

„Und ob! Gut genug, um einen Vampir zu pfählen!" Afra warf einen wütenden Blick auf Devilia.

„Das trifft sich gut", bemerkte Julia, während sie Afra überheblich musterte. Sie sah aus, als wollte sie noch etwas sagen, doch bevor sie dazu kam, wurde sie von einem Klopfen an der Tür unterbrochen. „Komm rein, Gyula!", sagte Julia nur kühl und wandte sich von Alenka und ihrer Schwester ab.

„Erledigt!", teilte der Mann der Vampirin mit, als er die Tür hinter sich schloss.

„Gut!" Julia winkte ihn mit einer knappen Geste zu sich.

„Was macht **sie** hier?", fragte Afra leise und deutete mit einem Kopfnicken auf Thyra, die noch immer am Boden kniete.

„Wir brauchten ein Gegengift...", antwortete Alenka zögernd. Sie wusste schließlich, wie sehr Afra die Mörderin hasste.

Alenka konnte in den Gedanken ihrer Schwester die gleiche Frage erkennen, deren Antwort auch sie gefürchtet hatte. Was wäre gewesen, wenn Thyra ihr nun ein weiteres Gift verabreicht hätte?

„Sie scheint ganz gut darin zu sein", warf Luise gedämpft ein. „Tiara wusste nicht, was das für ein Gift war."

„Sie **ist** gut darin!", korrigierte Afra die junge Halbhexe zu Alenkas völliger Überraschung, während sie ihre Stimme mit jedem Wort anhob. „Den Schrank unter der Treppe hab' ich schon vor 'nem Monat auseinander genommen. Die kleinen roten Würfel fand ich persönlich am interessantesten!" Sie warf einen provokanten Blick zu Devilia, doch Alenka wusste nicht, wovon sie sprach.

„Hast du nicht gesagt, dass…?", begann Devilia, doch Afra ließ sie nicht ausreden.

„Klar!", erwiderte Alenkas Schwester leichthin. „Sonst hättest du es doch nie genommen!"

„Heißt das, du hattest keine Ahnung, welche Wirkung…?"

„Mehr oder weniger! Hab' die Notiz nur kurz überflogen!"

„Wahnsinn!" Ein ungläubiges Lächeln umspielte Devilias Lippen, doch Afra zuckte nur gleichgültig mit den Schultern.

„Ein Vampir mehr oder weniger, was macht das schon?!", bemerkte Afra gleichgültig.

Alenka musterte ihre Schwester etwas überrascht, während sie sich wieder erhob. Afra schien ihre Worte absolut ernst zu meinen und einen regelrechten Hass auf Vampire entwickelt zu haben. Dabei war Alenka aufgrund ihrer früheren Unterhaltungen davon ausgegangen, ihre Schwester würde eine gewisse Sympathie oder zumindest keine Antipathie gegenüber Julia empfinden, obwohl sie sich diesen Umstand nie hatte erklären können.

„So redest du nicht mit ihr!", warf der Werwolf drohend ein und richtete sich abrupt auf.

Alenka zuckte innerlich vor ihm zurück, als er Afra mit

einem gefährlichen Glitzern in den Augen musterte.

„Lass gut sein, Jean!" Sanft legte Devilia eine Hand auf seine nackte Brust.

Er funkelte Afra noch einen Moment an, bevor er sich entspannte und zu Devilia umwandte. Als er die Vampirin nun ansah, lag ein geradezu sanfter Ausdruck auf seinem Gesicht, der niemanden darauf hätte schließen lassen, dass er nur wenige Sekundenbruchteile zuvor noch äußerst bedrohlich gewirkt hatte. „Wie du willst!" Er zog Devilia sanft an sich und strich ihr über das Haar.

„Wenn ihr dann fertig seid?!", warf Julia überheblich ein und ihre Stimme klang beinahe gelangweilt. „Ich will eine Erklärung für das ganze Theater! Und mir ist egal von wem!"

„Gut!", erwiderte Afra mit bebender Stimme und stand auf. In ihren Gedanken konnte Alenka erkennen, dass etwas Schockierendes passiert war, dass selbst ihre Schwester aus der Fassung brachte und sie mit verschiedenen Gefühlen von Hass bis Verzweiflung ringen ließ. „Dein Blutsaugernachwuchs hat meine Freundin umgebracht!"

„Das wird ja immer interessanter!", bemerkte Julia kühl, bevor sie sich an Devilia wandte. „Auch wenn ich deinen Drang zum Morden nachvollziehen kann, müsste ich dich dafür jetzt eigentlich töten."

„Das wirst du aber nicht!", wandte der Werwolf mit angespannter Stimme ein.

Doch die Vampirin musterte ihn nur gleichgültig. „Wir werden sehen!"

Alenka spürte jähen Zorn in ihrer Schwester aufflammen und den erschreckend intensiven Wunsch, Devilia tot zu sehen.

„Was hat sie dir getan? Warum hast du sie umgebracht?" Afras Stimme zitterte und Alenka wurde bewusst, dass hier offensichtlich von jener Frau die Rede sein musste, um derentwegen sich ihre Schwester in letzter Zeit häufiger in der Menschenwelt aufgehalten hatte, als im magischen Wald.

Alenka musterte Devilia abwartend, denn auch sie war nicht gerade wenig an der Antwort auf diese Frage interessiert.

„Ich weiß nicht", sagte Devilia schließlich langsam, ohne irgendjemanden anzusehen.

„Du weißt es nicht?!", rief Afra empört und machte ein paar Schritte auf Devilia zu, bis Luise sie zurück hielt.

Entsetzen erfüllte Alenka, als sie spürte, dass ihre Schwester tatsächlich dazu bereit war, Devilia jeden Moment eigenhändig zu töten.

„Du weißt nicht, warum du sie umgebracht hast?!" Afra zitterte am ganzen Körper, doch Alenka bezweifelte, dass die hier herrschende Kälte den Grund dafür darstellte, denn sie hatte die Hände zu Fäusten geballt und funkelte Devilia wütend an.

Wortlos schüttelte Devilia den Kopf, während sie nach einer Antwort zu suchen schien.

„So kommen wir nicht weiter!", stellte Julia kühl fest. „Hat das alles irgendetwas mit Jaron zu tun?"

# 7. Kapitel

Verwundert richteten sich alle Blicke auf die Vampirin. Alenka brauchte ihre Schwester nicht anzusehen, um ihre Überraschung zu erschließen. Sie schien genauso wenig zu verstehen, von wem die Vampirin sprach, wie auch alle anderen.

„Wer...?", setzte Devilia schließlich verständnislos an, als niemand eine Antwort gab.

„Dir gegenüber hat er sich Ron genannt", bemerkte der Werwolf neben ihr leise, doch seine Stimme klang zum Zerreißen angespannt.

Wer auch immer dieser Mann war, Alenka war sich sicher, dass sein Zutun nichts Gutes verheißen konnte.

„Was? Woher wisst ihr...?" Sichtlich verwirrt sah Devilia zwischen Julia und dem Werwolf hin und her, bis sich die Vampirin schließlich zu einer Antwort herabließ.

„Mary!", erwiderte sie knapp und überheblich. „Dein Glück übrigens!"

„Wie? Ich kann dir nicht ganz folgen!"

Doch Julia sah nicht so aus, als würde sie eine nähere Erklärung geben, sodass schließlich der Werwolf die offene Antwort übernahm. „Als die Sonne aufgegangen ist und du noch nicht zurück warst, hat Mary uns erzählt, mit wem du dich getroffen hast", erklärte er mit bebender Stimme. „Es ist... eine Macke von ihm, dass er von allen Frauen, mit denen er sich trifft, kurze Haare verlangt. Zumindest von denen, an denen ihm nicht wirklich etwas liegt. Wir haben uns wirklich Sorgen um dich gemacht!"

„**Du** hast dir Sorgen gemacht", korrigierte ihn Julia gleichgültig.

„Wenn es dir vollkommen egal gewesen wäre, hättest du Gyula nicht geschickt, um sie zu suchen! Dann hätte es wahrscheinlich noch Stunden gedauert, bis wir auf die Idee gekommen wären, dass sie im Wald ist!", erwiderte der Werwolf entschieden, ohne die Vampirin jedoch anzusehen.

Julia musterte ihn von oben herab. „Ich dachte, ich kann Jaron vielleicht für irgendetwas den Kopf abreißen! Wenn er sie zum Beispiel getötet hätte!"

„Wir reden aber immer noch von demselben, oder?", warf Devilia mit dem Anflug eines zweifelnden Lächelns ein, während sie verständnislos zwischen Julia und dem Werwolf hin und her sah.

Alenka spürte, dass sich auch die anderen fragten, in welcher Weise dieses Gespräch mit ihrem momentanen Problem zu tun hatte und wer dieser Jaron war. Alle von ihnen waren reichlich ratlos; alle, bis auf eine Ausnahme. Thyra schien zu wissen, von wem die Vampirin sprach.

„Vielleicht könnte irgendjemand kurz erklären, um wen es hier eigentlich geht?!", warf Afra ungeduldig ein, während sie auf ihren Fußballen auf und ab wippte.

Julia musterte sie einen Moment kühl, bevor sie ihr eine knappe Antwort gab. „Um einen Vampir, den ich gern töten würde!"

„Also, **ich** red' von einem Menschen!", warf Devilia ein, während ein beinahe amüsiertes Lächeln ihre Lippen umspielte.

„Tatsächlich?", bemerkte Julia nur kühl, doch ihre Stimme machte deutlich, dass sie nicht daran glaubte. „Hat er dir sein kleines Geheimnis nicht verraten?!"

„Warum tötest du ihn nicht?", fragte Afra verständnislos, doch die Vampirin sah sie nicht einmal an.

Als sie auch nach mehreren Sekunden nicht antwortete, übernahm das schließlich der Werwolf für sie. „Sie kann nicht!", erklärte er mit einem kurzen Seitenblick auf die

Vampirin. „Die einzigen Morde, die er an Menschen begangen hat, hat Julia ihm damals verziehen. Und seit sie ihn rausgeworfen hat, hat er sich nichts mehr zu Schulden kommen lassen. Zumindest nichts, wofür sie ihn belangen könnte, ohne ihre eigenen Regeln zu verletzen!"

„Hat er Magier getötet?", fragte Afra mit angespannter Stimme und Alenka spürte, dass sie wohl mehr zu wissen schien, als sie zugeben wollte.

„Ja!" Der Werwolf nickte langsam. „Aber dafür können **wir** ihm wie gesagt nichts anhaben!"

Afra nickte nachdenklich, sagte aber nichts mehr.

„Jetzt zu dir!", bemerkte Julia mit schneidender Stimme und wandte sich wieder Devilia zu.

„Er ist ein Mensch!", beharrte sie, doch Julia hob nur gleichgültig die Schultern.

„Das klären wir ein andermal!"

„Dann sag' mir, seit wann man Vampire mit einem Messer töten kann!"

„Moment! Soll das heißen, du hast diesen Typen, von dem du hier redest, auch noch umgebracht?!", warf Afra fassungslos ein und auch Alenka fiel es schwer, das zu begreifen. Immerhin hatte sie geglaubt, Devilia zu kennen und als sie noch eine Hexe gewesen war, war sie gewiss keine Mörderin gewesen. Doch auch in Tiaras Geist zeichnete sich deutliches Entsetzen bei dieser Vorstellung ab.

„Hast du'n Vollknall?!" Devilia lachte amüsiert und schüttelte ungläubig den Kopf. „Nein, natürlich nicht!"

„Wär aber nicht so abwegig!", erwiderte Afra nur mit ernster Miene.

„Ich hab' ihn tot gefunden!"

„Das ist äußerst interessant!", bemerkte Julia und Alenka fand, dass die Vampirin eine recht eigentümliche Auffassung diesbezüglich hatte, denn sie selbst empfand einen Mord eher als abschreckend.

„Was für Blut?", fragte Julia nur kühl.

„Menschenblut natürlich!"

„Das auf deinem Shirt?"

„Ja!"

„Und hast du sein Blut sonst immer gerochen?!"

Devilia zögerte einen Moment, bevor sie Julia antwortete. „Nur schwach!"

„Und du bist dir wirklich sicher, dass er tot ist?"

„Ja! Sah ziemlich danach aus!"

„Wo?"

„Auf'm Friedhof!"

Julia nickte langsam, als Afra plötzlich leise aufseufzte.

Alenka spürte, dass ihre Schwester wohl deutlich mehr wusste, als ihr womöglich gut tat.

„Und welche Rolle spielt diese Frau dabei?", fragte Julia und ihre Stimme wirkte, trotz ihrer überheblichen Art, tatsächlich interessiert.

„Sie hat ihn getötet", erwiderte Devilia sachlich.

„Was? Auf keinen Fall!", rief Afra aufgebracht dazwischen. „Warum sollte Jadeline bitte jemanden töten?"

„Weil sie auf ihn stand!"

„Das ist doch Blödsinn!", entgegnete Afra lachend, doch Alenka konnte ihre Überraschung fühlen und auch ihre Geheimnisse, deren Inhalte sie jedoch nicht entschlüsseln konnte. Afras Gedanken wurden erst deutlich genug, als sie es aussprach und Alenka vor Entsetzen der Atem stockte. „Jadeline hat ihn nicht getötet. Das war ich!"

Alle musterten Afra schockiert, bis Devilia als Erste das Schweigen durchbrach. „Du spinnst!"

„Nein!" Afra schüttelte bestimmt den Kopf. „Nur dass

ich keine Ahnung hab', wo dein Messer herkommt! Ich hab' ihn nämlich gepfählt! Direkt ins Herz!" Afra reckte das Kinn beinahe stolz nach vorn und stemmte die Hände in ihre dunklen Hüften.

„Nicht schlecht für eine Hexe", bemerkte Julia kühl, bevor sie sich wieder an Devilia wandte. „Du hast Afra ein Schlafmittel gegeben, nicht wahr?"

Devilia nickte stumm.

„Das Gift auch?" Julia hielt das kleine Fläschchen mit spitzen Fingern in die Höhe.

„Sei nicht albern!", erwiderte Devilia mit einem beinahe amüsierten Lächeln, als sie ungläubig den Kopf schüttelte.

„Das ist von Jadeline", bemerkte Afra mit zusammengezogenen Augenbrauen. „Sie hatte ein kleines Kästchen im Keller, in dem das Fläschchen war. Sie hat mich gebeten, es ihr zu geben, damit sie **schnell** stirbt!"

„Als du bei ihr warst, hatte ich kaum Blut von ihr getrunken. Sie war sogar noch bei Bewusstsein!", warf Devilia ein, ohne Afra aus den Augen zu lassen.

„Dann hast du sie eben danach ausgesaugt", bemerkte Julia gleichgültig. „Erklärt das Gift in deinem Körper! Aber bei dir..." Die Vampirin musterte Afra nachdenklich. „Sag nicht, du hast es selbst getrunken?!"

„Natürlich nicht! Denkst du, ich bin total bescheuert?!"

„Abwarten!", erwiderte Julia nur kühl, bevor sie sich an Alenka wandte. „Du solltest deine Schwester zurück in dein Schloss bringen lassen!"

Alenka nickte langsam. Sie war froh, dass Julia ihre Anwesenheit nicht länger wünschte, doch Afra rührte sich nicht von der Stelle. Sie überlegte noch immer, ob sie es wagen konnte, Devilia jetzt zu töten.

„Komm mit, Afra! Wir gehen!" Sie fasste ihre Schwester leicht bei der Hand und wandte sich der Tür zu.

„Nur deine Schwester!", warf Julia kühl ein, ehe Alenka mehr als einen Schritt hatte tun können. „Und von mir aus auch gern deine Wachen!"

Alenka wandte sich überrascht zu der Vampirin um. Was konnte Julia jetzt noch von ihr wollen?

„Ich habe noch ein paar Fragen an **sie**!" Die Vampirin deutete mit einer knappen Geste auf Thyra und Alenka sah, wie die Hexe leicht zusammenzuckte. „Und ich denke, dich würden die Antworten bestimmt auch interessieren", fuhr Julia mit einem gefährlichen Lächeln fort.

Alenka zögerte. Sie kannte Julias Methoden nicht, doch sie wusste, wie grausam die Vampirin war. Schließlich hatte ihr Vater sie oft genug vor ihr gewarnt und sie konnte es auch in Thyras Geist sehen, doch womöglich war gerade ihre Angst der Grund für Alenkas Entscheidung. „Einverstanden!"

„Ich will das auch wissen!", warf Afra ein und blieb auf halbem Weg zur Tür stehen.

„Glaub mir, das willst du nicht!", erwiderte Julia herablassend und nun bereute Alenka ihre Entscheidung bereits, doch Afra machte noch immer keine Anstalten, das Zimmer zu verlassen.

„Komm schon, Afra", sagte Luise leise und schließlich ließ sich Alenkas Schwester von der Halbhexe hinausziehen.

„Gyula, bring sie zurück!", befahl Julia nur knapp, woraufhin sich der Mann ebenfalls zur Tür wandte. „Und komm dann nach unten!", fügte die Vampirin hinzu, worauf Gyula nur nickte, bevor er das Zimmer ebenfalls verließ.

„Wir gehen auch", sagte der Werwolf, als er bereits aufstand und Devilia sanft vom Bett zog.

„Stimmt! Das will ich echt nicht sehen!", kommentierte Devilia und folgte ihm rasch. „Viel Spaß!" Ein provozierendes Lächeln lag auf ihren Lippen, als sie Alenka im Vorbeigehen zuzwinkerte. Doch Alenka hatte das ungute Gefühl, dass ihr das Bevorstehende nicht im Entferntesten Freude bereiten würde.

Zögernd folgte Tiara ihrer Tochter, bevor sie noch einmal ein paar Schritte vor Thyra stehen blieb. „Thyra", flüsterte sie mit zitternder Stimme, während ihr Blick unentwegt auf der skrupellosen Mörderin ruhte.

Beunruhigt sah Alenka zwischen den beiden Hexen hin und her, die unterschiedlicher nicht hätten sein können. Erst schien es, als wollte Thyra die Heilerin einfach ignorieren, während sie den Blick starr auf den Boden gerichtet hielt, doch schließlich hob sie doch den Kopf.

„Ich danke dir", stellte Tiara schlicht fest, doch in ichrem Geist konnte Alenka überdeutlich lesen, wie unvorstellbar erleichtert sie war, ihre Tochter wieder unter den Lebenden zu sehen. „Sie bedeutet mir alles! Ich kann dir gar nicht sagen, wie dankbar ich dir bin. Wenn du selbst eine Tochter hättest, könntest du es verstehen."

Fast erwartete Alenka, dass die Heilerin auf diese Offenbarung ihrer Gefühle eine auf vernichtende Weise boshafte Antwort erhalten würde, doch zu ihrer Überraschung schien Thyra nichts daran zu liegen, sie zu verletzen. Im Gegensatz dazu schienen Tiaras Worte sogar irgendetwas in der skrupellosen Mörderin zu bewirken, denn obwohl ihr Geist bis auf brodelnden Hass noch immer gänzlich unzugänglich für Alenka war, verkrampfte sich ihr gesamter Körper nun verräterisch.

„Danke!", wiederholte Tiara noch einmal, bevor sie schließlich langsam zur Tür ging. In ihrem Geist konnte Alenka deutlich lesen, dass sie Thyra gern etwas von der

Strafe erspart hätte, die die Mörderin für ihre Taten allerdings mehr als verdient hatte.

Als Tiara direkt neben der skrupellosen Hexe stand, legte sie ihr mit sanftem Druck eine Hand auf die Schulter. Die Geste war zweifellos nett gemeint, doch Thyra zuckte unter der Berührung zurück, als hätte ihr jemand den Tod angedroht.

Mindestens genauso überrascht wie Alenka über diese Reaktion zog Tiara hastig ihre Hand zurück. Die Heilerin musterte Thyra noch einen Augenblick, als erhoffte sie, noch irgendetwas aus ihrer Miene ablesen zu können, bevor sie es schließlich aufgab und den Raum ebenfalls verließ.

Nun war nur noch David übrig. „Alenka, ich weiß nicht, ob…", begann er zögernd, doch auch ohne seine Gedanken lesen zu müssen, wusste sie bereits, was er ihr mitteilen wollte.

„Du solltest auch gehen, David", sagte sie mit fester Stimme. „Es wird genügen, wenn Marvin und Rick bleiben."

David nickte langsam, doch es war offensichtlich, dass er ihre Entscheidung nicht guthieß.

„Alenka", bemerkte Julia herablassend, nachdem David zusammen mit Tiara, Afra, Luise und Gyula verschwunden war. Mit einem boshaften Lächeln verließ die Vampirin das Zimmer.

„Wohin gehst du?", fragte Alenka und musterte Julia skeptisch.

„Glaubst du wirklich, ich will Blut auf meinem Boden haben?!", entgegnete die Vampirin nur spöttisch und bedeutete ihr mit einer unmissverständlichen Handgeste, ihr zu folgen.

Alenka holte entsetzt Luft. Auch wenn sie es nicht zugeben wollte, machte ihr Julia Angst und sie spürte, dass es Thyra nicht anders erging.

Aus den Augenwinkeln sah sie, wie Marvin und Rick die Mörderin auf die Beine zogen, um Julia zu folgen.

Alenka war bewusst, dass es nun kein Zurück mehr gab und trotzdem wünschte sie sich, sie hätte zusammen mit den anderen gehen können.

# 8. Kapitel

Zitternd folgte Alenka der Vampirin durch die Gänge. Sie war sich mittlerweile sicher, die falsche Entscheidung getroffen zu haben, doch mit einem schwachen Hauch von Genugtuung bemerkte sie, dass Thyra nun nicht länger von ihr dachte, sie hätte kein Durchsetzungsvermögen.

Nur wenige Minuten später stieß Julia eine schwarz gestrichene Tür auf. Der Raum dahinter erinnerte Alenka an den in ihrem Schloss, wo sie hatte feststellen müssen, dass Devilia zu einer Mörderin geworden war. Das Licht der Glühbälle warf verzerrte Schatten auf die Wände und ließ das dunkle Gemäuer nur noch unheimlicher wirken.

„Wer macht die Tür zu?", fragte Julia herablassend, als sie das kalte Zimmer betreten hatten.

Marvin und Rick warfen sich einen kurzen Blick zu. Alenka wusste, dass es beiden widerstrebte, Thyra auch nur für einen kurzen Moment aus den Augen zu lassen, obwohl sie sich selbst größere Sorgen wegen der Vampirin machte.

Schließlich fasste Rick Thyra grob im Nacken und trat ihr mit dem Fuß fester als nötig in die Kniekehlen, sodass sie das Gleichgewicht verlor und auf die Knie ging. Alenka wusste, dass er ihr am liebsten das Genick gebrochen hätte und sich darauf freute, was Julia womöglich vorhatte.

Marvin zögerte kurz, doch Alenka konnte in seinem Geist erkennen, dass er wusste, dass sein Bruder Thyra sicher festhielt und sie nichts würde tun können ohne Alenkas ausdrückliche Genehmigung.

Leise schloss er die Tür. Dieses Geräusch hatte etwas unheimlich endgültiges an sich und Alenka wusste spätestens jetzt, dass sie ihre Entscheidung nun nicht mehr ändern konnte, ohne ihrem Ruf zu schaden.

„Wer war diese Frau? Woher hatte sie das Gift?", fragte Julia herablassend und musterte Thyra aufmerksam.

Thyra schüttelte langsam den Kopf. „Ich kenne sie nicht! Ich habe ihren Namen noch nie gehört!"

„Ach wirklich?" Mit einem boshaften Lächeln trat die Vampirin direkt vor sie, während sie sich langsam einen der Netzhandschuhe von ihren Fingern zog.

Thyra zuckte vor der Vampirin zurück, doch Marvin und Rick hielten sie energisch fest. Alenka beobachtete, wie Julia die Hexe mit ihren Fingernägeln am Kinn fasste und ihr den Kopf in den Nacken drückte.

Thyra keuchte leise auf und erst jetzt bemerkte Alenka mit Entsetzen, dass Blut über Julias Finger rann und auf den Boden tropfte.

„Ich habe viel Zeit", bemerkte die Vampirin kühl, während sie ihre Nägel noch tiefer in Thyras Haut grub.

Noch schockierender als die Art und Weise der Vampirin war für Alenka jedoch die offensichtliche Schadenfreude mit der Rick und Marvin diese Szene beobachteten.

„Ich weiß es nicht!" Thyras Stimme zitterte und mit Überraschung stellte Alenka fest, dass Tränen in ihren Augen glitzerten.

„Sie sagt die Wahrheit", sagte sie mit angespannter Stimme, als noch mehr Blut von Thyras Kehle auf den Boden strömte und sie nicht länger gewillt war, dies mit anzusehen. Doch die Vampirin erweckte nicht den Eindruck, als würde es sie auch nur im Geringsten kümmern.

„Bitte, Julia, das genügt!" Alenka spürte, wie ihre Stimme bebte. Sie hasste Thyra, doch das ging zu weit.

Julia warf ihr einen kurzen überheblichen Blick zu, bevor sie ihre Hand schließlich zurückzog, die nun blutrot gefärbt war. Gelassen wischte die Vampirin ihre Hände an einem schwarzen Tuch ab, während sich Thyra keuchend ihren aufgerissenen Hals hielt.

„Wem hast du dein Gift dann gegeben?", fragte Julia kühl, während sie den Handschuh langsam wieder überstreifte.

Alenka warf einen überraschten Blick auf Thyra. Sie kannte die Antwort auf die Frage, doch sie schien nicht in der Lage, zu antworten.

„**Ihr** Gift?", fragte Alenka ungläubig.

„Wer sollte es sonst hergestellt haben?", entgegnete die Vampirin nur herablassend. „Ich dachte, **du** könntest ihre Gedanken lesen?!"

Alenka sah Julia überrascht an. Was sie da soeben gesagt hatte, klang durchaus logisch und entsprach auch der Wahrheit, wie sie in Thyras Geist klar sehen konnte, doch es ärgerte sie auch in gewisser Weise, nicht selbst diesen naheliegenden Schluss erkannt zu haben.

„Also, wem hast du es gegeben?", fragte Julia kühl, als sie sich wieder Thyra zuwandte.

„Nur Jaron!" Die Stimme der Hexe zitterte und Alenka stellte sich die Frage, wer dieser Vampir wohl war, den ihre Schwester aus irgendeinem bislang unerklärlichen Grund getötet hatte. Was hatte Afra ihr nur bislang verschwiegen?

„Und wem hat **er** es gegeben?"

„Ich weiß es nicht!", sagte Thyra und Alenka spürte die Verachtung hinter ihren Worten, die sich diesmal jedoch nicht gegen sie richtete. „Warum fragst du ihn das nicht selbst? Oh, hätte ich fast vergessen, er ist ja tot!" Trotz des Spotts in Thyras Stimme konnte Alenka spüren, dass er ihr aus irgendeinem unbekannten Grund nicht vollkommen gleichgültig gewesen war und dieser Umstand erfüllte sie mit einem Hauch von Genugtuung.

„Großartig, nicht wahr?", bemerkte die Vampirin mit einem boshaften Lächeln. „Wen kannte er noch? Außer all den Vampiren und Magiern, die Alenka hoffentlich allesamt weggesperrt hat?!"

Alenka wusste, dass Julia dasselbe von ihr dachte wie auch Thyra. Konnte es denn tatsächlich so falsch sein, eine Antipathie gegen Töten und Foltern zu pflegen?!

„Ich weiß es nicht", wiederholte Thyra ihre Antwort leise, ohne die Vampirin anzusehen.

„Dein Pech, dass ich dir nicht glaube!"

Thyra antwortete nicht, doch sie schien ernsthaft über eine Antwort nachzudenken, die der Wahrheit entsprach.

„Eigentlich wollte ich mein Kleid heute nicht mit Blut beschmutzen", bemerkte Julia kühl, doch die Drohung war unmissverständlich.

„Er... er hat nur einmal jemanden erwähnt!"

„Wen?"

„Einen Menschen! Irgendeinen... Zoo...direktor!"

„Name?"

Doch bevor Thyra antworten konnte, klopfte es leise an der Tür.

„Komm rein, Gyula!", sagte Julia kühl, ohne auch nur aufzusehen. „Du kommst genau richtig!"

Wortlos schloss er die Tür hinter sich und trat neben Alenka.

„Ich will seinen Namen wissen!", bemerkte Julia herablassend, doch es war ein unmissverständlicher Befehl.

„Ich weiß es nicht!", erwiderte Thyra mit bebender Stimme. „Ich weiß nur, dass Jaron ihn öfter getroffen hat und er noch irgendeinen Kollegen hatte. Sie haben ihm Informationen aus der Menschenwelt besorgt. Mehr weiß ich nicht!"

Julia musterte sie nur von oben herab, während sie zu überlegen schien, wie sie eine Antwort von Thyra erzwingen konnte.

„Sie sagt die Wahrheit", verkündete Alenka vorbeugend. Sie hatte kein Interesse daran, eine weitere Vorführung von Julias sadistischer Neigung mitansehen zu müssen.

Ein boshaftes Lächeln umspielte die Lippen der Vampirin, als sie sich zu Alenka umwandte. „Meinetwegen! Es gibt auch noch andere Menschen."

Alenka spürte, wie ihr der Atem stockte. Sie wusste, dass sie der Vampirin nichts verbieten konnte, das nicht in direkter Verbindung zu ihrem Volk stand. Trotzdem hätte sie gern auf diese überhebliche Bemerkung von ihr verzichtet, denn sie bereitete ihr hilflose Sorge.

„Gyula, ein Zoodirektor und sein Komplize!", befahl Julia knapp.

Gyula nickte kurz, bevor er noch in derselben Sekunde verschwunden war.

„Was hast du vor?", fragte Alenka entgeistert.

„Nur eine Befragung! Oder willst du nicht wissen, wer versucht hat, deine Schwester zu töten?!", erwiderte die Vampirin, während sie Thyra überheblich musterte und zu überlegen schien, unter welchem Vorwand sie ihr Schmerzen zufügen konnte.

Alenka stellte sich die Frage, ob Julia schlichthin einfach nur Freude am Quälen hatte und es ihr im Prinzip vollkommen egal war, wen sie gerade vor sich hatte, oder ob sie eine persönliche Angelegenheit mit Thyra begleichen wollte. Gab es womöglich sogar einen Zusammenhang zu diesem Vampir mit dem Namen Jaron, den scheinbar jeder außer ihr selbst kannte?!

„Wer ist dieser Jaron nun?", fragte Alenka mit zitternder Stimme.

„Du meinst, warum Afra ihn getötet hat?!", bemerkte Julia herablassend und deutete mit einer überheblichen Geste auf Thyra. „Das solltest du **sie** fragen!"

Alenka musterte die Hexe etwas überrascht. Sie versuchte in ihren Gedanken eine Antwort zu finden, doch ohne Erfolg, denn alles in ihr wurde vollständig von Hass und Verachtung überdeckt - für Julia, Alenka selbst, Alois, Thyras Eltern und weiteren Magiern, denen Alenka noch nie begegnet war.

„Sag es ihr!", befahl die Vampirin kühl und Alenka war ihr beinahe dankbar dafür, denn sie selbst konnte nichts sagen.

Thyra hob langsam den Kopf und sah Alenka direkt an. Von ihrem Hals tropfte noch immer ununterbrochen Blut und sie zitterte am ganzen Körper. Sie schien Angst davor zu haben, Alenka eine Antwort zu geben, trotzdem klang ihre Stimme überraschend fest. „Er hat Liliana getötet!"

Alenka starrte die Hexe fassungslos an, doch sie hatte ihren Blick bereits wieder von ihr abgewandt. Allerdings konnte Alenka die Erinnerung an das Geschehene in ihren Gedanken klar erkennen.

Sie sah einen Mann mit schwarzen Haaren, der einer dunkelhäutigen Frau – Alenkas Mutter – gerade das letzte Stück von ihrem blutigen Hals abbiss, bevor er ihren abgetrennten Kopf achtlos beiseite warf. Sein Gesicht war blutverschmiert, doch sie konnte die langen Eckzähne in seinem Mund deutlich erkennen, die er in dem abgetrennten Rumpf der Frau vergrub.

Und dann sah sie ihre Schwester, als sie noch ein Kind gewesen war. Afra hatte die Augen weit aufgerissen, den Mund zu einem stummen Schrei geöffnet, der nicht über ihre Lippen drang.

Alenka schnappte entsetzt nach Luft und stolperte zurück. Sie spürte, dass sie zitterte und es kostete sie alle Mühe, sich aufrecht zu halten. Nun verstand sie Afras derartige Reaktion vor einem Monat, als sie erneut die Leiche ihrer Mutter gesehen hatte. Sie hatte geglaubt, ihre Schwester konnte nichts Schlimmeres erlebt haben, als sie selbst, als sie beobachtet hatte, wie Thyra ihrem Vater ein Messer in die Brust gestoßen hatte. Doch sie hatte sich getäuscht. Warum hatte Afra ihr nur nie davon erzählt? Sie hatte nicht einmal gewusst, dass es ein Vampir gewesen war, der ihre Mutter ermordet hatte.

Alenka holte tief Luft, während sie sich bemühte, ihre Fassung zu bewahren, doch sie konnte die Szene, die sie soeben gesehen hatte, nicht aus ihren Gedanken verdrängen.

Das alles war Thyras schuld! Sie war dafür verantwortlich! Sie war für alles verantwortlich, das sich innerhalb der letzten 17 Jahre ereignet hatte und auch davor. Schließlich hatte Alenka erst vor kurzer Zeit erfahren, dass Thyra auch Aleksandr – ihren eigenen Vater und Alenkas Großvater – getötet hatte.

Alenka hätte ihr gern unerträgliche Schmerzen für all diese Verbrechen zugefügt, doch der lähmende Schrecken, den sie seit diesen abartigen Bildern verspürte, hinderte sie daran. „Wie konntest du nur?", fragte sie mit bebender Stimme, während sie Thyra nur fassungslos anstarrte.

Doch die Mörderin antwortete ihr nicht und Alenka war es nicht möglich, in ihrem Geist zu lesen. Eigentlich war sie auch in gewisser Weise froh darüber, denn sie wollte keine von ihren erbärmlichen Rechtfertigungen hören.

„So etwas ist einfach, glaub mir", bemerkte Julia kühl

und Alenka fragte sich, ob ihre sadistische Art womöglich im Zusammenhang mit ihrem Vampirdasein stand oder ob sie auch bereits als Mensch so gewesen war. Doch obwohl sie die Äußerung der Vampirin aus der Fassung brachte, schaffte Alenka es nicht, auch nur irgendetwas zu erwidern.

„Du wusstest doch, dass sie tot ist", stellte Julia herablassend fest und Alenka war sich durchaus der Tatsache bewusst, dass die Vampirin nicht wissen konnte, welche Bilder sie gerade gesehen hatte. Doch andererseits hätte das womöglich auch keinerlei Unterschied gemacht.

„Nicht so", flüsterte Alenka mit bebender Stimme.

„Worauf willst du hinaus?", fragte Julia mit mäßigem Interesse.

Doch Alenka konnte der Vampirin nicht antworten. Sie wusste nicht, wie sie das Gesehene benennen sollte und sie wollte es auch nicht. Sie wollte es wieder vergessen und weiterhin an einen normalen, schlichten Mord glauben, denn so etwas konnte sie nicht ertragen! Sie konnte es nicht einmal begreifen!

„Denk nicht weiter daran!", sagte Julia überheblich, doch diesmal klang es nicht wie ein Befehl. „Du kannst es ohnehin nicht mehr ändern."

Alenka sah die Vampirin überrascht an. Sie hatte recht, doch wie stellte sie sich das vor?

„Jemand hat versucht, deine Schwester zu töten. **Das** sollte dich jetzt mehr beschäftigen!"

Alenka nickte wortlos. Afra! Natürlich war ihre Schwester jetzt wichtiger.

Sie holte zitternd Luft und straffte entschieden die Schultern. „Und was hast du vor?"

„Lass das meine Sorge sein! Antworten bekommen wir! Und **sie** brauche ich nicht mehr!" Die Vampirin deutete nur kurz mit der Hand auf Thyra und Alenka konnte sehen, wie die Hexe zusammenzuckte. Diese Wortwahl bedeutete bei Julia im Normalfall wohl nicht, dass sie den Betroffenen im Anschluss einfach gehen ließ.

„Marvin, Rick, bringt sie fort!", befahl Alenka mit bebender Stimme.

Sie beobachtete, wie die Brüder Thyra unsanft auf die Beine zogen und sie zur Tür führten.

Es widerstrebte Alenka, allein mit der Vampirin zurück zu bleiben und obwohl Marvin und Rick nicht gerade ihre bevorzugte Gesellschaft waren, gaben sie ihr doch einen Hauch von Sicherheit.

„Und versorgt ihre Wunde!", fügte sie hinzu, als Marvin bereits die Tür aufstieß.

Sie spürte den stummen Protest der beiden auf diesen Befehl, doch sie wollte nicht, dass Thyra ernsthaften Schaden davon trug. Sie sollte den Rest ihres Lebens im Gefängnis verbringen und dem nicht vorzeitig durch den Tod entkommen.

„Das wird sie nicht töten!", bemerkte Julia mit schneidender Stimme. „Hätte ich sie töten wollen, hätte ich ihr die Schlagader aufgeschnitten. Das ist harmlos! Die Muskeln sind unverletzt und eine Verblutung halte ich auch für unwahrscheinlich. Ihr Hexen heilt doch schneller, nicht wahr?!"

Alenka zögerte. Wenn Julia richtig lag, konnte nichts dagegen sprechen, Thyra noch ein geringes Maß an Schmerz mitzugeben. Alenka konnte sich schließlich nicht einmal vorstellen, wie schmerzhaft der Tod ihrer Mutter hatte sein müssen. „Bringt sie weg!", sagte sie schließlich nur, denn sie spürte, dass Marvin und Rick auf eine endgültige Entscheidung von ihr warteten.

Sie hatte ihre zuvorige Anweisung nicht zurückgenommen, doch sie hatte sie auch nicht noch einmal bestätigt. Sollten die beiden selbst entscheiden! Obwohl Alenka natürlich wusste, wie diese Entscheidung aussehen würde.

Mit einem dumpfen Geräusch schloss sich die Tür und ohne die Leuchtbälle von Marvin und Rick herrschte plötzlich vollkommene Dunkelheit. Alenka konnte nicht das Geringste sehen und sie spürte, wie jähe Angst in ihr aufstieg. Sie wusste nicht, was die Vampirin tat und das beunruhigte sie. Sie war ihr hilflos ausgeliefert. Sie brauchte Licht! Sie musste dringend etwas sehen!

Alenka spürte, wie die Angst ihr das Atmen beschwerte, bis plötzlich ein strahlendes Licht das kühle Gemäuer erhellte.

Verwundert betrachtete sie ihr Kleid. Es leuchtete. Einmal mehr an diesem Tag überraschten sie nun schon ihre Führerkräfte. Alenka wusste natürlich, dass sich ihre Kleidung dem jeweiligen Anlass und auch ihrer Stimmung entsprechend anpasste, aber das sie Licht aussenden konnte, war ihr bisher unbekannt gewesen.

Fasziniert ließ sie das Licht noch heller werden, bis es den ganzen Raum in ein angenehmes Gold tauchte. Sie brauchte es sich nur zu wünschen.

Sie sah, wie sich Julias Augen leicht verengten und die Vampirin blinzelte. Ihr schien die Helligkeit deutlich weniger zu behagen.

Doch Alenka konnte den Raum nun deutlich erkennen. Ihr fiel auf, dass an einer der Wände mehrere eiserne Schellen befestigt waren, in denen man offensichtlich die Hände von Gefangenen einspannte. Auf dem dunklen Stein klebte getrocknetes Blut und auch auf dem Boden schimmerte eine dunkelrote Lache. Sonst gab es außer dem schwarzen Handtuch und einem kleinen Tisch, auf dem mehrere Flaschen ohne Inhalt standen, nichts, was den Raum füllte. Und obwohl nun helles Licht herrschte, spürte Alenka, wie ein Schauer über ihren Rücken rann. Sie fragte sich unwillkürlich, für wie viele dieses Gemäuer wohl das Letzte gewesen war, das sie in ihrem Leben gesehen hatten.

„Gefällt es dir?", fragte die Vampirin und ein boshaftes Lächeln umspielte ihre Lippen, als sie Alenka musterte.

Alenka schluckte beunruhigt. Julia schien zu wissen, wie unbehaglich sie sich hier fühlte. „Ich bevorzuge die Räumlichkeiten meines eigenen Schlosses", antwortete sie mit bemüht fester Stimme.

Die Vampirin hob nur gleichgültig die Schultern. „Ich habe euch Magier noch nie verstanden."

„Das beruht auf Gegenseitigkeit", erwiderte Alenka, doch sie spürte, wie ihre Stimme zitterte. Die Vampirin machte ihr Angst, doch sie konnte es nicht verhindern.

„Dann sind wir uns wenigstens in einem Punkt einig", entgegnete Julia überheblich und musterte sie von oben herab.

Alenka holte tief Luft. Als Einigkeit hätte sie das nicht gerade bezeichnet, doch sie wollte der Vampirin auch nicht widersprechen.

# 9. Kapitel

Schweigend warteten sie.

Es kam Alenka wie mehrere Stunden vor, als es endlich an der Tür klopfte.

„Komm rein!", befahl Julia, als die Tür auch schon geöffnet wurde. „Ich dachte schon, du kommst gar nicht mehr?!", bemerkte die Vampirin herablassend, während Gyula zwei Männer in den Raum führte.

Sie sahen einander in gewisser Weise ähnlich mit den schwarzen, abstehenden Haaren und den dicken Brillengläsern, waren jedoch auch mit schwerwiegenden Unterschieden ausgestattet. In den Augen des kleineren, gut genährten Mannes lag ein bösartiges Glitzern. Er war unrasiert und schien sich allgemein wenig um sein Aussehen zu sorgen. Der andere war das genaue Gegenteil. Er war beinahe zu dünn, machte aber einen gepflegten Eindruck, trotz seiner etwas altersschwachen Kleidung. Diese bildete einen starken Kontrast zu dem dunklen Anzug des beleibteren Mannes.

„Tut mir leid. Schneller ging es nicht", erwiderte Gyula, als er die Tür hinter sich lautlos ins Schloss zog.

Doch Julia beachtete ihn bereits nicht mehr. Sie musterte die Männer von oben herab mit einem boshaften Lächeln. „Ich hoffe, euch gefällt es hier."

„Wenigstens sind hier keine von deinen grässlichen Rosen!", erwiderte der beleibtere Mann mit zusammengepressten Zähnen.

„Jaron hat sich also tatsächlich auf Menschen eingelassen." Die Vampirin schüttelte missbilligend den Kopf, doch Alenka gefiel die Verachtung in ihrer Stimme nicht, mit der sie das Wort ‚Menschen' ausgesprochen hatte.

„Damit müsstest du doch Erfahrung haben, oder?

Schließlich warst du es doch, die ihn überhaupt erst verwandelt hat!"

„Und für welche Drecksarbeit brauchte er **dich**?", fragte die Vampirin nur kühl, ohne auf die Bemerkung des Mannes einzugehen.

„Ich hab ihm ein paar Gefälligkeiten getan, aber nicht, weil er es verlangt hat. Das macht man einfach so unter Freunden!"

„Und das hast du ihm tatsächlich geglaubt?!"

Trotz ihrer überheblichen Art schien sich der Mann nicht von Julia einschüchtern zu lassen. „Nur weil er **dich** nie geliebt hat, heißt das nicht, dass ihm niemand anders etwas bedeutet hat", erwiderte er herausfordernd.

Alenka musterte die Vampirin etwas überrascht. Sie konnte es falsch verstanden haben, doch diese Worte klangen beinahe so, als hätte Julia ein privates Verhältnis zu diesem Jaron gepflegt.

„Ron und ich sind zusammen aufgewachsen. Dich brauchte er nur, damit du ihn verwandelst. Hast du wirklich nie bemerkt, dass er nur mit dir gespielt hat?! Er hat mir alles über dich und deine Geschwister erzählt. Auch, wie du deine Familie vollständig ausgelöscht hast."

Im nächsten Moment hörte Alenka einen schmerzverzerrten Schrei und was sie als nächstes sah, ließ sie entsetzt nach Luft schnappen.

Julia stand dem beleibteren Mann plötzlich direkt gegenüber. Sie hatte ihre Hand in seinem Hals vergraben und drückte ihn mit dem Rücken gegen die Mauer, während Unmengen von Blut auf den Boden strömten und den Kleiderärmel der Vampirin durchtränkten. Ein gefährliches Funkeln lag in ihren Augen, doch sonst blieb ihr Gesichtsausdruck gleichgültig, während der Mann verzweifelt mit den Füßen in die Luft trat.

Gelähmt vor Schreck beobachtete Alenka die Szene, unfähig, den Blick abzuwenden.

„Was wollte er von Devilia?", fragte Julia gelassen.

„Sein Plan ging nicht auf", antwortete der Mann mit gurgelnder Stimme, während ihm auch Blut aus dem Mund rann.

Entsetzt wandte Alenka den Blick ab. So etwas konnte sie nicht ertragen.

„Ich erzähl dir alles, was du wissen willst!", rief der andere Mann mit sich überschlagender Stimme, doch Julia schienen seine Worte nicht zu interessieren.

Der beleibtere Mann schrie vor Schmerz auf und Alenka wollte lieber nicht wissen, was die Vampirin gerade tat. Erst als sie einen dumpfen Aufschlag hörte, wandte sie sich langsam wieder um.

Der Mann im Anzug lag zitternd am Boden, die Hände auf sein blutverschmiertes Gesicht gepresst.

Schweratmend sah Alenka ihn an. Sie konnte nicht verstehen, wie jemand derart grausam sein konnte.

Langsam wandte sich Julia nun dem anderen Mann zu. Alenka sah, wie er sich verkrampfte, doch er hielt dem Blick der Vampirin stand.

„Also?" Julia musterte ihn überheblich, während Blut von ihren Händen tropfte.

„Ich… also, ich…", stammelte er und warf einen hilfesuchenden Blick auf seinen Begleiter, der noch immer am Boden lag. „Ich weiß auch nicht genau, worum es eigentlich geht. Ich erledige nur ein paar Aufträge, die Harrold mir gibt." Er deutete mit einem kurzen Kopfnicken auf den anderen Mann. „Zum Beispiel hab' ich dieses Mädchen für ihn zu einem bestimmten Treffpunkt gelockt."

„Welches Mädchen?"

„Ich weiß es nicht! Sie hatte die Löwen aus unserem

Zoo gestohlen. Vielleicht eine Hexe! Sie war für diesen Ron irgendwie wichtig!"

„Sagt dir das irgendetwas, Alenka?", fragte die Vampirin kühl, ohne sie auch nur anzusehen.

Stumm schüttelte Alenka den Kopf. Sie kannte keine Hexe, die Löwen stehlen würde. Nur die wenigsten Hexen und Zauberer verließen freiwillig den magischen Wald und wenn sie es taten, gewiss nicht, um in der Menschenwelt durch derartige Aktionen aufzufallen.

„Wer war das Mädchen?", fragte Julia kühl an den am Boden liegenden Mann gewandt, der wohl Harrold hieß.

„Eine Halbhexe", erwiderte er mit krächzender Stimme und setzte sich langsam auf. „Sie ist schuld an allem!"

„Schuld woran?"

„Denk doch mal nach! Ich dachte, das kannst du?!"

Ein bösartiges Lächeln umspielte Julias Lippen und Alenka vermutete bereits, dass sich Harrold erneut selbst gefährdet hatte, als die Vampirin schließlich gelassen antwortete. „**Die** Halbhexe also!"

Und nun wurde auch Alenka endlich bewusst, von welcher Halbhexe gerade gesprochen wurde. Kira! Das Mädchen, das Thyra vor einem Monat besiegt und allen Magiern somit die Freiheit zurückgegeben hatte.

„Und was hat das mit Devilia zu tun?", fragte Julia skeptisch und auch Alenka fiel es schwer, einen Zusammenhang darin zu erkennen, außer dass die beiden Halbschwestern waren.

„Ron wollte sie für sich gewinnen, weil sie offenbar mit Afra befreundet war. Er wollte sein Leben durch sie retten", antwortete der schlanke Mann mit zusammengepressten Zähnen. „Und Jadeline, seine richtige Freundin, hat auch versucht, sich mit Afra anzufreunden, aus dem gleichen Grund."

„Die Hexe hat nicht mitgespielt!", warf Harrold mit bebender Stimme ein. „Dabei war alles so gut geplant. Wir haben sogar darauf geachtet, dass sich deine nervige Schwester nicht einmischt, obwohl sie ihm das eine Treffen vermasselt hat. Er musste Devilia Wein geben, damit sie abhaut, bevor Mary sie zusammen gesehen hätte. Dafür hat er dann auch diesen blöden Köter umgebracht!"

„Ich habe mich schon gefragt, seit wann er sich für Tiere interessiert", bemerkte Julia kühl. „Jaron hat dein Blut benutzt, um Devilia zu täuschen. Warum wollte er sich als Mensch ausgeben?"

„Weil Vampire nun mal auf Menschen stehen, oder? Außerdem hätte doch keiner von euch Verdacht geschöpft, wenn sie erzählt hätte, dass sie sich mit einem Menschen trifft."

„Hat er jedes Mal vorher etwas von dir getrunken?"

„Was glaubst du, warum ich sonst auf dem Friedhof war, als Afra ihn umgebracht hat?!", entgegnete Harrold verächtlich.

„Dann war das Messer also von dir?!"

Der Mann nickte, doch ein Hauch von Stolz lag in seinem Gesicht, der Alenka mit Abscheu erfüllte. „Devilia sollte weiterhin denken, dass er ein Mensch war. Und die Hexe hat dafür bezahlt!"

Alenka schluckte, als er sich hämisch die blutigen Hände rieb. Dann waren es also tatsächlich diese beiden Männer, die versucht hatten, ihre Schwester zu ermorden.

„Nur schade, dass euer Gift sie nicht umgebracht hat", entgegnete Julia herablassend. „Aber **euch** kann ich trotzdem töten!"

Alenka schnappte entsetzt nach Luft. Das wollte sie wirklich nicht mitansehen.

„Warte!", rief der schlanke Mann, als bereits Blut

spritzte.

Alenka sah, wie die Vampirin ihre Hand wieder aus Harrolds Brust zog und er mit einem dumpfen Aufschlag zu Boden fiel, wo er reglos liegen blieb. Mit wachsendem Entsetzen sah Alenka auf die Leiche. Sie konnte es nicht begreifen. Hatte Julia gerade wirklich jemanden getötet? Einfach so?

Auch auf dem Gesicht des anderen Mannes zeichnete sich blankes Entsetzen ab.

„Noch irgendwelche letzten Worte?" Julia musterte den Mann von oben herab, der nun gegen die Wand zurückwich.

„Nur… nur etwas!", brachte er stockend hervor.

„Ach ja?"

Der Mann nickte langsam, während er sich panisch umsah, zweifellos nach einer Fluchtmöglichkeit. „Ich wollte Afra nicht töten! Wirklich nicht! Aber ich konnte Harrold nicht davon abhalten."

„Erbärmlich!", stellte Julia beinahe gelangweilt fest und schüttelte leicht den Kopf.

Der Mann öffnete den Mund, zweifellos um sich zu verteidigen, doch nur ein Keuchen drang über seine Lippen.

Mit Entsetzen sah Alenka, wie Julia ihre Hand bereits wieder aus seinem Brustkorb zog und Blut auf den Boden strömte. Der Mann schwankte kurz, bevor er zusammenbrach. Seine Glieder zuckten noch einen Moment, bis er schließlich reglos liegen blieb.

Fassungslos starrte Alenka die beiden Leichen an, unter denen sich der Boden dunkelrot färbte. Sie hätte am liebsten geschrien oder wäre weggelaufen, doch kein Laut drang über ihre Lippen und sie konnte sich keinen Millimeter bewegen. Der Tod dieser beiden Männer hatte keinen Sinn! Warum hatte die Vampirin das getan? Hatte sie wirklich Freude daran?

Beinahe gelangweilt wischte Julia ihre Hände an ihrem blutbespritzten Kleid ab. „Gyula! Leon und Ralf sollen Alenka zurückbringen!", befahl die Vampirin, als wäre gerade nichts Schlimmes geschehen.

„Was hast du vor?", fragte Alenka mit zittriger Stimme.

„Das willst du nicht wissen! Und auf gar keinen Fall sehen!", erwiderte Julia überheblich, während sie die Leiche des schlankeren Mannes gleichgültig musterte. „Du solltest jetzt gehen!"

Alenka wollte den Rat der Vampirin nur zu gern befolgen, doch sie war noch immer wie gelähmt vor Schreck.

Schließlich spürte sie Gyulas Hand auf ihrer Schulter, der sie mit sanfter Gewalt nach draußen schob und die Tür hinter ihnen schloss.

„Wer war es diesmal?"

Überrascht drehte sich Alenka um und sah, dass Leon und Ralf soeben direkt auf sie zukamen.

„Zwei Menschen!", antwortete Gyula nur knapp. „Wie geht es Mary?"

„Besser! Zumindest bis Julia mit ihrem Verhör angefangen hat! Du weißt doch, wie sehr sie das immer liebt!"

Alenka hoffte, dass Leon seinen letzten Satz tatsächlich sarkastisch meinte, denn für sie war es gänzlich unverständlich und erschreckend, wie jemand Gefallen an Derartigem finden konnte.

Gyula nickte nur langsam, bevor er das Thema wechselte. „Ihr sollt Alenka zurückbringen. Ich glaube, sie steht unter Schock."

„Nein", widersprach Alenka und schüttelte entschieden den Kopf, während sie versuchte, den Tod der beiden Männer zu verdrängen. „Diese Aussage ist nicht korrekt."

„Ist mir auch egal! Ich geh' mich um die Leichen kümmern!", verkündete Gyula, doch in der Art, wie er es sagte, hätte er ihnen auch durchaus mitteilen können, dass er einen alten Freund besuchte.

Fassungslos sah Alenka ihm nach, bis er so leise, dass sie es gerade noch hörte, an der Tür klopfte und dann wieder in dem dunklen Raum dahinter verschwand.

„Wollen wir, schöne Frau?", fragte Leon und bot ihr seinen Arm an.

Alenka musterte ihn überrascht. Die Worte des Mannes schmeichelten ihr durchaus, doch sie wusste, dass es auch womöglich ihrem Ruf schaden konnte.

Alenka sah, wie Ralf das Gesicht genervt in den Händen vergrub. „Los, mitkommen!", brummte er verdrießlich und schob Leon grob beiseite. Alenka spürte seine große Hand grob in ihrem Rücken, als er sie energisch vorwärts schob.

Empört schnappte sie nach Luft. So behandelte man sie nicht! „Ich muss doch sehr bitten!", sagte sie mit bebender Stimme und drehte sich mit stolz vorgerecktem Kinn zu dem Mann um.

„Genau, Ralf!", pflichtete Leon ihr bei und schüttelte vorwurfsvoll den Kopf. „So behandelt man doch keine Dame!"

Ralf brummte irgendetwas Unverständliches, als Leon sich bereits an ihm vorbei zu Alenka drängte.

„Ich muss mich für Ralfs Benehmen entschuldigen", verkündete er mit ernster Miene. „Er hatte kein Recht dazu, so mit dir umzugehen!"

Alenka war sich für einen Moment unsicher, ob er sich über sie amüsierte, doch dann entschied sie sich, wenigstens so zu tun, als hätte er seine Worte tatsächlich mit Ernsthaftigkeit verwendet. „Entschuldigung akzeptiert!", sagte sie so würdevoll, wie es ihr in dieser Situation möglich war.

„Dann können wir ja jetzt gehen!", knurrte Ralf und ging ohne einen weiteren Blick auf Alenka voran.

„Er ist immer ein wenig neben sich, wenn eine schöne Frau in der Nähe ist", bemerkte Leon mit einem charmanten Lächeln, das wohl verführerisch wirken sollte.

Alenka nickte nur knapp, ohne ihn anzusehen, während sie Ralf mit gestrafften Schultern und gerecktem Kinn folgte. Sie war sich nicht sicher, was sie von den beiden Männern halten sollte, doch auf jeden Fall bevorzugte sie ihre Gegenwart gegenüber der der Vampirin. Schließlich waren sie Menschen, wie sie noch von ihrem Vater wusste.

Schweigend folgte Alenka Ralf. Sie spürte, wie Leon ihr immer wieder Blicke von der Seite zuwarf, doch sie verzichtete darauf, ihn anzusehen. Sie war erleichtert, als sie das Schlosstor erreichten, obwohl sie sich nicht besonders darauf freute, das Tal dahinter zu durchqueren.

„Vielleicht könnten wir uns mal treffen?!", schlug Leon vor, als sich das Tor mit einem dumpfen Geräusch hinter ihnen schloss.

„Nein, danke! Daran habe ich keinen Bedarf", erwiderte Alenka. Dabei bemühte sie sich um einen höflichen Ton, doch sie war sich nicht sicher, ob ihr das gut gelang.

„Jetzt hast du mir das Herz gebrochen", verkündete Leon mit einer dramatischen Geste.

Alenka musterte ihn verständnislos und freute sich insgeheim darauf, bald wieder in ihrem eigenen Schloss zu sein, wo alles seine gewohnte Ordnung hatte, weit weg von Julia und diesen Männern.

# 10. Kapitel

Erleichtert atmete Alenka die sauerstoffreiche Luft des magischen Waldes ein. Hier fühlte sie sich schon wesentlich wohler. Die Sonne warf helle Lichttupfer durch das dichte Blätterdach und Vögel zwitscherten leise in den Baumkronen.

Alenka konnte die Neugier einiger weniger Magier spüren, die sie aus der Ferne beobachteten.

„Sollen wir dich noch bis zu deinem Schloss bringen?", fragte Ralf, doch seine Tonlage machte deutlich, dass er kein Interesse daran hegte.

„Nein, danke! Das wird nicht nötig sein", erwiderte Alenka mit einem höflichen Lächeln, doch auch sie war froh, bald allein sein zu können.

„Bist du dir sicher?", fragte Leon hartnäckig und ergriff ihre Hand.

Alenka erstarrte. Die Situation war ihr unangenehm, zumal sie die Überraschung der Magier spürte, auch wenn sie niemanden sehen konnte. „Für gewöhnlich bin ich mir sicher bei meinen Aussagen", verkündete sie entschieden. Schließlich musste sie ihren guten Ruf bewahren.

„Dann könnte doch heute ein ungewöhnlicher Tag sein." Leon schenkte ihr ein strahlendes Lächeln.

Entsetzt versuchte Alenka, ihre Hand zurückzuziehen, doch er hielt sie sicher umfasst.

„Los, komm!", knurrte Ralf ungeduldig und zog Leon grob zurück. „Wir sind hier fertig!"

Erleichtert atmete Alenka auf. Sie hatte bereits befürchtet, Leon würde darauf bestehen, sie ins Schloss zu begleiten. Dann blieb er jedoch noch einmal stehen und drehte sich zu ihr um.

Alenka spürte, wie ein eisiger Schauer über ihren Rücken rann. Am liebsten wäre sie weggelaufen, doch diese Blöße durfte sie sich nicht geben.

„Beim nächsten Mal heiraten wir!", rief Leon ihr zu und winkte kurz, bevor er zwischen den Bäumen verschwand.

Fassungslos sah Alenka ihm nach. Wie konnte er so etwas behaupten? Sie spürte die Überraschung der Magier, die sie aus ihren Häusern beobachteten, und kurz darauf hörte sie bereits aufgeregtes Geflüster.

Hastig wandte sie sich ab und bemühte sich, gefasst zu wirken, als sie langsam zurück zu ihrem Schloss ging. Sie spürte, wie ihre Knie zitterten, doch sie durfte nicht stehen bleiben.

Wusste Leon, dass er sie mit seinen Worten bloßgestellt hatte? War das womöglich sogar seine Absicht gewesen?

Sie spürte, wie die Magier, an denen sie vorbeikam, sie mit neugierigen Blicken musterten. Wie lange würde es wohl dauern, bis sich dieses Ereignis im gesamten Wald verbreitet hatte? Was würden die Magier dann nur von ihr denken? Würden sie ihre Wahl womöglich bereuen? Würden sie sie hassen oder gar verachten?

Es kam Alenka vor, als würden sie selbst die Bäume vorwurfsvoll ansehen. Dabei hatte sie sich doch bemüht, alles richtig zu machen.

Erst als sie den Schlossplatz erreichte, spürte sie, wie ein wenig ihrer Anspannung von ihr wich.

„Ist alles in Ordnung?", fragte Laurentius mit gerunzelter Stirn, als sie vor den beiden Wachen stehen blieb.

„Selbstverständlich! Danke der Nachfrage", antwortete Alenka mit einem freundlichen Lächeln, doch sie bemerkte, wie ihre Stimme bebte.

Laurentius nickte kurz, bevor er ihr wortlos das Tor öffnete.

„Danke!" Erleichtert ging sie an den beiden Wachen vorbei. Sie war froh, fernab von all den Gedanken der Magier zu sein und auch Leon und Ralf nicht mehr sehen zu müssen.

Sie hörte, wie das Schlosstor mit einem leisen Klicken hinter ihr geschlossen wurde. Im nächsten Moment spürte sie einen sich nähernden, überschwellenden Geist mit willkürlich durcheinander wirbelnden Gedanken und Gefühlen, von denen nichts deutlich zu erkennen war. Alenka brauchte nicht aufzusehen, um zu wissen, dass es ihre Schwester war, die gerade das Treppengeländer herunterrutschte und schlitternd vor ihr zum Stehen kam.

„Erzähl!", verlangte Afra und ein begeistertes Funkeln lag in ihren Augen.

„Du solltest dich ausruhen", stellte Alenka leise fest und musterte ihre Schwester besorgt. Es war ihr unbegreiflich, wie sie derart munter und aufgeweckt vor ihr stehen konnte, wo sie doch soeben beinahe gestorben wäre. Und sie hätte sich durchaus etwas weniger freizügig kleiden können. Ihr Kleidungsstil war einfach unschicklich, doch Alenka wollte jetzt nicht mit Afra darüber in Konflikt geraten.

„Ich bin putzmunter!", erwiderte Afra und verdrehte ihre dunklen Augen. „**Du** siehst eher so aus, als könntest du 'ne Mütze Schlaf gebrauchen. Aber vorher erzählst du mir, was Julia mit den Männern angestellt hat!"

Alenka sah ihre Schwester verwundert an. Sie hätte nichts von den beiden Menschen wissen dürfen! „Und deine Kenntnis diesbezüglich stammt woher?"

„Ich hab' Marvin und Rick gefragt", antwortete Afra und ein amüsiertes Zucken lag dabei um ihre Mundwinkel, das Alenka nicht besonders gefiel. „Also?"

Alenka musterte ihre Schwester sprachlos. Sie war sich

der Tatsache bewusst, dass Afra auf eine Antwort bestehen würde, doch sie konnte nicht begreifen, dass Marvin
und Rick ihr scheinbar alles erzählt hatten – ohne Alenkas
Genehmigung – obwohl sie Afra zuvor bewusst zurückge-
schickt hatte. „Sie haben dir all das einfach so berichtet?"

„Naja!" Ein freches Grinsen umspielte Afras Lippen,
das nichts Gutes verheißen konnte. „Sie dachten wohl, das
wär besser! Ich hätt' auch kein Problem damit gehabt,
Thyra zu fragen! Wär dir das lieber gewesen?"

Fassungslos musterte Alenka ihre Schwester. Wie
konnte sie ihr nur eine derartige Frage stellen?

„Und wenn du's mir nicht erzählst, kann ich auch Julia
fragen!"

„Sie wird dir keine Antwort geben", erwiderte Alenka
mit bebender Stimme. Das konnte Afra nicht ernst meinen! Immerhin wusste ihre Schwester, wie wenig sie von
Julia und auch von Thyra hielt!

„Willst du wetten?" Afra hielt ihr provokativ die Hand
entgegen.

Sprachlos sah Alenka auf die dunklen Finger ihrer
Schwester. Sie wusste, dass Afra ihre Worte ernst meinte.

„Gut, dann bis nachher!" Afra zwinkerte ihr frech zu,
bevor sie sich an Alenka vorbeidrängte.

„Warte!" Alenka fasste ihre Schwester besorgt am
Arm. Sie konnte sie nicht zu Julia gehen lassen. Allein die
Vorstellung, Afra in der Nähe der Vampirin zu wissen, er-
füllte sie mit Grauen.

„Wusst' ich's doch!" Ein triumphierendes Lächeln umspielte Afras Lippen. „Also?"

Alenka holte zitternd Luft. Sie konnte ihrer Schwester
unmöglich eine Beschreibung von Julias Methoden lie-
fern, doch sie konnte ihr durchaus berichten, was die beiden Männer gesagt hatten. „Dieser Mann, den du...", be-

gann Alenka, doch sie schaffte es nicht, weiter zu sprechen. Sie konnte noch immer nicht begreifen, dass ihre Schwester jemanden getötet hatte, selbst wenn es ein Vampir gewesen war.

„Der Vampir?", fragte Afra. „Er hat Mama getötet! Aber das hat Thyra dir ja schon erzählt."

Alenka nickte langsam. „Er schien der Ansicht, du und Devilia wärt befreundet?!"

„Grundgütiger! Nein!" Afra lachte ungläubig. „Dann war er ja noch blöder, als ich dachte!"

Alenka musterte ihre Schwester mit gerümpfter Nase. Sie schätzte ihren Jargon nicht und sie bezweifelte, dass sie die einzige war, die es bevorzugt hätte, wenn Afra sich gewählter ausdrücken würde. „Aus diesem Grund scheint er sich allerdings mit Devilia abgegeben zu haben."

„Tja, Pech für sie!", erwiderte Afra gleichgültig und zuckte die Achseln. „Sag bloß nich', das is' alles, was ihr rausgefunden habt!"

Alenka räusperte sich zögernd. „Einer der beiden Männer war mit dem Vampir befreundet."

„Weiß ich doch schon!", unterbrach Afra sie ungeduldig. „Dieser blöde Zoodirektor! Und der andere war sein Handlanger. Davon scheint es ja reichlich zu geben. Erzähl mir was Neues!"

„Ich kann es nur versuchen", erwiderte Alenka langsam, während sie sich fragte, welche Informationen sich Afra von ihr erhoffte. „Der schlankere Mann meinte, er wollte dich nicht vergiften!"

„Pah! Du glaubst wohl auch noch an den Weihnachtsmann?! Verrat' mir endlich was Interessantes!"

Alenka zögerte. „Offensichtlich hat einer der Männer Kira damals zu einem Treffpunkt gelockt, damit Thyra sie verhaften konnte."

„Hat dann wohl nicht geklappt, was?", bemerkte Afra schmunzelnd. „Wenn das alles war, geh' ich jetzt! Ich muss mir bis abends nämlich noch 'nen Pflock besorgen!" Damit schüttelte sie Alenkas Hand ab und wandte sich zum Schlosstor um.

„Du wirst hierbleiben!", sagte Alenka entsetzt und hielt ihre Schwester erneut zurück. Sie hatte sich für einen Tag bereits ausreichend in Gefahr befunden!

„Werd' ich nich'!", widersprach Afra entschieden und machte sich wieder von ihr los. „Devilia hat meine Freundin umgebracht! Und dafür bring ich **sie** um!"

Alenka konnte in dem Geist ihrer Schwester erkennen, dass sie diesen Plan tatsächlich beabsichtigte, in die Tat umzusetzen. „Afra, es gibt noch etwas, dass du womöglich wissen solltest", verkündete Alenka ihr mit bebender Stimme.

Sie sah, wie ihre Schwester nur kurz zögerte, bevor sie sich wieder zu ihr umwandte. Alenka wusste, dass Afra sich nur zu leicht von ihrem Ziel ablenken ließ, sobald sich eine Gelegenheit dafür bot.

„Und was?"

Alenka zögerte. Wie sollte sie es ihrer Schwester nur erklären, ohne sie zu verletzen? „Deine Freundin war sehr eng mit diesem Vampir befreundet", sagte sie schließlich vorsichtig.

„Jadeline?"

Alenka spürte Afras Überraschung, doch noch schien ihre Schwester nicht zu ahnen, was das bedeutete.

„Sie hat sich scheinbar nur mit dir angefreundet, um dich davon abzuhalten, ihn zu…" Alenka spürte, wie ihre Stimme versagte. Sie konnte das Entsetzen in Afras Augen sehen. Dafür war es unnötig, ihre Gedanken zu lesen.

„Das glaub' ich nicht!" Afra schüttelte heftig den Kopf,

während Tränen in ihre Augen traten. „Das kann nicht sein!"

„Afra!", sagte Alenka leise und streckte die Hand nach ihrer Schwester aus. Sie konnte spüren, wie verletzend diese Mitteilung für Afra war. Doch bevor Alenka etwas Tröstendes zu ihr sagen konnte, hatte sie sich bereits von ihr abgewandt und das Schloss verlassen.

Langsam ließ Alenka ihre Hand sinken. Sie konnte in Afras sich entfernendem Geist erkennen, dass ihre Schwester jetzt allein sein wollte. Doch wenigstens hatte die Information über ihre vermeintliche Freundin dafür gesorgt, dass sie nun vorerst nicht länger Devilias Tod beabsichtigte.

Alenka spürte die Überraschung von Laurentius und Dagad, mit der sie sie musterten. Sie zwang sich zu einem Lächeln, bevor sie sich abwandte und langsam die Wendeltreppe emporstieg zu dem ehemaligen Gemach ihres Vaters, das sie nun selbst bewohnte.

# 11. Kapitel

Mit zitternden Händen verschloss Alenka die Tür, bevor sie sich langsam auf dem weichen Bett niederließ. Trotz der warmen Magie, die sie sanft umhüllte, war ihr kalt. Sie verspürte eine gewisse Furcht vor dem, was ihre Schwester jetzt wohl tun würde. Nur zu gern hätte sie David geschickt, um auf sie zu achten, doch sie war sich der Tatsache bewusst, dass Afra dann allein des Protestes wegen etwas Leichtsinniges unternehmen würde.

Wenn sie Devilia tatsächlich tötete, hatte Julia jedes Recht, Afra etwas anzutun. Und Alenka würde sie nicht daran hindern können, ohne gegen die Vereinbarungen zu verstoßen, was einen Krieg mit der Vampirin auslösen würde.

Sie spürte, wie ihr die Angst die Luft zuschnürte und sich alles vor ihr zu drehen begann, während sich Tränen in ihren Augen sammelten.

Sie zuckte erschrocken zusammen, als es an der Tür klopfte, und sah sich orientierungslos um. „Wer ist da?", fragte sie mit bebender Stimme, ohne sich bewegen zu können.

„Ich bin's – David! Mach auf!"

Regungslos musterte Alenka die Tür. Sie konnte keinen klaren Gedanken fassen, während sie zu ihrer eigenen Angst nun auch die Besorgnis in David spürte.

Langsam erhob sie sich schließlich. Sie spürte, wie ihre Beine unter ihr nachzugeben drohten. Sie schaffte es kaum, den Schlüssel im Schloss umzudrehen, während sie sich bemühte, einen gefassten Eindruck zu vermitteln. Ihre Hand rutschte von der Klinke, als die Tür bereits von außen geöffnet wurde.

Alenka spürte, wie sich ein Hauch von Erleichterung in

ihr ausbreitete, als sie Davids vertrautes Gesicht erblickte.

„Alles in Ordnung?", fragte er besorgt und Alenka war ihm dankbar für seine Anwesenheit.

Sie nickte wortlos. Obwohl sie David ihr Leben anvertraut hätte, musste sie selbst vor ihm Stärke ausstrahlen, auch wenn ihr nicht danach zumute war. Einen derartigen Schwächeanfall wie zu Thyras erster geplanter Verhandlung durfte sie sich nie wieder erlauben, wenn sie ihren Vater jemals mit Stolz erfüllen wollte. Sie konnte jedoch in Davids Geist erkennen, dass er genau wusste, wie unwohl sie sich fühlte.

„Lässt du mich rein?", fragte er und musterte sie eindringlich mit seinen hellblauen Augen.

Alenka trat schweigend zur Seite. Sie konnte nicht sprechen.

Mit einem dumpfen Geräusch schloss David die Tür hinter sich, bevor er sich zu ihr umwandte. „Komm her!", sagte er leise und zog sie in eine sanfte Umarmung.

Erleichtert lehnte sich Alenka gegen ihn. Sie war froh, dass er sie hielt, denn sie war sich nicht sicher, ob ihre Beine sie noch länger getragen hätten. Sie spürte, wie sich ihre Atmung allmählich beruhigte und sie aufhörte, zu zittern.

„Was ist los?", fragte David schließlich mit gedämpfter Stimme und strich ihr sanft über die Schultern.

Alenka zögerte. Sie konnte es ihm nicht erzählen. Weder was sie bei Julia erlebt hatte, noch von ihren Sorgen um Afra, obwohl David vermutlich der Einzige war, der ihr würde nachempfinden können.

„Ist es wegen Julia?", fragte er, als Alenka nicht antwortete.

Doch genaugenommen beschäftigten sie die Ereignisse bei der Vampirin im Moment weniger. „Nein, es ist nur…

Ich sorge mich um Afra."

„Was hat sie denn jetzt schon wieder angestellt?", fragte David und führte sie langsam zu ihrem Bett.

Doch Alenka schüttelte nur wortlos den Kopf. Sie wollte nicht darüber sprechen, denn sie wusste, dass sie sich danach nur noch mehr sorgen würde.

„Soll ich sie suchen?"

Alenka zögerte. „Ja, bitte", sagte sie schließlich mit bebender Stimme und sah David fest an.

Er nickte. „Ich hol' sie!" Mit diesen Worten wandte er sich ab und verließ das Zimmer.

„Danke", flüsterte sie gerade noch rechtzeitig, bevor er die Tür hinter sich schloss.

Sie spürte, wie die Sorge in ihr zurückkehrte, doch es fühlte sich nicht länger so unerträglich erdrückend an. Es war auf seltsame Weise beruhigend, zu wissen, dass David nach ihrer Schwester suchte. Er würde nicht zulassen, dass sie irgendetwas Unüberlegtes tun oder sie anderweitig in Gefahr geraten würde. Doch Alenka wusste auch, dass Afra es ihr übel nehmen würde und das erfüllte sie erneut mit Zweifeln. Würde sie sich denn immer ununterbrochen Sorgen wegen ihrer Schwester machen müssen? Warum konnte Afra nicht wenigstens **etwas** besonnener sein? War das zu viel verlangt?

Mit zitternden Händen setzte Alenka die zierliche Krone ab und platzierte sie auf einem kleinen Tischchen neben ihrem Bett. Ihre psychischen Sorgen schienen sich auf ihren Körper zu übertragen, denn sie fühlte sich erschöpft und beinahe kränklich.

Langsam legte sie sich auf der weichen Matratze nieder. Es nahm weniger Energie in Anspruch, liegend abzuwarten, als durchgängig aufrecht zu sitzen. Ihre psychische Labilität brachte ihr keine Vorteile, doch sie konnte es nicht verhindern, auch wenn sie es sich noch so sehr wünschte.

Sie wollte ihren Vater stolz machen, doch er war so wesentlich standhafter gewesen als sie. Sie würde sich nie mit seiner Größe messen können. Vielleicht hatten Thyra und Julia tatsächlich Recht?! Womöglich war sie wirklich schwach und besaß kein Durchsetzungsvermögen?! Sie war schließlich nicht einmal in der Lage, ihrer Schwester eine Anweisung zu erteilen und sie zu schützen. Vielleicht war sie nicht dazu geeignet, Führerin zu sein und ein Volk zu leiten?!

Am nächsten Tag würden wieder Magier zu ihr kommen und ihr von ihren scheinbar unlösbaren Problemen berichten. Unmöglich zu handhaben wurden diese Begegnungen, wenn sich jemand über ihre Inkompetenz beschwerte. Dann konnte sie überhaupt keinen klaren Gedanken mehr fassen.

Und an all ihren Problemen trug Thyra Schuld. Alois hätte Alenka darauf vorbereiten können, wäre er nicht von seiner Schwester ermordet worden.

Afras Leben war so wesentlich unkomplizierter. Sie tat, was ihr gerade gefiel, ohne sich Gedanken über mögliche Konsequenzen zu machen. Doch Alenka musste ununterbrochen auf ihren Ruf achten. Sie musste sich so verhalten, wie es einer Führerin gebührte.

Sie hatte dieses Leben selbst gewählt und wusste, dass sie sich immer wieder so entscheiden würde, doch hatte sie sich innerhalb der letzten 17 Jahre noch nie so sehr danach gesehnt, ihr Vater würde ihr beistehen.

Deprimiert schloss Alenka die Augen.

Und dann spürte sie ihn plötzlich. Sie konnte ihn sehen, obwohl sie die Augen geschlossen hatte. Sie musste träumen, doch es kam ihr so wirklich vor.

„Vater?", fragte Alenka vorsichtig. Sie wollte näher zu der schimmernden Gestalt treten, doch sie konnte sich nicht bewegen.

War das tatsächlich ein Traum? Sie konnte ihren Vater deutlich vor sich sehen, genauso, wie er ausgesehen hatte, als er gestorben war; ohne Falten oder graue Haare, nur dass er jetzt irgendwie durchscheinend geisterhaft wirkte.

„Sei gegrüßt, Alenka! Ich habe mich bereits gefragt, wann du zu mir finden würdest."

„Bedeutet das, dies ist die Realität?", fragte sie zögernd, doch selbst wenn es nicht mehr als nur ein Traum sein sollte, wollte sie nicht, dass er endete.

„Du kannst zu den Geistern Verstorbener Kontakt aufnehmen", antwortete ihr Vater ernst.

„Zu jedem?"

„Wenn sie es auch wollen!"

Alenka sah ihren Vater verwundert an. Davon hatte sie bisher keine Kenntnis besessen. „Ich habe dich vermisst, Vater", sagte sie mit zitternder Stimme und trat auf ihn zu. Diesmal hinderte sie nichts daran.

„Komm nicht näher!" Ihr Vater hob die Hand und bedeutete ihr, stehen zu bleiben. „Du darfst die Grenze zu den Verstorbenen nicht überschreiten!"

Überrascht sah Alenka zu Boden. Tatsächlich zeichnete sich vor ihren Füßen eine bläulich schimmernde Linie ab.

„Sonst wirst du nicht mehr zurückkehren können!"

„Warum kann ich nicht bei dir bleiben?" Sie wollte ihren Vater nicht mehr verlassen. Sie brauchte ihn!

„Du kannst mich jederzeit hier treffen. Ich werde immer bei dir sein. Aber dein Volk braucht dich, nach allem, was meine missratene Schwester angerichtet hat."

„Wie kannst du wissen, was geschehen ist, wenn du doch..." Doch Weitersprechen konnte sie nicht. Wie konnte ihr Vater tot sein, wenn sie ihn doch sah?!

„Tot? Wenn ich doch tot bin?", vollendete er ihren begonnenen Satz.

Sie sah ihn wortlos an. Sie konnte nicht einmal nicken.

„Ich kann es in deinen Gedanken sehen", eröffnete er ihr mit gedämpfter Stimme. „Ich sehe alles! Auch, dass du dir Sorgen wegen deiner Schwester machst."

„Was soll ich tun?", fragte Alenka verzweifelt und sah ihren Vater hilfesuchend an. Was hätte **er** jetzt wohl getan?

„Das wichtigste ist, dass du niemals auf dein Herz hören darfst!"

„Was meinst du damit?" Alenka musterte ihren Vater verständnislos. Sie wusste nicht, wovon er sprach.

„Du musst immer tun, was dein Volk von dir verlangt."

„Aber sie sind doch nie einer Meinung", gab Alenka verzweifelt zu bedenken, doch ihr Vater schüttelte nur den Kopf.

„Sie wissen nicht, was sie wollen. Du hast Thyra nicht getötet, obwohl sie es verdient hätte."

„Du doch auch nicht." Alenka verstand immer weniger, worauf ihr Vater hinaus wollte. Hätte sie Thyra töten sollen?

„Natürlich nicht!" Ihr Vater lachte leise. „Du würdest Afra doch auch niemals töten, nicht wahr?!"

Alenka musterte ihren Vater fassungslos. Afra war ihre Schwester, doch andererseits war Thyra auch seine Schwester gewesen.

„Selbst wenn du es tun könntest, was würde das für ein Bild auf dich werfen?! Dein Volk will dich als gutherzig in Erinnerung behalten. Hätte ich Thyra getötet, hätten sie es vielleicht anfangs bejubelt, doch im Nachhinein hätten sie mir immer nachgesagt, ich hätte ein kaltes Herz und wäre grausam. Du hast dich also vollkommen richtig verhalten, Tochter."

„Vielen Dank, Vater!" Alenka spürte, wie ein Lächeln ihre Lippen umspielte. Es erfüllte sie mit Stolz, ein Lob von ihrem Vater zu erhalten.

„Allerdings solltest du darauf achten, nicht zu nachgiebig zu sein, sonst nehmen sie dich nicht länger ernst."

Alenka nickte eifrig. „Ich werde deinen Rat beherzigen, Vater."

Ein Lächeln trat auf sein weißschimmerndes Gesicht, als Alenka plötzlich laute Stimmen hörte. „Ich bin stolz auf dich, Alenka."

„Vater, was ist das?", fragte sie beunruhigt und sah sich um.

„Erkennst du die Stimmen nicht? Das ist in deiner Wirklichkeit!"

Alenka lauschte überrascht. Jetzt konnte sie die aufgebrachte Stimme ihrer Schwester erkennen und David, der versuchte, sie zu besänftigen.

„Du solltest jetzt zurückkehren!"

„Ich will dich aber noch nicht verlassen, Vater. Ich habe noch so viele Fragen, die ich dir gern stellen würde."

„Du kannst mich jederzeit wiedersehen, das versichere ich dir. Und jetzt öffne deine Augen!"

Alenka holte tief Luft. Sie hatte Angst davor, dass es ihr nicht noch einmal gelingen würde, mit ihrem Vater in Kontakt zu treten, doch sie wollte ihm gehorchen.

Zitternd öffnete sie ihre Lider und sofort war die geisterhafte Gestalt ihres Vaters verschwunden.

Schweratmend setzte Alenka sich auf. Sie war nun wieder in dem Gemach ihres Schlosses. Das Zimmer lag in der Zwischenzeit im Dunkeln. Nur der silbrige Schein des Mondes sorgte dafür, dass wenigstens ein schwaches

Dämmerlicht herrschte, in dem die groben Umrisse des Mobiliars erkennbar waren.

Die Stimme ihrer Schwester wurde nun lauter und Alenka tastete unsicher nach ihrer Krone. Sie hatte ihr Kleid kaum zum Leuchten gebracht, als die Tür bereits schwungvoll aufgerissen wurde und Afra ins Zimmer stürzte.

„Wie oft hab' ich dir gesagt, dass du niemanden schicken sollst, der mich sucht?! Ich kann gut auf mich selbst aufpassen!" Afras Augen funkelten sie zornig an, doch Alenka spürte, dass sie dahinter verletzt war, verletzt und enttäuscht über Alenkas mangelndes Vertrauen.

Zitternd erhob sie sich und legte ihre Krone wieder beiseite. „Afra…", begann sie langsam, doch ihre Schwester ließ sie nicht ausreden.

„Nur weil du jetzt Führerin bist, heißt das nicht, dass du das Recht hast, mich auf Schritt und Tritt zu kontrollieren! Das ist super ätzend!" Damit wirbelte sie herum und verließ das Zimmer, genauso abrupt, wie sie gekommen war.

Fassungslos sah Alenka ihr nach.

„Die beruhigt sich schon wieder", sagte David zuversichtlich und schloss die Zimmertür hinter sich.

Alenka nickte wortlos. Sie war sich dessen durchaus bewusst. Afra war zwar recht schnell aufbrausend, doch sie war nie lange nachtragend. Dieses Temperament hatte sie eindeutig von Liliana geerbt.

„Wo hast du sie gefunden?", fragte Alenka und wandte den Blick von der geschlossenen Tür ab.

„Beim Eingang zu Julias Reich!"

Alenka nickte langsam. Sie war überzeugt davon, dass Afra diesen Ort nur gewählt hatte, weil sie wusste, dass Alenka darüber nicht erfreut sein würde. „Danke, David!"", sagte sie mit nachdrücklich vorgerecktem Kinn. Sie spürte, die Enttäuschung in ihm, als er sie noch einen Moment musterte, bevor er nickte und sich umwandte, um das Zimmer zu verlassen.

„Gute Nacht", sagte er leise, bevor er die Tür hinter sich schloss.

„Die wünsche ich dir ebenfalls", erwiderte sie, doch sie wusste, dass David sie nicht mehr gehört hatte.

# 12. Kapitel

Gedankenverloren betrachtete Alenka die Decke ihres Gemachs. Sie hatte die Nacht kaum geschlafen. Noch immer machten ihr die Sorgen um ihre Schwester zu schaffen. Und auch die Begegnung mit ihrem Vater hatte sie wachgehalten. Sie war sich mittlerweile sicher, dass es kein Traum gewesen war, doch sie hatte auch nicht noch einmal versucht, zu ihm Kontakt aufzunehmen. Sie musste diese Begegnung mit ihm zuvor erst einmal begreifen.

Alenka wusste, dass sie hätte aufstehen sollen, doch aus irgendeinem Grund konnte sie sich nicht dazu überwinden. Das einzige, das sie erwartete, waren Hexen und Zauberer mit ihren Sorgen und davor graute es ihr.

Sie seufzte leise und berührte nachdenklich den blauen Anhänger um ihren Hals in Gestalt einer Blume. Als ihre Fingerspitzen über den kleinen silbrigen Kristall im Zentrum der Blüte strichen, spürte sie, wie sich eine undefinierbare Wärme in ihrem Körper ausbreitete.

Ihr Vater hatte ihr die Kette einst geschenkt. Alenka hatte sie in den Räumlichkeiten gefunden, die sie als Kind bewohnt hatte, und sie war erleichtert gewesen, dass Thyra scheinbar nichts darin verändert hatte.

Langsam setzte sie sich auf und streckte ihre Hände nach der feinen Krone aus. Sie fühlte sich zart und zerbrechlich an, obwohl sie nicht einmal mit Magie zu zerstören war. Vorsichtig platzierte Alenka sie auf ihrem Haar, während sich ihr Kleid auftrittsbereit veränderte.

Als sie auf den Gang trat, spürte sie augenblicklich den Geist aller Anwesenden im gesamten Schloss, doch die Gedanken ihrer Schwester suchte sie vergebens. Sie schien nicht anwesend zu sein.

Langsam stieg Alenka die Treppe hinab und durchmaß die geräumige Halle. Der Eingang, der hinunter in den dunklen Keller führte, war durch eine augenscheinlich feste Mauer verschlossen, von der niemand ahnen konnte, dass sie sich zur Seite bewegen ließ. Daneben waren zwei sichtbare Türen. Die zu Alenkas Rechten führte zu einem Raum, in dem sie Magier empfing und sich deren Anliegen annahm. Hinter der anderen lag der Gerichtsraum – der Ort, an dem sie Thyra öffentlich zu lebenslänglicher Haft verurteilt hatte.

„Du hast doch noch Zeit!", erklang eine Stimme hinter ihr und sie spürte, dass David ihren Ehrgeiz belächelte.

Zögernd wandte sie sich zu ihm um.

„Es ist noch 'ne Stunde Zeit! Da kannst du noch etwas essen", bemerkte er mit einem ihr unangenehmen Blick.

„Ich habe keinen Appetit", erwiderte Alenka und warf einen kurzen Blick auf die schwere Tür. Es gab noch zahlreiche Arbeit, die es für sie zu erledigen galt. Sie spürte, wie es sie mit Angst erfüllte, wenn sie an all die unbeantworteten Briefe dachte, in denen Magier, die nicht persönlich zu ihr kommen konnten, sie um Rat baten. Durch Afras Unfall hatte sie heute noch die Antworten vom Vortag aufzuarbeiten und es würde sich folglich nun auch die doppelte Anzahl an Magiern im Schloss einfinden.

„Los, komm jetzt!", sagte David und stieg die letzten Stufen zu ihr herab.

„Dafür fehlt mir die Zeit", lehnte Alenka kopfschüttelnd ab. Immerhin konnte David nicht einmal erahnen, welche Verantwortungen auf ihr lasteten. „Ich habe noch viel zu erledigen. Mein Volk erwartet, dass auf mich Verlass ist!"

„Wenn du verhungerst, nutzt du auch keinem mehr was!"

Alenka musterte David überrascht. Sah sie tatsächlich derart abgemagert aus, dass er so etwas befürchten konnte? Sie besah sich ihre Finger mit prüfendem Blick. Die weiße Haut über ihren sich deutlich abzeichnenden Knochen war bläulich verfärbt und ihre Hände zitterten. Doch vor einem Monat war ihr Erscheinungsbild noch wesentlich erschreckender gewesen.

„Das wird nicht geschehen", versicherte sie ihm zuversichtlich, doch David schien ihren Worten keinen Glauben zu schenken.

„Alenka", sagte er streng und umfasste sanft ihre Hand. „Ich gehör' auch zu deinem Volk, also musst du doch auch meine Wünsche erfüllen, oder?"

Alenka konnte nicht begreifen, warum es David so wichtig war, dass sie etwas aß, doch wie sie selbst erkennen musste, hatte er durchaus nicht Unrecht. „Zehn Minuten könnte ich womöglich entbehren."

„Gut, dann komm!" Bevor Alenka noch irgendwelche Einwände erheben konnte, zog er sie bereits sanft mit sich.

David führte sie die Treppe hinauf und ging den Gang entlang bis zu einer schweren Flügeltür, hinter der eine langgestreckte Tafel stand, auf der die köstlichsten Speisen und Getränke angerichtet waren. Innerhalb der nächsten Stunde würde selbige Auswahl auch unten in der Halle bereitgestellt werden, wo sich die Magier während der Wartezeit nach Belieben bedienen konnten.

Alenka schritt langsam an der Tafel entlang und ließ sich schließlich an ihrem Ende nieder.

„Was willst du haben?", fragte David, als er sich zu ihr setzte.

Alenka musterte die Speisen unschlüssig. Sie konnte

nichts davon essen! Allein bei dem Anblick spürte sie, wie sich ihr Magen schmerzhaft zusammenzog und ein Gefühl von Übelkeit in ihr aufstieg. „Tut mir leid, ich habe keinen Appetit", sagte sie und stand auf.

„Alenka!" David fasste sie am Handgelenk und hielt sie zurück. „Du hast gestern den ganzen Tag gar nichts gegessen!"

„Dazu war keine Gelegenheit."

„Bitte, Alenka!", beharrte David und erhob sich nun ebenfalls. „Dann trink wenigstens was!" Sanft drückte er sie zurück auf den Stuhl, während er nach einer wundervollen Karaffe griff und etwas von ihrem Inhalt in einen kristallenen Kelch mit zartem Goldrand füllte. Er reichte ihn ihr, bevor er sich selbst wieder niederließ.

„Danke!" Zögernd nahm sie ihn entgegen. Überrascht stellte sie fest, dass er sich angenehm warm anfühlte. Vorsichtig nahm sie einen kleinen Schuck. Es schmeckte köstlich und sie spürte, wie die Flüssigkeit ihren Körper erwärmte.

Sie beobachtete, wie David nach einem rotbäckigen Apfel griff und ihn mit einem Messer halbierte. Sie nahm einen weiteren Schluck, während er die beiden Hälften noch einmal zerteilte und das Gehäuse entfernte.

„Hier!" Auffordernd hielt er ihr eines der Stücken entgegen. „Die sind lecker! Probier' mal!" Er griff nach ihrer Hand und legte es ihr hinein, bevor er selbst in eines biss.

Alenka stellte den Kelch behutsam beiseite, bevor sie das Apfelstück zögernd zu ihrem Mund führte. Es sah tatsächlich köstlich aus. Sie spürte den saftigen Geschmack auf ihrer Zunge, als ihre Zähne ein Stück davon abtrennten. Vorsichtig kaute sie, während David bereits den nächsten Apfel zerkleinerte. Er hatte recht. Es schmeckte wirklich vorzüglich. Sie schluckte und steckte sich auch das restliche Stück in den Mund.

„Was hab' ich gesagt?", fragte David erfreut und reichte ihr ein weiteres Stück.

„Danke!" Alenka nahm es ihm mit zitternden Händen ab. Sie konnte es sich selbst nicht erklären, doch aus irgendeinem Grund fühlte sie sich in seiner Gegenwart wohl und behaglich. Er vermittelte ihr den Eindruck, als würde kein Problem existieren, das nicht gelöst werden konnte.

Erst als es leise an der Tür klopfte, wurde ihr bewusst, wieviel Zeit sie bereits verloren hatte. Hastig erhob sie sich und straffte die Schultern, als sich die Tür bereits öffnete und Luise eintrat.

„Die ersten Magier stehen vorm Schloss. Sollen Laurentius und Dagad sie reinlassen?"

Alenka spürte, wie sie innerlich erstarrte. Sie konnte nicht begreifen, dass sie solange mit David zusammen an der Tafel gesessen hatte.

„Sie sind zu früh", bemerkte David und stand ebenfalls auf.

„Ich weiß!" Luise nickte und Alenka konnte die Unsicherheit in ihr spüren, als sie sich an sie wandte. „Deshalb hat Laurentius sie auch noch nicht reingelassen. Alenka?"

„Ich komme sofort." Sie sah noch einmal kurz zu David, der nicht besonders erfreut aussah, bevor sie den Saal eilig verließ.

„Warte!" Luise fasste sie am Handgelenk, sobald die Tür hinter ihnen geschlossen war, und hielt sie zurück. Sie zog eine kleine Dose hervor, die sie bislang hinter ihrem Rücken verborgen gehalten hatte. „Du siehst nicht gut aus. Bist du krank?", fragte sie mit ernsthafter Besorgnis, während sie mit einem Pinsel etwas Rouge auf Alenkas Wangen stäubte.

„Ich versichere dir, dass ich mich wohl fühle."

Luise nickte langsam, doch Alenka spürte die Zweifel in ihr, während sie sie mit ihren dunklen Augen musterte, in denen ein leichter Grünton lag.

„Laurentius und Dagad sollen die Magier hereinbitten, sobald ich im Empfangszimmer angelangt bin", entschied Alenka mit fester Stimme, bevor sie sich abwandte und den Gang erhobenen Hauptes entlang schritt. Davids Besorgnis genügte ihr bereits, da musste sich nicht auch noch Luise dem anschließen. Immerhin fühlte Alenka sich durchaus wohl.

Auf halber Höhe der Treppe bemerkte sie, dass die Tafel in der Empfangshalle bereits ebenfalls mit unzähligen Köstlichkeiten gedeckt war. Sie beschleunigte ihre Schritte, als sie von draußen gedämpfte Stimmen hörte, und durchquerte die geräumige Halle mit aufkommender Panik.

Schweratmend schloss Alenka die Tür hinter sich und stieß erleichtert die Luft aus. Sie lehnte sich für einen Augenblick gegen das dunkle Holz, während sich ihr Puls allmählich wieder normalisierte. Es war alles in Ordnung. Es gab keinen Grund für sie, in Panik zu verfallen.

Langsam trat sie zu dem goldenen Schreibtisch und nahm ihren Platz dahinter ein. Der rote Samt schmiegte sich sanft an ihren Rücken, doch Alenka blieb keine Zeit, um es wahrhaftig zu bemerken.

Sie griff nach dem neuen Stapel von Briefen, die Luise ihr bereits zurechtgelegt hatte. Sie versteckte sie in einer kleinen Schublade, wo auch die Schreiben des vorhergehenden Tages lagen, als es bereits zögernd an der Tür klopfte.

Eilig schloss Alenka das kleine Fach wieder und setzte sich in eine aufrechte Position.

Sie spürte die Besorgnis des jungen Mädchens bereits, bevor es schüchtern die Tür öffnete und den Raum mit eingezogenem Kopf betrat. Alenka schätzte ihr Alter auf zehn Jahre, vermutlich war sie sogar jünger. Sie hatte ein fröhliches, herzförmiges Gesicht mit strahlenden Augen. Es wurde von ihrem hellbraunen Haar in großwelligen Locken umrahmt und ihre wohl geschwungene Unterlippe zitterte, als sie einen missglückten Knicks versuchte.

„Bitte nimm doch Platz", forderte Alenka sie freundlich auf und wies auf den prunkvollen Stuhl ihr gegenüber.

Das Mädchen folgte ihrer Anweisung wortlos, ohne aufzusehen, während es nervös die Hände ineinander rang. Mit Verwunderung bemerkte Alenka, dass es sich vor ihr zu fürchten schien oder vielmehr vor der besonderen Position, die sie einnahm.

„Wie ist dein Name?", fragte Alenka zögernd. Sie war sich unsicher, wie sie mit dem Kind umgehen sollte. Bisher war noch kein so junges Mädchen zu ihr gekommen. Tatsächlich war Luise die Jüngste, mit der sie sich überhaupt unterhalten hatte und sie war ihr über die langen Jahre hinweg vertraut.

Das Mädchen antwortete nicht, sondern musterte nur weiterhin schweigend seine Knie.

Alenka fragte sich, ob das Kind womöglich gar nicht in der Lage war, zu sprechen?! Doch es hatte ein Problem, das es sichtlich schwer belastete, und es war Alenkas Pflicht, ihm dabei zu helfen.

Zögernd drang sie tiefer in den Geist des Mädchens ein. Sie konnte das strenge Gesicht einer Frau mit rotbraunen Locken erkennen und Funken von Magie, die diese aussandte.

„Marie!"

Überrascht sah Alenka das Mädchen an. Sie hatte keine

Antwort mehr erwartet. „Wie lautet dein Anliegen, Marie?"

„Ich...", antwortete Marie stockend, ohne sie anzusehen. „Also, meine Mutti..."

Alenka beobachtete das Mädchen abwartend. Familiäre Probleme gab es bei vielen Magiern, wie sie mittlerweile hatte feststellen müssen.

„Sie erlaubt mir nicht, hier in die Schule zu gehen."

Dieses Problem lag nicht in Alenkas Erwartungsbereich. Sie war sich der Tatsache bewusst, dass einige Magier es vorzogen, ihren Kindern selbst die Beherrschung der Magie zu lehren. Doch auch mindestens die doppelte Anzahl schickte ihre Söhne und Töchter mit einem Alter von etwa zehn Jahren in die magische Schule, um deren Wiederaufbau Luise sich bereits vor drei Wochen gekümmert hatte.

„Gibt es einen Grund dafür?"

Marie nickte langsam. „Ja! Sie denkt, dass es zu gefährlich ist, weil sie auch meinen Papa geholt haben."

Alenka spürte, wie sie leicht zusammenzuckte. Sie war sich durchaus bewusst, wen das Mädchen mit ‚sie' meinte. „Dann richte deiner Mutter bitte aus, dass es keinen Grund für ihre Sorge gibt. Das garantiere ich."

„Aber ich kann Mutti nicht erzählen, dass ich hier war!", erwiderte Marie erschrocken und sah Alenka nun zum ersten Mal ins Gesicht, mit vor Entsetzen weit aufgerissenen Augen.

„Wieso darf sie es nicht erfahren?"

„Weil sie nicht will, dass ich hier bin. Sie hält nicht viel von anderen Magiern", antwortete Marie leise und wandte den Blick wieder von Alenka ab.

„Dafür existiert kein Grund", verkündete Alenka sanft und fragte sich mit aufsteigendem Missfallen, ob Marie sie womöglich mit Thyra verglich, denn das war absurd und beleidigend. „Du hast jedes Recht, hierherzukommen. Es ist meine Pflicht, zu helfen."

„Gut!" Marie nickte langsam. „Ich muss jetzt wieder los. Sonst macht sich Mutti noch Sorgen, wenn ich solange weg bin."

„Du bist hier jederzeit herzlich willkommen, wenn du ein Problem hast."

„Dankeschön!" Marie erhob sich hastig und vollführte einen kleinen Knicks, bevor sie sich abwandte und eilig das Zimmer verließ.

Nachdenklich sah Alenka ihr nach. Dieses Mädchen war in gewisser Weise ungewöhnlich und sie war sich nicht sicher, ob sie ihr wirklich behilflich hatte sein können. Doch bevor sie darüber nachgrübeln konnte, klopfte es bereits erneut an der Tür.

Eine schöne Frau mit langem dunklem Haar betrat selbstbewusst den Raum. In ihren Augen lag ein begeistertes Funkeln, doch irgendetwas in ihrem Geist irritierte Alenka. Diese Frau wirkte nicht wie jemand, der ein ernstzunehmendes Problem mit sich trug.

Sie verbeugte sich tief und Alenka verspürte den Drang, sie darauf hinzuweisen, dass ihre Kleidung nicht angemessen und viel zu weit ausgeschnitten war. Doch sie machte sich Sorgen, in diesem Zusammenhang womöglich auf Afra angesprochen zu werden.

„Möchtest du Platz nehmen?", bot Alenka höflich an, während die Frau jedes Detail im Raum einzeln zu begutachten schien, beinahe so, als würde sie nach etwas Bestimmtem Ausschau halten.

„Liebend gern!" Mit einem aufgesetzten Lächeln ließ sich die Hexe auf dem weichen Polster nieder, während ihr Blick weiterhin unaufhörlich durch den Raum streifte.

„Wie kann ich dir behilflich sein?", fragte Alenka leicht misstrauisch. Sie fühlte sich unbehaglich, denn das Verhalten der Frau irritierte sie.

„Oh, natürlich!" Die Hexe lachte gekünstelt, während sie zwei kleine Päckchen aus ihrem Korb zog, die optisch vollkommen identisch aussahen. „Die Zwillinge meiner Schwester haben morgen Geburtstag. Es sind die gleichen Geschenke, aber ich weiß nicht, auf welches davon ich Birger und auf welches ich Bobby schreiben soll. Sie sehen so gleich aus!"

Alenka musterte die Frau fassungslos. Das konnte nicht der Grund sein, weswegen sie sie aufgesucht hatte. Mit einem Anflug von Misstrauen drang Alenka in ihren Geist ein. Es behagte ihr nicht, was sie gerade tat, denn sie schätzte die Gedanken anderer normalerweise als deren persönliche Privatsphäre. Was die Frau ihr jedoch erzählte, konnte nicht der Wahrheit entsprechen und Alenka durfte nicht zulassen, dass noch einmal etwas Ähnliches wie vor 17 Jahren geschah, denn dann würde es erneut ihre alleinige Schuld sein. **Sie** war es schließlich gewesen, die ihren Vater damals mit ihrem Erscheinen abgelenkt und Thyra somit überhaupt erst die Möglichkeit gegeben hatte, ihn zu ermorden.

Doch Alenka konnte keine Spur einer Verschwörung oder anderer boshafter Absichten im Geist der Frau wahrnehmen. Tatsächlich überraschte sie der eigentliche Grund ihres Besuches noch wesentlich mehr.

Offensichtlich schien die Bemerkung von Leon am Vortag weitreichendere Konsequenzen mit sich zu führen, als sie selbst geahnt hatte. Die Hexe hatte sich wahrhaftig erhofft, Bilder oder geheime Liebesbriefe zu entdecken, während sie sich gleichzeitig fragte, wann Alenka diesen mysteriösen Mann wohl kennengelernt hatte.

Alenka stockte der Atem. Sie konnte es nicht begreifen. Es wurde Zeit, dass diese Frau das Schloss verließ, bevor noch mehr Gerüchte entstehen konnten. „Was hältst du davon, nur die Anfangsbuchstaben der Namen auf die Päckchen zu schreiben?! Dann könnten deine Neffen selbst wählen, wer welches Geschenk erhält."

„Oh, natürlich!" Die Frau lachte übertrieben auf. „Darauf wäre ich nie gekommen. Du bist wirklich ein schlaues Mädchen. Ich wusste schon, warum ich dich gewählt habe. Hast du eigentlich selbst Kinder? Ach nein, was für eine dumme Frage! Natürlich nicht!" Die Frau lachte erneut und erhob sich schließlich. „Also, bis bald!"

Alenka nickte nur wortlos und sah der Frau fassungslos nach. Sie hoffte, ihr nie wieder begegnen zu müssen. Die Gegenwart dieser Hexe war ihr einfach unangenehm.

An diesem Tag drang Alenka in keinen Geist mehr tiefer ein. Sie wollte nicht erfahren, wie viele der Magier nur hier waren, um herauszufinden, in wieweit Leons unüberlegte Worte der Wahrheit entsprachen. Sie gab ihnen Antworten – selbst auf die unglaublichsten Fragen – und war erleichtert, als schließlich der letzte Magier gegangen war.

Mittlerweile war es draußen dunkel geworden und nur der trübe Schein der Sterne warf noch ein schwaches Dämmerlicht auf ihren Schreibtisch.

Alenka fühlte sich erschöpft, doch in der Schublade ihres Pultes wartete noch jede Menge Arbeit auf sie. Mit zitternden Händen zog sie den Stapel von Briefen hervor und legte ihn vor sich auf dem Tisch ab.

Ein unerwartetes Klopfen ließ sie zusammenzucken. Sie hatte geglaubt, alle Magier wären gegangen. Doch nun wurde die Tür leise geöffnet und ein kleiner Lichtball schwebte voran ins Zimmer und tauchte die Wände in sein angenehmes Gold.

„Was machst du denn noch hier?" David schüttelte ungläubig den Kopf, doch in seiner Stimme lag ein vorwurfsvoller Unterton. „Los, geh' ins Bett! Du siehst fertig aus!"

„Bitte, David! Ich bin durchaus in der Lage, selbst zu entscheiden, was gut für mich ist", verkündete Alenka ihm entschieden.

„Dann würdest du jetzt nicht hier sitzen", erwiderte er mit angespannter Stimme.

„Es ist meine Verpflichtung, David!", verteidigte sich Alenka. Warum konnte er das nur nicht verstehen?

„Ist schon gut!"

Alenka zuckte überrascht zusammen. Diesen rauen Umgangston war sie von David nicht gewohnt. Allein sein Tonfall verriet ihr, dass er ernsthaft ärgerlich auf sie zu sein schien. „David...", wandte sie leise ein, doch sie war sich nicht sicher, was sie ihm überhaupt mitteilen wollte und er ließ sie auch nicht ausreden.

„Gute Nacht, Alenka! Falls du heute überhaupt noch schläfst!" Damit wandte er sich ab und verließ den Raum.

Fassungslos sah Alenka ihm nach. Es schmerzte sie, ihn derart enttäuscht zu sehen, doch sie konnte es nicht ändern. Sie verstand nicht, warum er ihr Vorwürfe machte. Weil sie sich bemühte, ihre Pflichten zu erfüllen?! Was war daran nicht korrekt?

Entschieden verdrängte sie die Gedanken an David und versuchte, sich stattdessen ausschließlich auf ihre Arbeit zu konzentrieren.

# 13. Kapitel

Die ganze Nacht brachte Alenka damit zu, Antworten auf die Briefe mit den verschiedensten Anliegen der Magier zu formulieren. Entsprechend unkonzentriert war sie auch am nächsten Tag, doch statt sich nach den Audienzen eine Pause zu gönnen, arbeitete sie erneut an den Schreiben, die immer mehr zu werden schienen. Ganz zu Davids und Luises Entgeisterung blieb ihr währenddessen auch keine Zeit für jegliche Nahrungsaufnahme. Selbst nachdem sie am dritten Morgen mit dem Kopf auf ihrem Schreibpult erwachte – unter ihren Fingern einen zerknitterten, halb fertigen Brief – hatte sie es noch immer nicht geschafft, ihren Rückstand zufriedenstellend aufzuarbeiten. Und zu allem Überfluss musste es ausgerechnet David sein, der sie in dieser wenig würdevollen Situation vorfand.

Alenka schreckte verwirrt auf, als die Tür plötzlich energisch aufgerissen wurde. Etwas desorientiert sah sie sich um, während sie nicht fassen konnte, dass sie tatsächlich über ihrer Arbeit eingeschlafen war. Noch bevor sie sich gänzlich gesammelt hatte, überraschte sie eine Welle von Ärger, unterstrichen von Besorgnis, die die Person in der offen stehenden Tür aussandte.

Entsetzt musterte sie David. Sie erkannte ihn kaum wieder. Von seiner ruhigen Art, die sie sonst mit Wohlbehagen erfüllte, war nichts mehr zu erkennen.

„Spinnst du jetzt total?"

Alenka zuckte erschrocken zurück, als er sich vor ihr aufbaute, während sie sich bemühte, ihre Würde zu wahren und sich ihre Überraschung nicht anmerken zu lassen. Antworten konnte sie ihm jedoch nicht, während sie versuchte, zu begreifen, was gerade geschah.

David seufzte leise und der Blick, mit dem er sie jetzt bedachte, war ihr noch unangenehmer als sein Ärger. Jetzt spürte sie nur noch Kummer und Sorge in ihm und es tat ihr leid, dafür verantwortlich zu sein.

Langsam ließ David sich auf dem Stuhl ihr gegenüber nieder. „Warum machst du das?", fragte er und etwas von Verzweiflung lag in seinem Geist.

„Ich erledige meine Pflichten, David", verkündete Alenka ihm entschieden. Sie konnte nicht sagen, wie oft sie innerhalb der letzten Tage bereits versucht hatte, ihm diesen Umstand zu erklären.

„Du musst's doch nicht machen!"

Alenka konnte nicht glauben, dass David nun behauptete, sie hätte eine Wahl. „Selbstverständlich muss ich es erledigen! Es ist meine Pflicht, eine so gute Führerin wie Alois zu sein."

„Aber er hat das doch nicht alles allein gemacht! Was glaubst du, wozu er meinen Vater hatte?! Er hat ihm den ganzen Schreibkram abgenommen."

Alenka zögerte. Sie wusste, dass David möglicherweise recht haben könnte, doch ihr missfiel die Vorstellung, ihre Aufgaben jemand anderem zu übertragen. Sie wollte wissen, was sie schrieb, denn **sie** war es schließlich auch, die bei Beschwerden oder Rückfragen die Verantwortung tragen musste.

„Es tut mir leid, David, aber es wäre besser, wenn du jetzt gehen würdest", teilte sie ihm mit und griff nach einem Bogen weißen Briefpapiers.

Sie sah nicht noch einmal auf, als David sich erhob und wortlos das Zimmer verließ. Es tat ihr leid, ihm einen solchen Kummer zu bereiten, doch sie hatte ihre Pflichten zu erfüllen.

Zögernd setzte sie die Feder auf dem Papier auf, während sie spürte, wie sich Tränen in ihren Augen sammelten. Erschrocken legte sie das Schreibgerät beiseite und wischte sich mit dem Handrücken über die Wangen. Sie durfte nicht weinen. Es gehörte sich nicht für eine Anführerin, denn es war ein Zeichen von Schwäche und eine solche Blöße durfte sie sich nicht geben. Das hätte ihr Vater niemals toleriert. Das Zeigen von derartigen Emotionen stand allein dem ihr unterliegenden Volk zu.

Mit zitternden Händen rückte sie den Bogen Papier zurecht. Sie atmete noch einmal tief durch, bevor sie ihre Arbeit fortsetzte.

Der restliche Tag kam ihr endlos vor. Ihr Kopf pochte schmerzhaft, doch sie zwang sich am Abend, auch noch die verbliebenen Briefe zu bearbeiten. Sie spürte die Erleichterung in sich, als sie die letzte Antwort schließlich in einem Umschlag verschloss und zu den anderen legte, bevor sie sich langsam erhob.

Ihre Beine wollten ihr nicht recht gehorchen und drohten, unter ihr nachzugeben. Schwankend ging sie auf die Tür zu. Am ganzen Körper zitternd öffnete sie das schwere Holz, während sie sich mit einer Hand an der Mauer abstützte. Sie spürte, wie sie leicht schwankte, als sie das Zimmer verließ.

„Kommst du auch schon?!"

Erschrocken zuckte Alenka zusammen, als sie Davids spöttische Stimme hörte, doch sie wusste, dass dahinter reine Sorge um sie lag, obwohl sie kaum etwas in seinem Geist lesen konnte. Alles war verhüllt, wie von dunklen Schatten und es wurde immer undeutlicher.

„David...", begann Alenka leise, doch ihr fielen keine Worte ein, die sie verwenden konnte. Sie fühlte sich nicht in der Lage, jetzt mit ihm zu diskutieren.

Langsam stand er von der Treppe auf und blieb nur wenige Meter von ihr entfernt stehen. „Du verstehst es einfach nicht, oder?"

Alenka konnte David nur wortlos ansehen. Ihre Stimme wollte ihr nicht mehr gehorchen. Sie wollte jetzt einfach nur allein sein, doch in ihr Arbeitszimmer konnte sie auch nicht mehr zurückkehren. Stumm schüttelte sie den Kopf, während sie langsam auf die Treppe hinter ihm zuging.

Alenka hörte, wie er fragend ihren Namen aussprach, doch sie konnte nicht antworten. Sie bekam keine Luft mehr und alles drehte sich vor ihren Augen. Sie spürte, wie sie das Gleichgewicht verlor und dann sah sie für einen Moment überhaupt nichts mehr.

Alenka spürte nur, wie zwei starke Hände sie um die Hüfte fassten und festhielten. Zitternd holte sie Luft und öffnete blinzelnd die Augen. Ihr Kopf schmerzte. Doch sie war bei Bewusstsein, als David sie gerade hochhob und Anstalten machte, sie die Treppe hinauf zu tragen.

„David, lass mich runter! Ich kann durchaus allein gehen", sagte sie bestimmt, doch sie bemerkte selbst, wie ihre Stimme dabei versagte. „David, das ist ein Befehl!", fügte sie etwas nachdrücklicher hinzu, als er nicht reagierte.

Alenka spürte, wie er stehen blieb. Er musterte sie mit prüfendem Blick und sie zwang sich, ihm standzuhalten. Doch noch herausfordernder war es für sie, bei vollem Bewusstsein zu bleiben, denn alles begann bereits wieder vor ihren Augen ineinander zu verlaufen, während sie nur erschwert Luft bekam.

„Gut, wie du willst!", sagte David, doch seine Stimme drang nur schwach an Alenkas Ohren.

Sie spürte, wie ihre Füße den Boden berührten, doch es

gelang ihr nicht, aufrecht stehen zu bleiben, sobald David seine Hände zurückzog. Alenka war sich bewusst, wie blamabel ihr Auftritt war und hoffte, dass niemand außer David sie so sah.

„Okay, für heute hast du genug befohlen", erklärte er und zog ihr sanft die Krone aus dem Haar, während er sie mit einem Arm sicher festhielt, sodass sie nicht erneut stürzen konnte.

Alenka wollte ihm widersprechen und ihn auffordern, ihr ihre Krone augenblicklich zurück zu geben, doch nur ein heiseres Stöhnen drang über ihre Lippen. Sie versuchte nicht einmal mehr zu protestieren, als David erneut Anstalten machte, sie zu tragen, obwohl sie natürlich wusste, dass sie ihre Würde auch weiterhin hätte wahren müssen.

Erneut verschwamm alles vor ihren Augen.

Irgendwann hörte sie, wie David eine Tür öffnete und kurz darauf spürte sie, wie er sie auf etwas angenehm Weiches bettete.

Sie wollte ihrer Postierung gerecht werden, doch noch nie zuvor hatte sie sich derart elend gefühlt.

Alenka hörte, wie David sich leise mit Luise über sie unterhielt. Sie beratschlagten, wie sie ihr am effektivsten helfen konnten, bis sie schließlich entschieden, nach jemandem zu schicken, der über weitreichendere Kenntnisse verfügte.

„Nein", widersprach Alenka schwach, doch sie wusste, dass David und Luise ihren Einwand gehört hatten.

„Du brauchst aber Hilfe", bemerkte Luise verunsichert, doch Alenka schüttelte nur stumm den Kopf.

Es war **ihre** Aufgabe, anderen bei Problemen beizustehen und nicht, selbst Hilfe in Anspruch zu nehmen.

„Ist doch egal, was sie sagt!", wandte David ein und Alenka wusste, dass er nicht mit ihr sprach. „Schick jemanden zu Tiara. Sie ist Heilerin und Alenka vertraut ihr noch mit am meisten."

„Ist das nicht eine Befehlsverweigerung?", wandte Luise zu Alenkas Erleichterung zögerlich ein.

Auch wenn Alenka Tiara kannte und auch eine gewisse Sympathie ihr gegenüber empfand, wollte sie nicht, dass sie sie so sah.

Doch David schien ihre Meinung an diesem Tag tatsächlich nicht im Geringsten zu interessieren. „Na und?", erwiderte er nur ungeduldig.

Doch wenigstens Luise schien noch immer Bedenken zu haben. „Aber ist das nicht strafbar?"

Tatsächlich hatte sie Recht, doch Alenka wusste, wie auch David, dass sie weder ihn noch Luise in irgendeiner Form jemals bestrafen würde.

Blinzelnd öffnete sie die Augen, doch sie hatte kaum genügend Kraft, ihren Kopf auch nur ein kleines Stück anzuheben, um die beiden sehen zu können.

„Wenn sie stirbt, ist überhaupt nichts mehr strafbar!"

Alenka gab den Versuch auf, sich aufzusetzen. Stand es tatsächlich so schlimm um sie?

„Denkst du wirklich, sie stirbt?", fragte Luise und in ihrer Stimme lag das gleiche Entsetzen, das auch Alenka verspürte.

„Guck sie dir doch an! Sie hat schon ewig nichts mehr gegessen und geschlafen auch nicht. Ist doch klar, dass sie das nicht lange schafft."

Alenka wusste, dass David die Wahrheit sagte, doch was hätte sie anders machen sollen?

Sie hörte, wie die Tür leise geschlossen wurde und sie wusste, dass sie nun mit ihm allein war, doch freuen konnte sich Alenka darüber nicht. Sie konnte schließlich bereits erahnen, dass er sie nur erneut tadeln würde.

Sie schloss die Augen, als sie ihn näher kommen hörte. Hätte er nicht einfach zusammen mit Luise gehen können?

Alenka spürte, wie er sanft seine warme Hand auf ihre Stirn legte, bevor er sich neben sie setzte.

Blinzelnd öffnete sie die Augen und sah ihn an. Sein Gesichtsausdruck spiegelte reine Sorge wider, doch er sagte nichts, sondern musterte sie nur schweigend, während er ihr sanft mit der Hand über die Wange strich.

Und plötzlich war Alenka erleichtert über seine Gegenwart. Sie wusste, dass er alles für sie tun würde und zwar nicht nur seines Pflichtbewusstseins wegen. Ihm schien aufrichtig etwas an ihr zu liegen, sonst hätte er sich nicht so beständig um sie gesorgt.

„Danke", flüsterte sie mit brüchiger Stimme. Er erfüllte sie mit einem Gefühl von Sicherheit und Wohlbehagen und dafür war sie ihm dankbar.

„Du hättest auf mich hören sollen", sagte er leise, während er sanft eine Decke über sie legte. „Du bist eiskalt."

Alenka widersprach ihm nicht. Sie bemerkte schließlich selbst, wie sie unaufhörlich zitterte und ihre Hände fühlten sich beinahe taub an.

„Willst du einen Tee oder irgendwas Anderes?"

Alenka schüttelte nur schwach den Kopf und streckte ihre Hand nach seiner aus. Sie wollte nicht, dass er sie verließ. Sie brauchte ihn jetzt. „Bitte bleib hier!"

„Natürlich!" Ein schwaches Lächeln trat auf Davids Gesicht, als er ihre kalte Hand mit seiner warmen umfasste. „Solange du willst!"

„Das ist gut", flüsterte Alenka undeutlich und schloss erleichtert die Augen. Sie hatte das Gefühl, als würde zum ersten Mal, seit sie zur Führerin gewählt worden war, alle Anspannung von ihr fallen. Sie musste nicht länger auf ihre Würde und ihr Ansehen achten. Sie konnte einfach nur ihren völlig überforderten Geist entspannen.

Erst als es an der Tür klopfte, zuckte Alenka erschrocken zusammen und sofort waren all ihre Sorgen zurück. Sie wollte nicht, dass jemand sie derart geschwächt sah.

Verzweifelt versuchte Alenka, sich aufzusetzen, doch ihr fehlte die Kraft dazu. Alles verschwamm erneut vor ihren Augen, während David sie sanft an den Schultern fasste und stützte.

Sie zitterte am ganzen Körper und ihr war leicht übel. Sie sah, wie die Tür geöffnet wurde und Luise den Raum betrat, gefolgt von Tiara. Alenka erinnerte sich mit einem unsicheren Gefühl daran, dass sie ihre Krone nicht trug und fühlte sich plötzlich unheimlich unbedeutend.

„Alenka, was machst du für Sachen?", fragte Tiara besorgt und trat zu ihr.

Alenka zwang sich zu einem freundlichen Lächeln. Tiara sollte sich nicht größere Sorgen machen, als berechtigt.

„Dir ebenfalls einen schönen Tag, Tiara", sagte sie mit bemüht fester Stimme und warf einen kurzen Blick auf Luise. Was hatte sie Tiara nur erzählt? So schlecht fühlte sie sich nun auch wieder nicht. Zumindest war sie mittlerweile wieder bei vollem Bewusstsein.

„Du siehst wirklich nicht gut aus", bemerkte Tiara und berührte vorsichtig ihre Stirn.

Alenka spürte eine Woge von Magie, die von der Heilerin ausging und sich kribbelnd durch ihren Körper zog.

„Du bist definitiv nicht krank, nicht wirklich", stellte Tiara fest und zog ihre Hand zurück, woraufhin sich dieses eigentümliche Kribbeln verflüchtigte. „Nur total überlastet und halb verhungert! Da kann man nicht viel machen", fügte sie an David gewandt hinzu. „Ich kann ihr einen Krafttrunk brauen, aber letztendlich liegt es an ihr. Sie muss sich ordentlich ernähren, sonst kippt sie früher oder später wieder um."

Alenka sah Tiara überrascht an. Bedeuteten ihre Worte womöglich, sie würde ihre Führerpflichten nicht mehr wahrnehmen können?

„Gut! Wie lange brauchst du für diesen Trank?", fragte David mit leicht angespannter Stimme, während er Alenka mit einem besorgten Blick von der Seite bedachte.

„Nicht lange! Ein bis zwei Stunden, je nachdem, wie schnell ich die Zutaten finde. Alenka, ist hier irgendwo ein Kräuterschrank?"

„Ich...", antwortete Alenka stockend, während sie gedanklich die Räume im Schloss durchging.

Doch David antwortete bereits an ihrer Stelle. „Das weiß Afra! Luise, fragst..."

„Nein", unterbrach Alenka ihn entsetzt. Afra durfte nichts von dieser Angelegenheit erfahren. Sie würde nur ihre dunklen Augen verdrehen und sich über Alenka amüsieren.

„Ich kann sie selbst fragen", bemerkte Tiara, ohne auch nur auf Alenka zu achten. „Luise, kommst du mit?" Mit diesen Worten wandte sich Tiara ab, um das Zimmer zu verlassen.

„Nein, Tiara!" Alenka fiel auf, wie brüchig ihre Stimme klang, doch das interessierte sie jetzt wenig. „Afra wird davon nichts erfahren! Das ist ein Befehl!"

Alenka beobachtete, wie Tiara sich langsam wieder zu ihr umdrehte.

„Afra ist deine Schwester", sagte sie nur, doch sie schien zu verstehen, warum Alenka es vorzog, Afra in Unwissenheit zu lassen. „Außerdem geht es um deine Gesundheit. So, wie du aussiehst, kannst du dringend etwas Energie gebrauchen." Mit diesen Worten wandte sich Tiara endgültig ab und verließ das Zimmer.

Fassungslos sah Alenka ihr nach, während Luise ihr hastig folgte und die Tür hinter sich schloss.

„David, bitte nicht Afra", sagte Alenka mit heiserer Stimme, während sie versuchte, sich selbst aufrecht zu halten und gleichzeitig den Kopf zu wenden, um ihn anzusehen.

„Vergiss es!", erwiderte David nur entschieden und Alenka spürte, wie sie ein Gefühl der Hilflosigkeit überkam. „Du hast für Afra sogar Thyra geholt, um ihr Leben zu retten. Und jetzt brauchst **du** dringend Hilfe! Du siehst furchtbar aus!"

Wortlos schüttelte Alenka den Kopf, während David sie bereits sanft zurück auf das Kissen drückte.

„Du musst dich ausruhen", sagte er in einem Tonfall, der keinerlei Widerworte duldete. Als er sich jedoch zurücksetzte, umfasste Alenka seine Arme und zog ihn näher zu sich.

David schien zu begreifen, was sie wollte, denn er ließ sich von ihr nach unten führen und legte sich dann neben sie. Allerdings wusste er wohl nicht so recht, wie er nun auf diese Situation reagieren sollte. Schließlich legte er sanft einen Arm um ihre Schultern und Alenka ließ es zu, dass er sie an sich zog.

Es war ein wenig befremdend, so nah neben ihm zu liegen und sie hatte Angst, etwas Falsches zu tun. Auf merkwürdige Weise fühlte es sich jedoch angenehm an.

# 14. Kapitel

Während sie nebeneinander lagen, spürte Alenka, wie ihr Befinden stetig weiter sank. Sie war beinahe erleichtert, als es leise an der Tür klopfte und Tiara mit einem kleinen Kessel hereinkam, aus dem ein leicht bitterer Geruch drang.

Sie versuchte, sich aufzusetzen und sie war froh über Davids Hilfe.

„Trink das! Dann wird es dir besser gehen", wies Tiara sie an und hielt ihr eine kleine Schale entgegen.

Mit zitternden Händen griff Alenka danach und führte sie zu ihrem Mund. Die Flüssigkeit hinterließ einen eigentümlichen Geschmack auf ihrer Zunge, dessen Deutung ihr missglückte, doch der Trank schien zu wirken.

„Was ist das?", fragte David und Alenka sah, wie er den Inhalt des Kessels skeptisch musterte, während Tiara ihr noch etwas davon einschenkte.

„Eine Kräutermischung! Ginkgo und Thymian für die Durchblutung und Eukalyptus und Minze zur Betäubung!"

„Das ist alles?", fragte David ungläubig und auch Alenka fiel es schwer, zu glauben, dass nur vier so simple Zutaten für einen Zaubertrank notwendig waren.

„Natürlich nicht! Aber ein guter Heiler verrät niemals die genaue Zusammensetzung, sonst braucht man ihn ja bald nicht mehr", erklärte Tiara, als sie Alenka die Schale abnahm und zusammen mit dem Kessel auf einem kleinen goldenen Tischchen abstellte. „Sie sollte etwa alle zwei bis drei Stunden etwas davon trinken. Und pass auf, dass sie auch etwas isst!"

David nickte nur stumm, ohne den Blick von dem Kessel abzuwenden.

„Mehr kann ich im Moment nicht für sie tun."

„Danke!", sagte David nur knapp.

Tiara nickte langsam, während sie Alenka weiterhin besorgt musterte. „Dann geh ich jetzt", stellte sie schließlich zögernd fest. „Ich muss Marek dann gleich in die Schule bringen. Alenka!" Tiara deutete eine Verbeugung vor ihr an, bevor sie das Zimmer verließ und die Tür leise hinter sich schloss.

„David, wie spät ist es?", fragte Alenka mit aufkommender Panik. Die Magier würden sie zweifellos auch heute aufsuchen und selbst wenn es dafür noch nicht an der Zeit war, gab es mit Sicherheit genügend neue Briefe, die auf ihre Antwort warteten.

Sie wollte aufstehen, doch David hielt sie zurück. „Bleib hier!"

„David, ich fühle mich bereits wesentlich wohler", versicherte Alenka ihm wahrheitsgemäß und versuchte, sich aus seinem Griff zu befreien.

„Alenka, bitte nimm dir wenigstens **einen** Tag frei!"

„Das kann ich nicht tun", widersprach sie ihm mit überraschend fester Stimme und sie spürte, wie David seine Hände zurückzog.

Verwundert richtete sie sich auf und trat einen Schritt von ihrem Bett zurück. Wollte er ihr mit dieser Geste womöglich seine Einwilligung demonstrieren, obwohl sie das Unbehagen in seinem Geist deutlich spüren konnte?! Ein wenig verunsichert sah sie zur Tür. Sie wollte ihren Pflichten nachkommen, doch etwas hielt sie zurück.

„Dann geh!", sagte David mit gedämpfter Stimme, doch in seinem Tonfall lag eine Kälte, die Alenka erschaudern ließ.

Irritiert sah sie ihn an. Sie wusste, dass David ihre Handlungen innerhalb des letzten Monats mit zunehmender Besorgnis beobachtet hatte und nun ließ ihn eben diese Sorge um sie verzweifeln. Ohne sie noch einmal anzusehen, erhob er sich und ging wortlos zur Tür.

„Wohin gehst du?", fragte Alenka besorgt, denn seine gegenwärtige Stimmung beunruhigte sie.

„Weg! Ich guck' nicht länger zu, wie du dich selbst kaputt machst!"

„David...", begann Alenka langsam, doch sie hatte noch nicht vollständig begriffen, was er ihr soeben mitgeteilt hatte. Sie spürte das Entsetzen in sich, als sie verstand, dass er nicht nur für einige Stunden plante, das Schloss zu verlassen, sondern für eine wesentlich längere Zeit. „Bitte bleib hier", flüsterte sie fassungslos. Sie brauchte ihn. Er war der Einzige, der ihr Halt gab.

Langsam wandte er sich wieder zu ihr um. Sie konnte in seinem Geist erkennen, dass es ihm selbst nicht behagte, sie zurück zu lassen, doch sie sah auch, wie sehr er unter ihrem Pflichtbewusstsein litt. „Alenka, ich kann das nicht mehr!", verkündete er ihr, doch sie spürte deutlich die Zweifel, die sich hinter seinen Worten verbargen.

„Bitte, David! Ich..." Es kostete sie eine gewisse Überwindung, den nächsten Satz auszusprechen, denn auch er bot ein Anzeichen von Schwäche, die sie sich nicht genehmigen durfte. „Ich brauche dich."

Alenka spürte die kurze Überraschung in David, doch dann wich sie Erleichterung, bevor sie wieder in ihre zuvorige Bitterkeit überging. „Wofür denn?", fragte er tonlos und Alenka verstand den stummen Vorwurf, den er ihr machte. Schließlich hatte sie seine Hilfe innerhalb der vergangenen Woche nicht nur einmal abgelehnt.

Alenka spürte, wie ein Schauer über ihren Rücken rann und sie am ganzen Körper zitterte. Sie hatte Angst, David zu verlieren, aber auch davor, ihm ein pflichteinschränkendes Versprechen geben zu müssen. Ihr wurde nun deutlicher denn je bewusst, dass sie niemals auch nur annähernd ihren Vater stolz machen konnte. Sie war ihren Verpflichtungen und ihrem Posten nicht gewachsen. Sie war gescheitert, obwohl sie sich bemüht hatte, alles zufriedenstellend zu bewältigen und sie wusste auch nicht, wie sie es jemals schaffen sollte.

Das Atmen fiel ihr schwer, doch Alenka wusste, dass die Ursache hierfür diesmal nicht ihre körperliche Schwäche darstellte. Zitternd setzte sie sich auf das Fußende ihres Bettes, während sich Tränen in ihren Augen sammelten, doch sie zwang sich, nicht zu weinen. Sie hatte bereits zu viel Schwäche für einen Tag zugelassen. Sie wollte David eine ordnungsgemäße Antwort geben, doch sie wusste nicht, was sie sagen konnte.

„Bitte", brachte Alenka schließlich nur undeutlich hervor und sah ihn verzweifelt an.

Sie spürte die Erleichterung in sich, als sie Davids Entscheidung in seinen Gedanken sah, noch bevor er sie aussprach.

„Du machst mich wirklich noch wahnsinnig", sagte er kopfschüttelnd und trat zu ihr.

„Verzeihung", flüsterte Alenka leise, doch sie sah das schwache Lächeln, das sich auf seinem Gesicht abzeichnete.

Er beugte sich zu ihr und setzte ihr die zarte silberne Krone wieder aufs Haar, bevor er ihr seine Hand entgegen hielt. „Los, komm jetzt!"

Zögernd ergriff Alenka sie und ließ sich von ihm beim Aufstehen helfen.

Mit zitternden Händen versuchte Alenka, ein wenig Suppe zu sich zu nehmen, doch bei jedem Löffel stieg

Übelkeit in ihr auf. Sie vermied es, David anzusehen, dessen besorgte Blicke sie bei jeder ihrer Bewegung verfolgten.

„Morgen, David!", erklang plötzlich eine Alenka nur allzu vertraute Stimme von der Tür, mit der sie jedoch nicht im Geringsten gerechnet hatte. „Was machst du denn noch hier, Alenka? Wird deine Hilfe heut' etwa nicht gebraucht?!"

Alenka musterte ihre Schwester missbilligend, wobei sie sich bemühte, ihre spöttische Bemerkung nicht zu beachten. Wie immer war Afras Kleidungsstil äußerst unangebracht, vor allem in Anbetracht der Tatsache, dass sie in einem Schloss lebten. Alenka stellte sich die Frage, ob es wohl überhaupt möglich war, den Stoff ihrer dürftigen Bekleidung noch weiter zu reduzieren. Doch obwohl ihr Afras Erscheinungsbild missfiel, zwang sie sich, keine Kritik daran auszuüben. Schließlich wollte sie nicht, dass ihre Schwester tatsächlich das Schloss verließ, wie sie es bei ihrer letzten Meinungsverschiedenheit zu diesem Thema angedroht hatte.

„Guten Morgen, Afra", begrüßte Alenka ihre Schwester stattdessen nur freundlich.

Doch Afra schien sie nicht einmal mehr zu registrieren. Sie hatte sich bereits einen Teller genommen und lief nun an der Tafel entlang. Interessiert spähte sie in die Töpfe, bevor sie sich schließlich eine körnige gelbliche Masse und ein Stück Fischfilet auflud.

„Ich muss noch etwas machen", sagte David plötzlich und erhob sich.

Alenka sah ihn überrascht an, doch in seinen Gedanken sah sie, dass er plante, die Magier wegzuschicken, die in der Zwischenzeit zweifellos eingetroffen waren. Sie öffnete den Mund, um zu protestieren, und erhob sich halb von ihrem Stuhl, als sie ein erneutes Schwindelgefühl überkam. Langsam ließ sie sich wieder nieder und atmete tief durch.

„Afra, Alenka muss unbedingt etwas essen!", sagte David, bevor er den Saal verließ und die Türen hinter sich schloss.

Alenka spürte, wie ihr das Atmen schwerer fiel und alles vor ihren Augen verschwamm. Offensichtlich ließ die Wirkung von Tiaras wundersamen Zaubertrank bereits nach.

„Mal ehrlich, er macht sich mehr Sorgen um dich, als nötig, oder?", fragte Afra halb spöttisch und setzte sich ihr gegenüber.

Alenka zwang sich zu einem Lächeln und nickte wortlos. Ihre Schwester brauchte nichts über ihre gegenwärtige Verfassung zu wissen.

„Bist du wirklich umgekippt? Einfach so?"

Alenka bemerkte, dass ihre Schwester sich nicht die Mühe machte, ihren letzten Bissen zu schlucken, bevor sie sprach, doch sie fühlte sich nicht imstande, jetzt eine Meinungsverschiedenheit mit Afra auszutragen. „Nein", antwortete sie daher nur, obwohl es ihr missfiel, nicht die Wahrheit auszusprechen.

Afra sah sie einen Moment lang nachdenklich an, während sie langsam die körnige Masse kaute, doch Alenka war es nicht möglich, zu erschließen, was sie gerade dachte.

„Wie du meinst!", stellte Afra schließlich achselzuckend fest und legte ihre nackten Füße provokativ auf den Tisch, während sie Alenka unverwandt ansah.

Alenka hielt dem durchdringenden Blick ihrer Schwester einen Moment stand, bevor sie das Gesicht abwandte.

„Dir geht's echt nicht gut, oder?", bemerkte Afra und

nahm ihre Beine wieder von der Tischplatte.

„Wie kommst du auf diesen Gedanken?", fragte Alenka überrascht. Es war selten, dass sich ihre Schwester dafür interessierte, was sie tat oder dachte.

Doch jetzt blieb Afra ernst und obwohl sie Alenkas Schwäche belächelte, schien sie sich doch Sorgen um sie zu machen. „Du hast dich nicht beschwert! Oder ist dir gar nicht aufgefallen, dass ich mit vollem Mund geredet hab' und meine Füße auf dem Tisch hatte?"

Alenka sah ihre Schwester einen Moment verwundert an, während sich das Schwindelgefühl in ihr allmählich wieder legte. „Welchen Sinn hätte es, dich beständig auf dein mangelhaftes Verhalten hinzuweisen?"

„Auch wahr!" Ein Grinsen verzog Afras dunkle Lippen und erneut musste Alenka feststellen, wie leichtgläubig ihre Schwester doch war.

Sie beobachtete, wie Afra die gelbliche Masse verzehrte und sich schließlich von neuem etwas davon auflud.

„Das Couscous ist wirklich lecker. Du solltest echt mal kosten!"

„Wir hatten bisher nur selten denselben Geschmack", erwiderte Alenka nur etwas steif.

„Ist auch gut so! Dich zweimal würde nicht einmal David aushalten. So, ich verschwinde! Und mach dir bloß keine Sorgen, wenn ich die nächsten Tage nicht zurückkomme. Ich hab' anderswo für eine Weile zu tun." Damit stand Afra auf und ging zur Tür.

„Wie... wie meinst du das?", fragte Alenka leicht verständnislos, als ihre Schwester noch einmal stehen blieb, um sich eine Erdbeere von einem Tablett zu glauben.

„So, wie ich's sage! Ich bin für die nächsten Tage weg. Du wirst ja ganz sicher ohne mich klar kommen. Und ich brauch mal 'ne Pause von dir." Damit wandte Afra sich endgültig ab und ließ Alenka allein in dem großen Saal zurück.

Alenka konnte ihr nur fassungslos nachsehen. Sie würde wohl nie begreifen, wie ihre Schwester dachte, falls sie dies überhaupt tat. Doch wesentlich mehr beschäftigte sie, was Afra zuvor zu ihr gesagt hatte.

Konnte sie tatsächlich derart unerträglich sein? Hatten sie die anderen Magier womöglich nur gewählt, weil sie es selbst so gewollt hatte und sie gewusst hatten, dass Kira und Afra ihre Wahl ablehnen würden?! War sie somit also nur Führerin geworden, aus Angst der Magier, Thyra könne andernfalls doch noch ihr Ziel erreichen?! Schließlich hätte Alenka den Thron womöglich abgelehnt, hätte ihr Volk Afra oder Kira als Führerin bevorzugt. War sie somit die einzige Wahl gewesen?

Diese Vorstellung ließ Alenka erschaudern und schnürte ihr den Atem zu. Zeigte diese Art, wie sie letztendlich nur hatte zur Führerin werden können, nicht deutlich, wie unfähig sie war? Sie war eine Enttäuschung für ihren Vater! Alle konnten es sehen und sie wusste nicht im Geringsten, was sie noch tun sollte. Voller Verzweiflung spürte sie, wie Tränen in ihre Augen traten und sie am ganzen Körper zu zittern begann.

Alenka sah, wie die Türen geöffnet wurden, doch sie konnte darauf nicht reagieren. Sie war wie unter Schock angesichts ihrer offensichtlichen Unfähigkeit.

„Was ist denn mit dir los?", fragte David überrascht, als er den Saal betrat.

Alenka schüttelte nur wortlos den Kopf, ohne ihn anzusehen. Sie hörte, wie er sich auf einem Stuhl neben ihr niederließ. Sie spürte die Besorgnis, mit der er sie musterte, während sich eine ungute Ahnung in ihm verfestigte.

„Ich weiß, dass das schrecklich ist", sagte er schließlich

langsam und Alenka sah verwundert zu ihm auf. „Thyra ist grausam, aber das ist jetzt vorbei."

Alenka musterte David nur verständnislos. Sie verstand nicht, wie seine Gedanken jetzt zu Thyra schweifen konnten. „Wovon sprichst du, David?"

Sie sah, wie nun **er** irritiert die Augenbrauen zusammenzog.

„Oh!", sagte er schließlich überrascht und Alenka konnte in seinen Gedanken erkennen, dass er geglaubt hatte, Afra hätte ihr etwas über die skrupellose Mörderin erzählt, dass sie derart aus der Fassung gebracht hatte.

„Was verheimlichst du mir?", fragte sie misstrauisch und versuchte, weitere Informationen aus seinen Gedanken zu erschließen.

„Nichts!", antwortete er nur mit einem Lächeln, das von dem Gegenteil seines Gesagten zeugte, und wandte den Blick von ihr ab.

„David, ich verlange, die Wahrheit von dir zu erfahren!"

„Nein!"

„Ich muss es aber wissen! Bitte, David!" Sie musterte ihn eindringlich, bis sie schließlich spürte, wie sich sein Widerstand verflüchtigte.

„Luise hat rausgefunden, was Thyra eigentlich angerichtet hat."

„Und was wäre das?"

David musterte sie unentschlossen und Alenka war sich bewusst, dass sie nichts auch nur annähernd Akzeptables oder Verständliches erfahren würde. Die Antwort, die sie erhielt, schockierte sie jedoch in wesentlich höherem Maße, als sie es auch nur hätte erahnen können.

„Sie hat Hunderttausende umgebracht – ungefähr ein Viertel aller Hexen und Zauberer. Im Moment leben mehr

Magier in der Menschenwelt, als hier."

Alenka spürte, wie sich ihr Herz verkrampfte. Das durfte nicht wahr sein! So etwas konnte nicht eine Person allein verursachen! Fehlte Thyra denn jede Moral? War es in Anbetracht dieser Umstände noch ein Wunder, dass sich sogar Thyras eigene Verbündete gegen sie richteten?

Alenka spürte, wie erneut Tränen in ihre Augen traten. Wie viele Familien wohl auseinander gerissen worden waren! Wie viele Unschuldige, darunter vermutlich sogar Kinder, entsetzliche Qualen hatten erleiden müssen, nur um letztendlich doch den Tod zu finden! Für ein solches Verbrechen gab es keine Worte und Alenka wurde plötzlich mit Schrecken bewusst, dass sie nun die Verantwortung für das Geschehene trug. Sie hätte Thyra weitaus härter bestrafen müssen, doch es widerstrebte ihr, Maßnahmen zu ergreifen, die auch nur annähernd zu Thyras eigenen Methoden hätten gezählt werden können.

Zitternd versuchte sie, wieder zu atmen, doch der Schrecken, den sie empfand, machte ihr schwer zu schaffen.

„Alenka, das ist doch schon Geschichte", sagte David, doch seine Stimme drang nur dumpf an ihre Ohren.

Wortlos schüttelte sie den Kopf. Sie war zu geschockt, um sprechen zu können.

„Komm, wir gehen!" Sie spürte, wie David sie sanft auf die Beine zog.

Ohne zu protestieren ließ sie sich von ihm durch das Schloss zu ihrem Gemach führen. Wortlos schluckte sie den Zaubertrank und ließ sich dann in die Kissen ihres Bettes sinken, um kurz darauf in einen traumlosen Schlaf zu verfallen.

# 15. Kapitel

Als Alenka wieder erwachte, lag samtene Dunkelheit über ihrem Gemach, nur durchbrochen von einem kleinen Glühball, der lautlos über ihr schwebte und dessen goldener Schein nicht einmal bis zu seinem Schöpfer vordrang.

Langsam setzte sie sich auf und versuchte, etwas in der sie umgebenden Dunkelheit zu erkennen.

„Geht's dir gut?"

„Ja, ich fühle mich wesentlich wohler", erwiderte Alenka wahrheitsgemäß und schenkte David ein freundliches Lächeln, doch sie spürte, dass etwas seinen Geist belastete.

„Trink das!", wies er sie nur an und reichte ihr eine Schale von Tiaras Zaubertrank.

„Was beschäftigt dich, David?", fragte sie besorgt, doch er schüttelte nur abwehrend den Kopf.

„Nichts! Bitte trink jetzt!"

Alenka musterte ihn noch für einen Moment unschlüssig, doch dann tat sie, was er ihr geheißen hatte.

Nachdem sie die Schale geleert hatte, nahm David sie ihr wortlos ab und stellte ein silbernes Tablett vor sie. Ein Teller mit einem zarten Stück Fleisch und sahnigem Kartoffelpüree nahm den meisten Platz ein. Rechts daneben war ein hübsch verziertes Dessert mit Vanillesauce und einer roten Kirsche darauf platziert. Doch Alenka rührte keines von beiden an, sondern griff mit zittrigen Fingern nach einer Schale frischen Salats. Vorsichtig nahm sie einen Bissen, während sie beinahe das Gefühl von Übelkeit erwartete, doch dieses blieb überraschender Weise aus. Dafür spürte sie nun, wie hungrig sie war. Sie realisierte, wie köstlich das Gericht schmeckte und war selbst überrascht, als der Teller und die Schalen leer waren.

„Willst du noch mehr?", fragte David, doch sein Tonfall ließ Alenka erstarren. Obwohl er sich bemühte, seine Stimme unbefangen klingen zu lassen, spürte sie, dass er innerlich zutiefst gekränkt war.

Wortlos schüttelte sie den Kopf, ohne den Blick von ihm abzuwenden. Doch David sah sie nicht einmal an, als er ihr das Tablett abnahm und es zur Seite stellte.

„Verrate mir doch, was dich betrübt", bat Alenka. „Womöglich kann ich..."

„Nein, Alenka!", erwiderte David entschieden und etwas Abwehrendes lag in seiner Stimme. „Es ist nichts! Willst du lieber allein sein oder willst du vielleicht mit irgendjemand Bestimmtem reden?!"

„Mit wem sollte ich sprechen wollen?" Alenka irritierte die Situation immer mehr.

„Keine Ahnung!", erwiderte David und hob die Schultern. „Vielleicht mit deinem Verlobten?!"

„Wie bitte? Mit wem?", fragte Alenka schockiert. Wovon sprach David nur?

„Einer deiner Besucher hat's mir erzählt. Alle wissen es!"

Alenka konnte David nur schockiert ansehen.

„Verrätst du mir, wer er ist?", fragte David in beiläufigem Tonfall, doch Alenka spürte, dass es ihm keineswegs gleichgültig war.

Fassungslos schüttelte sie den Kopf, während sie versuchte, einen klaren Gedanken zu formulieren. „Diese Person existiert nicht, David", sagte sie schließlich leise und hoffte, dass er ihr glaubte.

„Irgendwie müssen die Magier ja drauf gekommen sein", erwiderte er jedoch nur und Alenka war sich bewusst, dass er ihren Worten nicht einmal im entferntesten Glauben schenkte.

Langsam stand sie auf und trat zu ihm. „Einer der Männer von Julias Gefolgschaft hat eine unüberlegte Bemerkung ausgesprochen, als sie mich zurück in den magischen Wald begleitet haben. Es wurde wohl missverstanden."

David nickte langsam und sie spürte, wie sich ein Hauch von Erleichterung in ihm ausbreitete. „Wenn du's sagst!"

Alenka schenkte ihm ein zuversichtliches Lächeln, bevor sie sich von ihm abwandte und zum Fenster trat.

Kühle Luft strich ihr über die Wangen und ließ sie erschaudern. Der Himmel über den Baumkronen färbte sich bereits rötlich und kündigte den baldigen Sonnenaufgang an. Sie hörte den Gesang der Vögel und zwischen den Bäumen konnte sie dunkle Gestalten ausmachen, die bereits ihren frühen Tätigkeiten nachgingen. Sie wusste nicht, ob sie es sich womöglich nur einbildete, doch sie hatte das Gefühl, die Magier würden immer wieder kurze Blicke zum Schloss werfen. Wenn sich dieses unwahre Gerücht bereits soweit herumgesprochen hatte, würden nun alle mit einer großen Festlichkeit rechnen.

„Jetzt werden alle eine Hochzeit erwarten, nicht wahr?", fragte sie, ohne David anzusehen.

„Na und?", erwiderte er nur und Alenka wusste, dass er nicht verstand, in welch verzweifelter Situation sie sich nun befand.

Langsam wandte sie sich zu ihm. „Die Magier würden sich auf eine solche Festlichkeit mit Sicherheit freuen. Ich will sie nicht enttäuschen."

„Und wie willst du das machen?"

Alenka sah ihn verunsichert an, doch es gab nur eine einzige Lösung für ihr Problem. „Ich werde heiraten."

„Und wen?", fragte David ungläubig und Alenka wuss-

137

te, dass er ihre Idee für unrealistisch erachtete. Sie konnte es ihm auch nicht verdenken. Schließlich war sie sich selbst über die Antwort noch nicht sicher. Sie wusste nur, dass an ihrer Seite einer der begabtesten und fähigsten Zauberer erwartet werden würde.

„Es wäre möglich, eine Competition zu veranstalten", erwiderte sie nachdenklich. „Und den Sieger werde ich im Anschluss heiraten."

„Alenka, das ist Schwachsinn!" David schüttelte verständnislos den Kopf.

„Nein, ist es nicht!", widersprach Alenka und begann, beunruhigt durch den Raum zu schreiten.

Das war die Lösung! So würde sie den besten unter allen Zauberern ermitteln können.

„Meinst du das wirklich ernst?"

Überrascht blieb sie stehen und sah David an. „Selbstverständlich! Ich kann nicht einfach irgendjemanden heiraten."

„Und wie wäre es mit jemanden, den du liebst?! Der **dich** liebt?!"

„Kennst du jemanden, auf den das zutreffen könnte?", fragte sie leise und sah ihn erwartungsvoll an. Sie spürte, dass David dieselbe Antwort darauf wusste, wie auch sie selbst. Schließlich konnte sie deutlich spüren, was er für sie empfand, doch sie wollte, dass er es selbst aussprach.

„Nein!", sagte er schließlich und Alenka spürte, wie bittere Enttäuschung in ihr aufstieg. „Aber es muss doch auch nicht jetzt sofort sein!", fügte David hastig hinzu.

Alenka schüttelte jedoch nur abwehrend den Kopf, denn sie hatte ihre Entscheidung bereits getroffen. „Ich kann nicht mehr warten", verkündete sie ihm entschieden und hob stolz den Kopf. „Alois war bereits mit einem Alter von 20 verheiratet. Ich bin bereits ein Jahr älter. Und ich bin die Erste, die den Thron bislang überhaupt unverheiratet angenommen hat."

„Dann hat es doch jetzt auch noch Zeit!"

„Nein, hat es nicht", widersprach Alenka und ging zur Tür ihres Gemachs. Sie musste heiraten, auch wenn ihr die Vorstellung Sorge bereitete. „Ich möchte mit Luise, Marvin und Rick sprechen", stellte sie fest, ohne sich noch einmal zu ihm umzudrehen.

„Und wo soll ich sie hinschicken?"

Alenka zögerte einen Moment. „In das Beratungszimmer neben dem Speisesaal", entschied sie schließlich, bevor sie eilig das Zimmer verließ. Sie spürte, wie sie am ganzen Körper zitterte, doch sie blieb nicht stehen, sondern beschleunigte stattdessen ihre Schritte.

Mit bebenden Händen drückte sie die Tür auf. Schwankend stolperte sie in den Raum, während Tränen über ihre Wangen rannen. Sie schaffte es gerade noch, die Tür zu schließen, bevor sie auf einen Stuhl sank.

Sie war ratlos. Sie wusste, was sie tun musste, doch sie hatte keine Vorstellung, wie sie es umsetzen sollte. Hinzu kamen noch die Magier, die heute wieder ins Schloss kommen würden, und Alenka war sich sicher, dass es auch wieder zahlreiche neue Briefe für sie zu beantworten gab.

Nie hatte ihr Vater erwähnt, was es eigentlich bedeutete, Führer zu sein. Bei ihm hatte alles immer so wesentlich leichter gewirkt. Er hatte ihre Mutter geliebt, doch was würde geschehen, wenn sie den Sieger ihrer geplanten Competition nicht würde leiden können?

Verzweifelt strich sie die Tränen von ihren Wangen und schloss die Augen. Erst als sie die Anwesenheit eines anderen Geistes spürte, öffnete sie sie wieder.

„Vater!", flüsterte Alenka leise, ohne den Blick von seiner schemenhaften Gestalt abwenden zu können.

„Sei gegrüßt, Alenka! Ich habe mich bereits gefragt, wann du zurückkommen würdest."

„Es tut mir leid, Vater", sagte sie verlegen und senkte schuldbewusst den Kopf.

„Du brauchst dich nicht zu entschuldigen. Doch ehrlich gesagt, verstehe ich nicht recht, weswegen du dir Sorgen machst. Jeder Führer hat stets jemanden geheiratet, der seiner würdig war. Liebe spielt für uns keine Rolle!"

Alenka sah ihn überrascht an. Er selbst hatte ihre Mutter doch genau aus diesem Grund geheiratet?!

„Oh nein, Alenka!", verkündete ihr Vater und sie wurde sich der Tatsache wieder bewusst, dass er einen genauen Einblick in ihre Gedanken nehmen konnte. „Ich habe Liliana geheiratet, weil sie eine besondere Art von Begabung hatte, aber deine Variante ist die traditionellere, auch wenn sie seit mehreren Generationen nicht mehr angewandt wurde."

Bedeuteten diese Worte ihres Vaters, dass er ihre Entscheidung guthieß?

„Natürlich, Alenka! Ich hätte mir eigentlich gewünscht, dass du bereits verheiratet wärst, aber das war ja wegen bestimmter Personen leider nicht möglich."

Die offensichtliche Verachtung in der Stimme ihres Vaters, mit der er über Thyra sprach, ließ Alenka zusammenzucken. Sie empfand zwar selbst nichts als Abscheu für die skrupellose Mörderin, doch immerhin war sie seine Schwester und noch nie hatte Alenka ihn so sprechen gehört. Sie war stets der festen Überzeugung gewesen, er hätte trotz allem noch eine gewisse unverständliche Zuneigung für sie empfunden.

„Im Ernst, Alenka!" Lächelnd schüttelte ihr Vater den

Kopf. „Natürlich muss jeder denken, du liebst deine Familie. Selbst wenn es sich dabei um Abschaum wie Thyra handelt. Welchen Eindruck würdest du sonst auf dein Volk machen?!"

Alenka wich langsam vor ihm zurück. Diese Härte in der Stimme ihres Vaters machte ihr Angst. Da war keine Spur mehr von der liebevollen Art, mit der er sonst jedem begegnet war.

„Ich dachte, du würdest es verstehen", sagte er und nun lag Enttäuschung über sie in seiner Stimme. „Deine Aufgabe ist es, deinem Volk ein gutes Bild von dir zu vermitteln. Sie sollen schließlich zu dir aufsehen, dich lieben und verehren. Um alles andere können sich andere kümmern. Du musst allem nur den Anschein geben."

„Verzeihung, aber ich muss jetzt gehen", sagte Alenka mit bebender Stimme und wich instinktiv weiter vor ihm zurück.

Schweratmend öffnete Alenka die Augen und sah sich in dem Zimmer um. Sie war wieder im Schloss.

Sie war sich unsicher, ob das eben Erlebte wirklich real gewesen war. Ihr Vater hatte so anders auf sie gewirkt und sie hatte Angst vor ihm gehabt. Hatte er seine Worte wirklich ernst gemeint? Ging es wirklich nur darum, ihrem Volk den Eindruck eines kompetenten Führers zu vermitteln? War das ihre einzige Funktion? Eine Vorbilderrolle einzunehmen, ohne auch nur irgendetwas selbst dafür zu tun?

Zitternd verbarg sie ihr Gesicht in den Händen. Wurde ein Führer letztendlich etwa überhaupt nicht gebraucht?

Plötzlich ergab für Alenka alles keinen rechten Sinn mehr. Sie hatte stets danach gestrebt, ihre Pflichten zu erfüllen. Sie hatte eine gute Führerin sein wollen.

Aber schließlich glaubte auch jeder, ihr Vater sei ein guter Führer gewesen.

Doch was dachte sie nur? Selbstverständlich war Alois brillant gewesen. Alle hatten ihn geliebt! Nur wegen eines Alptraums durfte sie nicht so von ihm denken! Das eben Geschehene konnte nicht real gewesen sein. Das war nicht ihr Vater gewesen, sondern nur eine Schöpfung ihrer Hilflosigkeit und Besorgnis.

Langsam ließ Alenka ihre Hände wieder sinken und holte tief Luft.

Ihr Vater war mit Abstand der bewundernswerteste Magier, den sie kannte. Und sie wollte und musste ihrer Postierung für ihn gerecht werden.

Ein leises Klopfen an der Tür holte Alenka in ihre gegenwärtige Situation zurück. Hastig erhob sie sich. „Herein!", sagte sie mit bebender Stimme und straffte ihre Schultern ein wenig.

Leise wurde die Tür geöffnet und Luise trat ein. Ihr folgten Marvin und Rick. Alenka konnte spüren, dass keiner von ihnen konkrete Informationen erhalten hatte und sie nun reichlich irritiert waren.

„Was ist los, Alenka?", fragte Luise fassungslos, während Rick die Tür schloss. „David wollte uns nichts sagen. Er ist gerade **gegangen**. Hattet ihr Streit?"

Alenka sah die junge Halbhexe entgeistert an. In ihren Gedanken konnte sie erkennen, dass David tatsächlich fort zu sein schien. Für immer!

Alenka spürte, wie sie erneut zu zittern begann. Das durfte nicht wahr sein. Sie brauchte David schließlich!

„Alenka?", fragte Luise leise und legte ihr sanft eine Hand auf die Schulter.

Alenka zwang sich, ihr ein freundliches Lächeln zu schenken. „Es ist alles in bester Ordnung", erwiderte sie nur und wandte sich dann auch an Marvin und Rick. „Ich habe einen Auftrag für euch!", verkündete sie entschieden und reckte das Kinn ein Stück nach vorn. Sie spürte die abwartenden Blicke der anderen unangenehm auf sich ruhen, doch sie war sich unsicher, wie sie fortfahren sollte.

„Worum geht es?", fragte Luise schließlich zögerlich.

Alenka wusste, dass es unumgänglich war, doch sie hatte das Gefühl von etwas Endgültigem, als sie es aussprach. „Ich werde heiraten!"

„Was? Das ist doch toll!", rief Luise erfüllt mit Begeisterung. „Wer ist es?"

Alenka musterte die junge Halbhexe verunsichert. Wie würde sie wohl auf ihre Antwort reagieren? „Deswegen habe ich euch herbestellt. Ich möchte eine Competition veranstalten und dem Fähigsten wird diese Ehre zu Teil."

„Das kann nicht dein Ernst sein!", stellte Luise schockiert fest, während jede Freude in ihr verflog.

„Wohl doch", erwiderte Alenka zuversichtlich. „Ich habe meine Entscheidung getroffen."

„Wie stellst du dir das vor?"

Alenka musterte Luise unsicher. Hatte sie sich nicht genau diese Antwort von **ihr** erhofft? „Diese Aufgabe werde ich euch übertragen. Findet eine Möglichkeit, den fähigsten Zauberer zu ermitteln", erwiderte sie schließlich zögernd und wandte sich der Tür zu.

Sie konnte nicht länger über dieses Thema sprechen. Es beunruhigte sie zutiefst. „Wenn ihr mich jetzt entschuldigen würdet! Ich habe noch eine Audienz mit einigen Magiern!" Mit diesen Worten verließ sie hastig das Zimmer und schloss die Tür hinter sich. Sie wollte Luises skeptischem Blick und ihrem stummen Tadel nicht länger standhalten. Es war nur vernünftig, jetzt ihrer Arbeit nachzugehen und sich damit abzulenken.

Eilig schritt sie den Gang entlang. Afra wäre jetzt mit Gewissheit einfach weggelaufen und hätte irgendetwas Unüberlegtes getan, doch Alenka trug Verantwortung.

„Alenka, warte!", hörte sie plötzlich Luises Stimme hinter sich.

Zögernd hielt sie inne und wandte sich zu der jungen Halbhexe um. „Ja, bitte?!"

„Bitte sei jetzt nicht böse!"

„Was möchtest du mir mitteilen?", fragte Alenka zögernd. Sie war sich ziemlich sicher, dass sie die Antwort darauf keinesfalls erfreuen würde.

„Ich habe die Briefe für dich beantwortet."

Alenka sah Luise fassungslos an. Sie musste sich verhört haben! Sie konnte nicht glauben, dass Luise das getan hatte. Es war Alenkas Aufgabe, ihre Verpflichtung! Wie hatte Luise ihr diese abnehmen können? Zeigte gerade das nicht, wie inkompetent Alenka war?

„David fand es okay. Außerdem war mindestens die Hälfte davon nicht ernst zu nehmen. Und die meisten von den vernünftigen Fragen kann man gar nicht allein beantworten. Zu einer der Hexen habe ich einen Heiler geschickt. Ich habe nämlich keine Ahnung von Heilkunst und ich glaube, du auch nicht. Und…"

Alenka hob die Hand und brachte Luise damit zum Verstummen. Sie hatte verstanden, dass Luise von ihren geringen Kenntnissen über Magie sprach. Sie konnte den Magiern nicht wirklich helfen. Sie war unfähig, Führerin zu sein. Sie konnte all das nicht!

„Alenka, es geht nicht darum, dass du alles allein machen musst", sagte Luise vorsichtig. „Alois hatte auch mehrere Spezialisten – sagt David. Es geht darum, deinem Volk zu helfen – egal, wie du das machst. Du triffst Entscheidungen über wichtige Dinge, aber bei sowas ist auch dir Hilfe erlaubt."

Alenka sah Luise sprachlos an. Selbstverständlich war es das Wichtigste, dass es ihrem Volk gut ging. Sie war verunsichert, doch Luises Worte klangen durchaus verständlich.

Langsam nickte sie schließlich. „Solange es möglichst wenig Beschwerden gibt!"

„Du bist also nicht böse?", fragte Luise und die Überraschung in ihr ließ Alenka sanft lächeln.

„Nein, sei unbesorgt!"

„Da bin ich aber froh!" Sichtliche Erleichterung erfüllte Luises Geist und sie atmete leise auf.

„Da das jetzt geklärt wäre, entschuldige mich bitte." Damit wandte Alenka sich von ihr ab und stieg langsam die Treppe hinab.

„Alenka!", rief Luise noch einmal und nun war ihr Geist wieder von Unsicherheit geprägt. „Darf ich dir noch einen Vorschlag machen?"

„Ich bitte darum", erwiderte Alenka mit einem freundlichen Lächeln.

„Wenn dir die Magier ihre Anliegen vortragen und es etwas ist, das nicht so leicht zu lösen ist, dann schreib's doch einfach auf. Ich kümmer' mich dann gerne darum, jemanden zu finden, der helfen kann."

Alenka nickte langsam. „Vielen Dank! Ich werde daran denken." Vielleicht war es doch nicht so schlecht, sich diese Alternative vorzubehalten.

„Und noch etwas!", sagte Luise, bevor Alenka sich erneut abwenden konnte. „Eine Hexe hat in einem Brief darum gebeten, dass du ihr Kind taufst. Soll ich zusagen oder lieber nicht?"

Alenka sah Luise einen Augenblick überrascht an. „Schreibe ihr, dass ich es als Ehre ansehen würde", wies sie die junge Halbhexe schließlich an und sie spürte, wie ein Hauch von Freude ihre Lippen zu einem Lächeln verzog.

„Natürlich!" Luise nickte und Alenka wusste, dass sie erleichtert darüber war, dass sie ihre Hilfe nun akzeptierte. Luise wandte sich ab, zweifellos um den Auftrag augenblicklich auszuführen, als Alenka noch etwas einfiel.

„Luise!"

Sofort blieb das Mädchen stehen und drehte sich wieder zu ihr um.

„Danke", sagte Alenka schlicht, doch sie meinte es absolut ernst.

Ein Lächeln breitete sich auf Luises Gesicht aus, bevor sie nickte und dann davon eilte.

Alenka sah ihr noch einen Augenblick nach, während sie sich fragte, ob sie wohl die richtige Entscheidung getroffen hatte. Dann wandte sie sich ab und stieg die Treppe hinunter.

# 16. Kapitel

„Weißt du, ich war noch nie bei einer Taufe", bemerkte Luise, die auf Alenkas Bitte hin neben ihr durch den Wald schritt.

„Ich habe bedauerlicherweise ebenfalls noch keine Erfahrungen auf diesem Gebiet", erwiderte Alenka und sie spürte, wie ihre Hände bereits zitterten. Was würde geschehen, wenn sie die Zeremonie ruinierte?

„Du schaffst das schon", sagte Luise, als hätte sie in ihren Gedanken gelesen.

Alenka schenkte ihr ein Lächeln, das zuversichtlich wirken sollte, doch sie bezweifelte, dass ihr dies gelang.

Schweigend setzen sie ihren Weg fort, während Alenka immer unsicherer wurde. Wenn sie heute versagte, würde sie niemals jemand für kompetent erachten. Dann konnte sie auch gleich als Führerin abdanken.

„Das muss es sein", sagte Luise plötzlich.

Überrascht sah Alenka auf. Vor ihnen zwischen den Bäumen standen mehrere Tische und Stühle, allesamt auf eine prunkvolle Empore ausgerichtet, auf der ein goldenes, mit Wasser gefülltes Becken und eine zierliche Wiege errichtet waren.

„Hallo, herzlich Willkommen, Alenka", begrüßte sie eine Frau, die in ein hellgrünes Gewand gekleidet war und eine tiefe Verbeugung vor Alenka darbot. „Ich bin so dankbar, dass ihr gekommen seid."

„Ich empfinde es als eine Ehre", erwiderte Alenka mit einem freundlichen Lächeln, während sie sich der Anzahl von Magiern, die bei der Zeremonie zusehen würden, bewusst wurde.

„Die Gläser sollten einen goldenen Rand haben, nicht silbern!", rief ein Mann in dunklem Anzug wild gestikulierend, während er an den Tischen entlang eilte. „Und was soll das sein?! Wie soll man mit diesen Messern denn essen?"

„Verzeiht bitte!", warf die Frau ein, bevor sie sich zu dem Mann umwandte. „Rapi, komm doch mal bitte her!" Sie winkte ihn zu sich und Alenka konnte in ihrem Geist erkennen, dass sie sich Sorgen machte, vor ihr blamabel zu wirken.

„Natürlich, Liebling!" Hastig eilte der Mann auf sie zu, während er seinen Zylinder mit einer Hand auf seinem Kopf festhielt. Alenka konnte in Luises Geist spüren, dass die junge Halbhexe die hektischen Bewegungen des Mannes belächelte, mit denen er noch einmal inne hielt, um eine Speise zu verkosten. „Wirklich hervorragend!", verkündete er mit Anerkennung dem Wartenden. „Vielleicht noch eine Brise Pfeffer, dann ist es perfekt."

„Das ist mein Mann, Rapi", stellte die grüngekleidete Frau ihn vor, als er schließlich bei ihnen angelangt war.

„Hoch erfreut!", rief Rapi aus und schüttelte Alenka die Hand mit einem unangenehm festen Griff.

„Die Freude ist ganz meinerseits", erwiderte sie mit einem freundlichen Lächeln und zog ihre Hand zurück. Die Gegenwart dieses Mannes beunruhigte sie. Seine Gedanken wirbelten so hektisch durcheinander, dass es ihr unmöglich war, auch nur einen von ihnen zu erfassen.

„Und ich bin Curiuna", stellte sich nun auch die Frau vor und vollführte von neuem eine Verbeugung.

„Nicht da hin!", rief Rapi plötzlich laut und ließ Alenka damit überrascht zusammenzucken, als er bereits wieder davon eilte. „Die Kerzen werden in der Mitte des Tisches platziert!", wies er einen anderen Mann an, der diese vor Überraschung fallen ließ.

Alenka hörte, wie Luise hinter vorgehaltener Hand leise lachte, doch Curiuna schien nicht besonders erfreut über das Verhalten ihres Mannes. Ihre Wangen waren rötlich verfärbt, als sie sich wieder zu Alenka umwandte.

„Verzeiht bitte, aber er möchte eben alles perfekt haben."

„Verständlich! Es handelt sich schließlich um ein wichtiges Ereignis für euch", erwiderte Alenka mit einem freundlichen Lächeln.

„Natürlich! Ich bin wirklich froh, dich kennen lernen zu dürfen. Darf ich dir eine Frage stellen?"

Alenka zögerte einen Moment, doch dann stimmte sie dem zu. Zu der Taufe eines Kindes würde es wohl kaum eine unangebrachte Frage sein. „Selbstverständlich!"

„Okay! Stimmt es, dass du heiraten wirst?"

Alenka spürte, wie sie innerlich erstarrte. Gerade diese Frage hatte sie am wenigsten beantworten wollen, doch nun musste sie ausgerechnet dies tun! „Zu einem bestimmten Zeitpunkt werde ich das mit Sicherheit einmal tun", sagte sie schließlich mit einem freundlichen Lächeln, während sie für sich selbst feststellte, dass es sich bei ihren Worten um keine Unwahrheit handelte.

Die Frau nickte langsam und Alenka war erleichtert, als sie spürte, dass sich Curiuna mit ihrer Antwort zufrieden gab, doch dafür spürte sie nun Luises skeptischen Blick auf sich ruhen. Sie war ganz offensichtlich der Ansicht, dass Alenka ihre Entscheidung offiziell bekannt geben sollte, doch Alenka war dafür noch nicht bereit und es bereitete ihr Angst, dass ihr gerade hier diese brisante Frage gestellt worden war. Hatte Curiuna womöglich nur deswegen diese Feier organisiert? Um dieses Thema ansprechen zu können? Doch das war absurd!

„Dann bitte folge mir doch!", wies Curiuna sie freundlich an und wandte sich zu der Empore um.

Zögernd folgte Alenka ihr. Sie spürte die abwartenden Blicke der in der Zwischenzeit eingetroffenen Magier, die ihr auf ihrem Weg folgten, während sie gleichzeitig realisierte, dass Luise sich nicht länger in ihrer unmittelbaren Nähe aufhielt. Alenka bemerkte, wie ihre Hände zitterten, doch sie wusste, dass sie sich nicht zu der jungen Halbhexe umdrehen durfte. Diese Zeremonie musste sie allein bewältigen!

Kurz bevor sie jedoch bei der Empore angelangt waren, spürte Alenka plötzlich einen weiteren Geist, der sich in seinem Temperament aus der Menge hervorzuheben schien. Doch vielleicht lag dieser Umstand auch nur an der Tatsache, dass sie diese Person so gut kannte.

Sie spürte, wie sie innerlich erstarrte, während ihre Nervosität stieg. Was tat ihre Schwester nur hier? Hatte sie ausgerechnet heute zurückkommen müssen – von wo auch immer?! Und musste sie nun unbedingt dabei zusehen, wie Alenka als Führerin versagte?! Denn etwas anderes war für sie mittlerweile ausgeschlossen. Schließlich spürte sie die eisigen Schauer, die ihren Körper überliefen.

Die wenigen Stufen zum Mittelpunkt der Empore schienen sich noch zu verkürzen, während ihr die zahlreichen Blicke der Magier auch noch ihre letzte Zuversicht nahmen. Sie hörte, wie nun jegliche Gespräche erstarben und eine erwartungsvolle Stille eintrat.

„Sie soll Moana heißen", flüsterte Curiuna, woraufhin Alenka mit Entsetzen bewusst wurde, dass sie nun etwas tun musste, während die Hexe die Empore bereits wieder verließ und sich in erwartungsvoller Haltung zu ihrem noch immer hektisch gestikulierenden Mann gesellte, dem sie beschwichtigend eine Hand auf den Arm legte.

Zitternd holte Alenka Luft, während sie neben die Wiege trat. Als würde es ihre Anwesenheit spüren, öffnete das Baby die Augen und sah sie direkt an. Von ihm ging ein Gefühl unschuldiger Neugierde aus, während es gleichzeitig ein Gefühl der Ruhe in Alenka auslöste. Und plötzlich war es, als würde ihr Mund die nötigen Worte von allein finden.

„Jeder einzelne von uns musste über die letzten Jahre zahlreiches Grauen erleben. Verlust und Furcht haben uns alle geprägt.

Aber aus genau diesem Grund ist es umso wichtiger, sich immer wieder die vielen positiven Seiten des Lebens bewusst zu machen. Der heutige Tag ist ein solch freudiger Anlass.

Wir heißen heute ein neues Mitglied unserer Gesellschaft willkommen – Curiunas und Rapis Tochter. Dieses Kind ist das erste Leben in einer neuen, hoffentlich lang anhaltenden Zeit des Friedens. Es ist ein Geschenk für uns alle."

Vorsichtig streckte Alenka ihre Hände nach dem Kind aus und hob es hoch.

Das Baby war leichter, als sie erwartet hatte. Neugierig sah es sie mit seinen blauen Augen an, die eine Tiefe zu haben schienen, als könne man durch sie bis in die unberührte Seele des Kindes blicken.

Alenka spürte, wie das Mädchen sie sanft mit seiner kleinen Hand an der Wange berührte. Sie hatte zuvor noch nie ein Baby wahrhaftig vor sich gesehen, geschweige denn es in den Armen gehalten, doch jetzt wurde ihr bewusst, was ihr dadurch entgangen war. Sie wusste nicht, ob es eine Besonderheit dieses Kindes war, doch sie verspürte ein Gefühl von Glückseligkeit, das ihren Körper erwärmte.

Vorsichtig tauchte sie ihre Hand in das bereitgestellte,

angenehm kühle Wasser.

„Ich taufe dich hiermit auf den Namen Moana", sagte sie sanft und ließ das Wasser auf die Stirn des Kindes tropfen. „Mögen Frieden, Glück, Gesundheit und Schönheit dich in deinem Leben begleiten."

Als die Wassertropfen die Haut des Mädchens berührten, leuchteten sie auf wundersame Weise in farbenfroher Pracht auf. Das Licht schien direkt in das Baby hinein zu wandern, während die durchsichtige Flüssigkeit anschließend nur langsam über die nackte Haut des Kindes rann. Fasziniert beobachtete Alenka, wie das Licht wieder erlosch. Sie hatte die Magie gespürt, die sie verwunderlicher Weise irgendwie selbst zu verantworten hatte.

Alenka spürte die Begeisterung der Magier um sie herum und auch die freudige Überraschung des Kindes, als sich sein kleiner Mund zu etwas wie einem Lachen verzog.

Behutsam legte Alenka das Mädchen zurück in die Wiege, während Rapi das Buffet eröffnete. Vorsichtig strich sie Moana über die weiche Haut, woraufhin sich das Baby in die Kissen schmiegte und die Augen schloss.

Alenka verspürte den Wunsch, selbst ein Kind haben zu wollen, doch zuvor würde sie heiraten müssen. Bei diesem Gedanken kehrten auch all ihre Sorgen zurück und sie hoffte, dass sie die Magier heute nicht enttäuscht hatte. Sie trat einen Schritt zurück und sah sich um. Doch die ersten Gäste hatten sich bereits mit gefüllten Tellern an den Tischen niedergelassen und unterhielten sich fröhlich, während die anderen am Buffet standen. Offensichtlich hatte sie ihre Erwartungen erfüllt.

Alenka suchte mit den Augen nach Afra, doch ihre Schwester schien nicht mehr unter den Anwesenden zu sein. Schließlich konnte Alenka auch ihre Gedanken nicht länger wahrnehmen. Dafür spürte sie jedoch Luises Geist wieder näher kommen, während sie die Empore langsam verließ.

„Ich wusste doch, du schaffst das", sagte Luise und klopfte ihr anerkennend auf die Schulter.

„Vielen Dank, Luise", erwiderte Alenka mit einem freundlichen Lächeln.

Zögernd sah sie sich nach Curiuna um, die sich angeregt mit einer jüngeren Hexe unterhielt. Alenkas Anwesenheit wurde nun wohl nicht länger benötigt.

„Sogar Afra war beeindruckt", berichtete Luise, während sie den Weg zurück zum Schloss wählten.

„Wo ist Afra jetzt?"

„Sie hat gesagt, sie hat noch etwas Wichtiges zu erledigen."

Überrascht musterte Alenka das Mädchen neben ihr. Was konnte Afra nur zu erledigen haben, das für sie tatsächlich von Wichtigkeit war? „Hat sie zufällig erwähnt, worum es sich dabei handelt?"

„Nein!" Luise schüttelte ratlos den Kopf. „Du kennst Afra doch!"

Alenka nickte langsam. Natürlich kannte sie Afra und womöglich war gerade dieser Umstand der Grund für ihre Sorge über das Vorhaben ihrer Schwester. Afra würde es niemals auch nur in Erwägung ziehen, jemanden über ihren Verbleib zu informieren, so sehr Alenka sich dies auch wünschte.

„Wartet!"

Überrascht hielt Alenka inne und wandte sich zu Curiuna um, die ihnen nacheilte.

„Können wir dir noch behilflich sein?", fragte Alenka freundlich lächelnd, während Curiuna nun bereits zum dritten Mal an diesem Tag eine Verbeugung vollführte.

„Ich wollte nur fragen, ob ich euch noch etwas zu essen oder zu trinken anbieten kann?!"

„Das ist wirklich sehr nett von dir", erwiderte Alenka freundlich. „Aber wir müssen bedauerlicherweise ablehnen."

„Oh!"

Alenka spürte Curiunas Überraschung, doch wenigstens schien sie nicht enttäuscht zu sein, wie Alenka erleichtert feststellte.

„Du hast sicherlich viel zu tun", stellte die Hexe fest.

Sofort spürte Alenka, wie ein schlechtes Gewissen in ihr aufstieg. Sie hätte sich wirklich besser um ihr Volk bemühen sollen, als sie es in den letzten Tagen getan hatte.

Alenka zwang sich zu einem freundlichen Lächeln, der Aussage zustimmen konnte sie jedoch nicht. „Ich wünsche euch noch eine angenehme Feier", sagte sie daher nur, während sie Curiunas Enttäuschung darüber spürte, dass sie nicht den geringsten Einblick in das Leben einer Führerin hatte erhalten können.

„Vielen Dank! Dann … auf ein nächstes Mal!"

„Es wäre mir eine Freude", erwiderte Alenka lächelnd.

Curiuna nickte zögernd. „Also… dann geh ich wohl besser wieder zurück", sagte sie leicht verunsichert.

Alenka nickte zustimmend, woraufhin sich die Hexe entfernte.

Erleichtert wandte sich Alenka ab. Sie war froh, diese Aufgabe bestanden zu haben, obwohl das auch nur bedeutete, dass die nächste bereits auf sie wartete. Nun war es an der Zeit, die Competition für ihre Hochzeit vorzubereiten.

# 17. Kapitel

„Wir haben uns überlegt, dass es vielleicht nicht schlecht wäre, den Teilnehmern fünf Aufgaben zu stellen", begann Luise zögernd, während sie das Papier vor sich aufmerksam musterte. „Vielleicht immer alle drei Tage, damit die Magier sich darauf vorbereiten können?!" Sie hob den Kopf und musterte Alenka verunsichert.

„Diese Idee hört sich gut an", erwiderte sie. „Bitte fahre fort!"

„Wir dachten, vielleicht könnten wir die erste Aufgabe auf den 1.Oktober legen. Bis dahin sollen sich die Magier schriftlich bewerben, damit wir wenigstens eine grobe Vorauswahl treffen können, bevor hier Tausende…"

„Verzeihung", warf Alenka zögernd ein, während ihre Hände zu zittern begannen.

„Ja?", fragte Luise verunsichert und warf einen kurzen Blick zu Marvin und Rick.

„Warum gerade an diesem Tag?" Alenka spürte, wie ihr das Atmen schwerer fiel. Der Monatswechsel war bereits in wenigen Tagen und sie hatte das Gefühl, mehr Zeit zu benötigen, um sich emotional darauf vorzubereiten.

„Ich fand es irgendwie passend…", begann Luise zögernd, während sie nervös die Feder zwischen ihren Fingern drehte. „So zum Monatsanfang! Aber du kannst dir natürlich auch jeden anderen Tag aussuchen."

„Nein, der Tag ist hervorragend. Ich bezweifle nur, dass es möglich ist, ein solches Ereignis in solch kurz bemessener Zeit zu organisieren", verkündete Alenka mit unsicherer Stimme. Es nützte ihr schließlich nichts, den Tag noch weiter hinaus zu zögern. Unterdessen wuchs ihre Besorgnis nur und es stand außer Frage, dass sie würde heiraten müssen. Vielleicht war es besser, dieses Vorhaben möglichst schnell hinter sich zu bringen?!

„Keine Sorge! Das schaffen wir schon irgendwie", versprach Luise zuversichtlich. „Also der 01.10.?"

„Ja", bestimmte Alenka trotz des unguten Gefühls von etwas schrecklich Endgültigem. „Habt ihr euch bereits Gedanken zu den einzelnen Aufgaben gemacht?"

Luise nickte eifrig. „Wir dachten, als erstes könnten wir sie irgendwelche Zaubertricks zeigen lassen. Um zu sehen, wie viel Magie sie beherrschen."

Alenka nickte langsam, doch ihre Aufmerksamkeit wurde abgelenkt. Sie spürte einen Geist, der sich ihnen näherte und schließlich vor der Tür stehen blieb.

„Und dann hat Marvin noch vorgeschlagen, sie im Duell…"

Alenka wandte sich langsam zur Tür um, als diese bereits geöffnet wurde.

„Was ist denn hier los?", fragte Afra und musterte sie alle der Reihe nach skeptisch. „Warum hab' ich keine Einladung gekriegt?"

„Sei gegrüßt, Afra", erwiderte Alenka mit einem freundlichen Lächeln. „Ich versichere dir, wir haben nichts zu besprechen, was für dich von Interesse ist."

„Ist klar!", erwiderte Afra mit einem leicht spöttischen Unterton. „Dann kannst du's mir ja sagen!"

Alenka holte zitternd Luft. Warum hatte ihre Schwester nur immer die Angewohnheit, gerade dann zu erscheinen und unangenehme Fragen zu stellen, wenn es gerade am unangebrachtesten war?

„Luise?", fragte Afra und musterte das jüngere Mädchen erwartungsvoll.

„Mensch, Alenka will heiraten", warf Marvin genervt ein, in der Hoffnung, Afra würde sich damit zufrieden geben und wieder gehen, doch offensichtlich schien er Alenkas Schwester nicht besonders gut zu kennen.

„Heiraten? Echt?", rief Afra ungläubig aus und musterte Alenka, als habe sie sie bereits seit längerer Zeit nicht mehr gesehen, doch Alenka vermied es, ihre Schwester anzusehen. „Warum weiß ich davon nichts? Wer ist es? David? Ist er deswegen weg?"

Alenka holte zitternd Luft. Sie hatte gehofft, dieses Gespräch nicht mit ihrer Schwester führen zu müssen. „Du wüsstest mehr, wenn du des Öfteren zugegen wärst. Und nein, David wird es nicht sein."

„Oh! Wer dann?"

Afra schien die Kritik, die Alenka ihr aufgrund ihrer ständigen Abwesenheit entgegen gebracht hatte, nicht einmal zu realisieren.

„Darüber kann ich dir noch keine Auskunft geben. Das wird sich erst in einer Competition zeigen."

„Eine Competition? Sag mal, spinnst du? Luise, sag, dass das nicht ihr Ernst ist!" Ungläubig wandte sich Afra an Luise, doch die junge Halbhexe schüttelte nur den Kopf.

„Das ist ihr Ernst."

„Oh mein Gott!" Afra ließ sich kopfschüttelnd auf einen Stuhl fallen und lachte ungläubig auf. Sie verdrehte die Augen gen Himmel, doch sonst war es Alenka unmöglich zu erraten, was sie gerade dachte. Sie konnte Afras Geist spüren, doch sobald sie versuchte, einen genaueren Einblick in ihre Gedanken zu nehmen, schienen sich ihr diese zu entziehen. Verwundert musterte sie ihre Schwester.

„Wollen wir dann weiter machen?", fragte Luise zögernd und musterte Alenka leicht verunsichert.

„Selbstverständlich", erwiderte Alenka lächelnd, bevor

sie sich noch einmal an ihre Schwester wandte, obwohl sie bereits wusste, dass ihr Vorhaben aussichtslos sein würde. „Afra, Luise sagte mir, du hättest noch etwas von Wichtigkeit für den heutigen Tag geplant. Wenn du es wünschst, könnten wir uns später noch unterhalten."

„Oh nein! Das ist schon längst erledigt. Ich bleib' einfach hier! Vielleicht kann ich euch ja sogar helfen."

„Das wird nicht nötig sein", bemerkte Alenka mit leicht angespannter Stimme. Sie kannte die Weise, mit der ihre Schwester versuchte zu helfen, nur zu gut. Als sie dies das letzte Mal getan hatte, war Devilia anschließend ein Vampir gewesen!

„Keine Sorge! Ich werd' schon keinen Mist bauen! Lasst euch von mir nicht stören!"

Alenka missfiel Afras Haltung, doch ihr war bewusst, dass ihre Schwester sich nichts von ihr befehlen ließ. Sie spürte Luises Blick abwartend auf sich ruhen, während auch Marvin und Rick auf eine Entscheidung ihrerseits zu warten schienen. „Wie du wünschst", sagte sie schließlich zögernd und wandte sich wieder Luise zu, während sie sich bemühte, ihrer Schwester nicht länger Beachtung zu schenken. „Bitte fahre fort, Luise!"

„Okay, wie gesagt, wir dachten, wir lassen sie vielleicht erstmal irgendetwas vorführen und dann könnte es klassischer Weise noch ein Duell geben."

„Werden sie sich dabei nicht verletzen?", gab Alenka zu bedenken. Ihr missfiel dieses direkte Messen von Stärke.

„Die werden sich schon nicht gegenseitig umbringen! Sei mal 'n bisschen locker!", bemerkte Afra, bevor jemand der übrigen Anwesenden auch nur die Chance hatte, eine Antwort zu geben.

„Ich glaube auch nicht, dass was Schlimmes passieren

kann", stimmte Luise Afra zu und Alenka spürte, dass auch Marvin und Rick ihrer Meinung waren. „Sie wissen schließlich, dass du zusiehst und da werden sie sich Mühe geben, dich zu beeindrucken."

„Meinetwegen", gab Alenka zögerlich nach.

Luise nickte und notierte sich Alenkas Zustimmung. „Dann könnten wir vielleicht noch eine Aufgabe finden, in der wir ihren Wissensstand testen. Ich nehme an, dein zukünftiger Ehemann sollte etwas Intelligenz besitzen?!"

„Wenn du auf Intelligenz aus bist...", begann Afra und Alenka war sich nicht sicher, ob sie die Bemerkung, die jetzt von ihrer Schwester folgen würde, tatsächlich hören wollte. „Die Menschen haben da so ein Spiel, das irgendwas mit Taktik zu tun haben soll. Wär auf jeden Fall mal was Neues!"

„Ich bin mir nicht sicher, ob wir die Traditionen der Menschenwelt in die unseren aufnehmen sollten", erwiderte Alenka mit angespannter Stimme. Sie war die Führerin der **magischen** Gesellschaft. Die Menschenwelt war nicht von Bedeutung für sie.

„War nur 'ne Idee! Sie nennen es das Spiel der Könige. Aber passt ja auch nicht wirklich."

„Du solltest dich öfter in unserer Welt aufhalten, Afra", bemerkte Alenka steif.

„Willst du es mir befehlen? Nur zu! Ich würd' gern sehen, wie du das machst", entgegnete Afra mit provozierendem Unterton.

„Ich finde Afras Idee eigentlich gar nicht so schlecht", bemerkte Luise zaghaft und Alenka war ihr in diesem Moment dankbar für den Themenwechsel, obwohl sie ihre Meinung nicht teilte.

„Wenn uns nichts Angebrachteres mehr einfallen sollte, wäre es eine Alternative", legte sie fest, woraufhin sich die junge Halbhexe eine kurze Notiz niederschrieb. „Bitte teile mir mit, welche weiteren Gedanken ihr bereits gefasst habt!"

„Wir haben noch an einen Hindernisparcour gedacht", stellte Luise zögernd fest. „Aber die Hindernisse nur zum Schein! Dann können wir durch indirekte Aufgaben prüfen, wie es um ihren Charakter steht."

„Und wie willst du das anstellen?", warf Afra skeptisch ein und obwohl Alenka sich dieselbe Frage stellte, störte es sie, dass es ihre Schwester war, die sie aussprach. Doch noch mehr schockierte sie Afras weiterführende Idee.

„Willst du etwa ein Hindernis einbauen, bei dem sie sich gegenseitig abschlachten müssen, um vorbeizukommen?"

„Afra!", rügte Alenka ihre Schwester entsetzt. „Wir sollten dringend einmal über deine Sozialkompetenzen debattieren!"

„Wenn du meinst!" Afra zuckte gleichgültig die Achseln. „Aber vielleicht läuft ja auch in **deinem** Kopf irgendwas verkehrt", fügte sie hinzu. „Du bist psychisch doch komplett durch den Wind. Schon mal Halluzinationen gehabt?"

„Afra, ich verbitte mir diesen Ton!", wies Alenka ihre Schwester scharf zurecht.

Doch Afra schenkte ihr nur ein unverschämtes Lächeln. „Was hab ich denn gemacht?", fragte sie mit geheuchelter Unschuld und gleichzeitig spürte Alenka die Überraschung der anderen, die Afras Bemerkung bezüglich Alenkas psychischer Verfassung allesamt nicht gehört zu haben schienen. Hatte sie sich Afras Worte etwa nur eingebildet? Sollte der Hilferuf ihres Unterbewusstseins recht haben und sie fantasierte nun tatsächlich?

Verwundert musterte sie Afra und daher sah sie dieses

Mal auch, dass sich die Lippen ihrer Schwester nicht bewegten, als sie erneut sprach.

„Überrascht?" Selbst in Afras Gedankenbotschaft lag eine unmissverständliche Belustigung.

„Ja!", erwiderte Alenka laut, obwohl sie sich der Tatsache bewusst war, dass Marvin, Rick und Luise sie ebenfalls hören konnten, doch dieser Umstand war ihr im Moment gleichgültig. Sie konnte nicht begreifen, wie Afra diese Art von Magie hatte erlernen können. Das Übermitteln von Gedankenbotschaften war ursprünglich eine alleinige Fähigkeit des Führers gewesen, obwohl ihr Vater Alenka diese Form der geistigen Beherrschung auch bereits zu seinen Lebzeiten gelehrt hatte. Doch es gab niemanden, der es Afra hätte beibringen können, denn Alois war tot!

„Wer hat es dir gelehrt?", fragte sie mit bebender Stimme.

„Spielt das etwa eine Rolle?", entgegnete Afra skeptisch, doch diesmal sprach sie die Worte laut aus.

„Bitte beantworte meine Frage!" Alenka wusste selbst nicht, was sie sich von der Antwort erhoffte. Wer auch immer ebenfalls über diese Fähigkeit verfügte, konnte ihr ihren Vater auch nicht zurückbringen, doch sie hatte das Gefühl, diese Person kennenlernen zu müssen.

„Gut!" Afra hob gleichgültig die Schultern. „Aber ich warn' dich; es wird dir nicht gefallen!"

Alenka musterte ihre Schwester überrascht und dann konnte sie das Bild sehen, das Afra ihr versuchte, zu zeigen.

Ein flaches, gräuliches Gebäude, das Alenka sofort als das magische Gefängnis erkannte, tauchte vor ihren Augen auf und ihr wurde bewusst, dass Afra mit ihrer Behauptung recht behalten würde. Was auch immer es war, dass ihre Schwester ihr zeigen wollte, wenn es mit dem Gefängnis im Zusammenhang stand, konnte es nichts Positives bedeuten.

Diesem Bild folgte eine schwere eiserne Tür. Es war jene Tür, hinter der sie gefangen gewesen waren, noch tiefer unter der Erde gelegen, als alle anderen Zellen, ohne die Möglichkeit, jemals wieder Tageslicht zu erblicken.

Alenka spürte, wie sie erschauderte.

Spätestens als sie die eisernen Gitter sah, die Marvin neu hinzugefügt hatte, wurde ihr bewusst, **wer** Afra den Umgang mit dieser Art von Magie gelehrt hatte. Und dann sah sie bereits das ihr nur allzu bekannte und gleichsam verhasste Gesicht.

Wie hatte Afra das nur tun können? Hatte sie denn vergessen, was Thyra ihnen beiden angetan hatte? Weswegen sie verhaftet worden war? Oder war Afra dieser Umstand gleichgültig?

„Wie konntest du sie darum bitten?", fragte Alenka fassungslos. Ein eisiger Schauer rann ihr über den Rücken, als sie sich ihre Schwester auch nur in Thyras Nähe vorstellte.

„Ich hab' doch gesagt, es wird dir nicht gefallen!", erwiderte Afra nur gleichgültig.

„Und wenn sie dir etwas angetan hätte?"

„Das hätt' ich nur zu gern gesehen! Wie um alles in der Welt hätte Thyra das denn anstellen sollen?"

Alenka musterte ihre Schwester wortlos. Afras Handlung kam ihr schlimmer als ein Verrat vor. Sie hatte sich mit der Mörderin ihrer beider Eltern verbündet! Wie gutgläubig konnte ihre Schwester nur sein?

„Was hat sie dafür verlangt?", fragte Alenka tonlos. Sie war sich nicht sicher, ob sie Afra je wieder würde vertrauen können. Zumindest würde sie den Wachen des Gefängnisses befehlen, ihre Schwester kein weiteres Mal zu Thyra zu lassen.

„Wer sagt, dass sie etwas verlangt hat?!", entgegnete Afra herausfordernd, doch Alenka war überzeugt davon, dass ihre Schwester nicht die Wahrheit sagte.

„Bitte bleibe bei der Wahrheit!", wies sie Afra an, als sie erneut einen Geist spürte, der – erfüllt mit Entsetzen – auf sie zueilte.

„Ich hab dir 'ne Gegenfrage gestellt! Also wie kann ich da gelogen haben?", spöttelte Afra, als die Tür bereits aufgerissen wurde und ein junger Mann mit krausem schwarzem Haar, das notdürftig zusammengebunden war, hereinstolperte.

„Thyra ist weg!", brachte er keuchend hervor und strich sich eine Strähne aus dem Gesicht. Erst jetzt erkannte Alenka, dass das, was sie zuvor für einen eigentümlichen Schatten gehalten hatte, in Wirklichkeit eine langgezogene Narbe war.

Es dauerte einen Moment, bis sie begriff, was diese Nachricht bedeutete. „Nein", flüsterte sie, erfüllt mit Entsetzen, und wich einige Schritte zurück.

Sie hörte, wie Luise entsetzt Luft holte und sich die Hand vor den Mund schlug.

„Was?", rief Marvin fassungslos und erhob sich.

„Wie konnte das passieren?", fragte Rick scharf und trat auf den jungen Mann zu.

„Wir wissen es nicht", brachte der Angesprochene atemlos hervor. „Es muss passiert sein, kurz nachdem Afra gegangen ist. Keiner kann sich erinnern! Ich lag am Boden und alle anderen auch. Und dann war Thyra einfach weg!"

Alenka musterte den jungen Mann fassungslos. Das durfte nicht wahr sein! Es war unmöglich, aus diesem Gefängnis auszubrechen, selbst wenn man von außerhalb Hilfe erhielt! Zumindest hatte Devilia das damals behauptet. Doch plötzlich kam ihr ein beunruhigender Gedanke in den Sinn. Mit wachsendem Entsetzen wandte sie sich zu ihrer Schwester um.

„Wir müssen sofort los!", entschied Rick und stürzte auf die Tür zu. „Vielleicht ist sie noch in der Nähe!"

„Zac, hol Ricks Truppe!", wies Marvin den jungen Mann an, bevor er seinem Bruder auf den Gang folgte.

Zac blickte den beiden einen Moment überrascht nach, bevor er Alenka mit Afra und Luise allein zurückließ und die Tür hinter sich schloss.

„Afra, wie konntest du das tun?", fragte Alenka ihre Schwester fassungslos.

„Was?", erwiderte Afra überrascht, doch dann trat Ärger in ihren Geist, den sie nicht einmal versuchte, vor Alenka zu verbergen. „Du glaubst, **ich** hab' sie da rausgeholt?", rief sie empört und stand abrupt auf. „Hältst du mich für total bescheuert?!"

Erst in Anbetracht der Reaktion ihrer Schwester wurde Alenka bewusst, dass sie mit ihrer ersten Vermutung falsch gelegen hatte und sie bereute bereits, sie ausgesprochen zu haben. Gleichzeitig war sie allerdings auch erleichtert, dass Afra offensichtlich unschuldig war. „Verzeihung, Afra", sagte sie leise.

Doch ihre Schwester schüttelte nur ungläubig den Kopf und ging an ihr vorbei zur Tür. „Weißt du, ich wünschte beinahe, ich hätte sie freigelassen!", verkündete Afra und drückte die Klinke verärgert nach unten. „Aber wenigstens hast du jetzt deine letzte Prüfung!"

„Afra...", begann Alenka verzweifelt, doch schon fiel die Tür krachend hinter ihrer Schwester ins Schloss. Verunsichert musterte sie das schwere Holz. Sie hatte Afra kein Unrecht tun wollen! Schließlich war es bei genauerem Überdenken vollkommen absurd, dass sie sich mit Thyra verbündete.

„Alenka?", fragte Luise zaghaft und Alenka spürte, wie sie ihr sanft eine Hand auf die Schulter legte.

Zitternd wandte sie sich zu dem jüngeren Mädchen um. „Wir nehmen Afras Idee", verkündete sie zögernd, wohl wissend, dass sie die falsche Entscheidung traf, doch vielleicht konnte sie so ihre Schwester ein wenig besänftigen.

„Welche?", fragte Luise verwirrt und musterte ihre Notizen.

„Beide", erwiderte Alenka mit bebender Stimme. „Bitte teile Marvin und Rick mit, dass sie die Suche abbrechen und die Magier warnen sollen!"

„Bist du dir sicher?", fragte Luise und drehte den Stift nervös zwischen ihren schlanken Fingern.

„Nein!" Alenka schüttelte besorgt den Kopf. „Aber dennoch wird dies die letzte Aufgabe sein!"

Es behagte ihr nicht, ihr Volk dieser Gefahr auszusetzen, dennoch erschien es ihr die beste Möglichkeit, den ihr würdigsten Magier zu ermitteln. Wem es gelang, eine so grausame Mörderin erfolgreich zu inhaftieren, den konnte sie getrost zum Mann nehmen.

„Okay, wie du meinst", sagte Luise, noch immer zweifelnd, doch sie notierte sich die Entscheidung, bevor auch sie den Raum verließ und Alenka mit ihren Sorgen allein zurückließ.

Zweifelnd sah Alenka ihr nach. War dies tatsächlich eine optimale Lösung? Wenn einer der Magier bei dem Versuch sterben sollte, würde **sie** die Verantwortung dafür tragen. Doch nun war die Entscheidung bereits gefällt. Dies würde die letzte Aufgabe für die Teilnehmer ihrer Competition darstellen.

# 18. Kapitel

Die darauffolgenden Tage bis zu ihrer Competition widmete Alenka wieder ihren routinemäßigen Arbeiten. Sie hörte sich die Anliegen der Magier an, während Luise sämtliche Vorbereitungen traf und sich die Nachricht von Alenkas baldiger Hochzeit sowie dem zuvorigen Wettkampf unter den Magiern bis in die Menschenwelt verbreitete.

Alenka zwang sich, den Anliegen der Hexen und Zauberer geduldig zuzuhören und ihnen freundlich Antworten zu geben, doch innerlich wurde sie immer nervöser. Die Nächte über lag sie wach und starrte die Decke über ihr an oder lief unruhig durch ihr Gemach. Ihr Vorhaben fühlte sich nicht richtig an, doch es gab nun keine Alternative mehr.

„Jetzt komm mal wieder runter!", sagte Afra genervt und verdrehte die Augen, als Alenka am Morgen des 1. Oktobers zitternd an einem der Fenster stand. Voller Angst, unfähig sich zu bewegen, beobachtete sie, wie sich die Magier auf der Zuschauertribüne sammelten.

„Hab doch einfach mal Spaß dran! An der letzten Aufgabe scheitern sie doch eh!"

„Wie kannst du das wissen?", fragte Alenka besorgt und musterte ihre Schwester zweifelnd.

Doch Afra hob nur gleichgültig die Schultern. „Gar nicht!"

„Es ist nicht der Sinn, keinen Sieger zu ermitteln", wies Alenka ihre Schwester auf das Ziel dieser Competition hin.

„Na und? Wenn sie nicht gut genug sind, sind sie's eben nicht", erwiderte Afra unbeeindruckt und wandte sich von dem Fenster ab. „Ich geh' jetzt runter. Du kannst ja noch eine Weile da stehen bleiben, wenn's dir gefällt!" Damit drehte sie sich um und ging den Gang entlang, wo sie hinter dem nächsten Mauervorsprung verschwand.

Alenka sah ihrer Schwester verunsichert nach. Genaugenommen hatte sie mit ihrer Feststellung kein Unrecht. Wenn es keinen Sieger gab, würde Alenka nicht heiraten müssen und gleichzeitig ihre Autorität bewahren. Vielleicht war gerade dies die Lösung für ihre Sorgen?!

Sie spürte, dass Luise sich ihr näherte und straffte die Schultern, doch irgendetwas schien nicht in Ordnung zu sein und dieser Umstand beunruhigte sie noch mehr.

„Alenka, es gibt da ein kleines Problem", verkündete Luise, noch bevor sie sie ganz erreicht hatte und stehen blieb.

„Worum handelt es sich?", fragte Alenka mit angespannter Stimme und berührte den Anhänger um ihren Hals, der ihr wenigstens die Illusion von ein wenig Gelassenheit vermittelte.

„Hier ist eine **Hexe**. Sie hat die Einladung von ihrem Bruder und ehrlich gesagt weiß ich nicht, was wir jetzt machen sollen."

Alenka musterte Luise überrascht. Diese Möglichkeit hatte sie bislang noch nicht einmal in Erwägung gezogen.

„Schick sie zu mir", entschied Alenka und wandte sich von Luise ab.

„Natürlich!" Die junge Halbhexe nickte eifrig. „Und Laurentius und Dagad machen auch mit, falls es dich interessiert."

„Laurentius und Dagad?", wiederholte Alenka verblüfft.

„Ja, Marvin und Rick haben jetzt die Wache für sie übernommen." Luise nickte langsam, bevor sie sich abwandte, um die Hexe zu holen, und Alenka wieder allein ließ.

Alenka sah noch ein letztes Mal aus dem Fenster. Luise hatte ihr soeben zwei unerwartete Informationen mitgeteilt und sie fragte sich, wie viele wohl innerhalb der beiden nächsten Wochen noch hinzukommen würden.

Zögernd folgte Alenka der jungen Halbhexe und stieg schließlich langsam die Treppen zur Eingangshalle des Schlosses hinab. Es war ihr ein Rätsel, warum eine Frau an ihrer Competition teilnehmen wollte, doch die Antwort darauf würde sie mit Sicherheit bald erfahren.

Unruhig schritt Alenka durch die Halle, während die Minuten verstrichen. Die Magier würden sie mit Sicherheit bald draußen zur Eröffnung des Wettbewerbs erwarten. Ihr blieb nicht mehr viel Zeit, doch die Hexe ließ noch immer auf sich warten.

Alenka zuckte erschrocken zusammen, als schließlich doch das Schlosstor geöffnet wurde und ein zierliches Mädchen mit hellblauem Haar eintrat, das in sanften Wellen über ihre Schultern glitt. Sie vollführte eine etwas ungeschickte Verbeugung, doch trotz ihrer Nervosität strahlte sie eine tiefe innere Ruhe aus.

„Was führt dich hierher?", fragte Alenka zögernd und musterte das Mädchen skeptisch, das wohl noch jünger als Luise war.

„Ich bin Zusi. Milo, mein Bruder, hat sich für den Wettkampf beworben, aber heute ist die Beerdigung von seinem Vater. Deswegen bin **ich** jetzt hier."

Alenka sah das Mädchen schockiert an. Zusi sprach in einem beiläufigen Ton, doch Alenka spürte, dass sie innerlich sehr betrübt über diesen Umstand war und beinahe alles für ihren Bruder getan hätte.

„Es wäre besser gewesen, hätte dein Bruder zuvor persönlich deswegen Bescheid gegeben", bemerkte Alenka, doch sie wusste bereits, dass sie Zusi gestatten würde, die erste Aufgabe für ihren Bruder anzutreten, auch wenn sie womöglich noch zu jung war, um mit erwachsenen Magiern mithalten zu können.

Doch das Mädchen sah sie nur verwundert an und Alenka begriff, dass sie diese Idee nicht einmal in Erwägung gezogen hatte. „Oh", sagte Zusi überrascht. „Könnte ich bitte trotzdem für Milo antreten? Es ist ihm wirklich wichtig und er ist auf jeden Fall besser, als ich es je sein werde. Alles was ich kann, kann er auch und... Er ist wirklich gut", endete sie etwas ratlos. „Bitte gib ihm die Chance."

Alenka faszinierte diese bedingungslose Zuneigung des Mädchens zu ihrem Bruder und plötzlich wurde ihr schmerzlich bewusst, dass sie zu ihrer eigenen Schwester nie so ein gutes Verhältnis haben würde. Dafür waren sie zu verschieden.

„Es sei dir gewehrt", verkündete Alenka nach einem kurzen Moment und sie beobachtete, wie Zusi erleichtert aufatmete.

„Vielen Dank! Das bedeutet mir und meinem Bruder wirklich sehr viel."

Alenka zuckte überrascht zusammen, als das Mädchen unerwarteter Weise ihre Hand ergriff und sie leicht drückte.

„Gern geschehen", erwiderte Alenka, nun ein wenig ratlos, doch dann straffte sie ihre Schultern und reckte das Kinn. „Zur nächsten Aufgabe sollte dein Bruder jedoch persönlich erscheinen", wies sie Zusi an, die zustimmend nickte.

„Das wird er ganz sicher! Und nochmal vielen Dank!"

Damit wandte sich die junge Hexe um und verließ das Schloss.

Alenka sah ihr einen Moment überrascht nach. Dieses Mädchen erschien ihr in gewisser Weise ungewöhnlich, doch sie erweckte einen sympathischen Eindruck und Alenka wünschte ihr und ihrem Bruder viel Erfolg. Wenn er denselben Charakter wie seine Schwester haben sollte, konnte sich Alenka möglicherweise mit dem Gedanken abfinden, ihn zu heiraten, obwohl es sich noch immer falsch anfühlte. Der einzige Magier, den sie sich tatsächlich an ihrer Seite vorstellen konnte, weil sie ihn wirklich mochte, würde mit Gewissheit nicht an ihrer Competition teilnehmen. Und obwohl sie dies wusste, wünschte sie sich innerlich das Gegenteil.

Verärgert über sich selbst schüttelte Alenka den Kopf. Sie durfte jetzt nicht an ihn denken! Sie musste sich auf das konzentrieren, was sich gleich ereignen würde und sie konnte sich keine Ablenkung genehmigen. Was jetzt geschah, würde ihre Zukunft bestimmen und in der würde es David nicht mehr geben.

Entschieden hob Alenka den Kopf und richtete sich zu ihrer vollständigen Größe auf, bevor sie entschlossen auf das Tor zuschritt und das Schloss verließ. Zielstrebig ging sie auf die Zuschauertribüne zu, von der aus Luise bereits auf sie zueilte.

„Die Teilnehmer sind jetzt alle da. Es sind insgesamt 80. Alle warten nur noch auf deine Begrüßung und die Regeln."

Alenka nickte wortlos. Sie wusste nicht, was sie sagen sollte, doch sie hoffte darauf, dass ihre spezielle Magie ihr helfen würde, die richtigen Worte zu finden, so wie bei der Taufe des Kindes.

Luise führte sie zum Zentrum der Tribüne, wo bereits ein goldener thronähnlicher Stuhl bereit stand, der sich deutlich von den anderen Plätzen abhob. Von hier aus würde Alenka zweifellos die bestmögliche Sicht auf das Geschehen haben. Daneben hatte sich Afra bereits niedergelassen. Mit hochgezogenen Augenbrauen und die Lippen zu einem skeptischen Lächeln verzogen, musterte sie die versammelten Magier, während sie eine Strähne ihres dunklen Haars um ihren Finger wickelte.

„Und? Darf sie mitmachen?", fragte Afra, als sie Alenka erblickte.

„Ich habe es ihr genehmigt", erwiderte Alenka, bevor sie sich vor ihrem Platz aufstellte und sich ein wenig aufrichtete. Sie spürte die freudige Aufregung der Magier um sie herum, während sich die Blicke allmählich auf sie richteten. Nervös strich Alenka ihr Kleid glatt und sah hilfesuchend zu Luise, die ihr jedoch nur ermutigend zunickte. Alenka holte zitternd Luft, bevor sie schließlich mit fester Stimme zu sprechen begann.

„Werte Hexen und Zauberer, ich begrüße euch herzlich zu meiner Competition, deren Sieger die Ehre zu Teil werden wird, mit mir das Eheversprechen abzulegen. Hierfür wird es insgesamt fünf Prüfungen geben, die nur die besten bestehen werden. Ich bedanke mich für euer zahlreiches Erscheinen und auch für die Bemühung der heute hier versammelten 80 Teilnehmer. Ich wünsche allen viel Erfolg. Ihr werdet nun die Regeln für die erste Prüfung erfahren."

Alenka sah nervös zu Luise. Sie war sich nicht sicher, was sie soeben gesagt hatte, doch sie hoffte, dass es wenigstens annähernd vernünftig geklungen hatte.

Erleichtert ließ sie sich auf ihrem Platz nieder, als die Halbhexe nach vorn trat und das Wort ergriff.

„Du siehst aus, als müsstest du gleich gegen einen Drachen kämpfen", bemerkte Afra kopfschüttelnd.

Alenka versuchte, die Worte ihrer Schwester nicht zu beachten und sich stattdessen auf Luises kurze Ansprache zu konzentrieren, dennoch drangen Afras Worte deutlich an ihre Ohren.

„Es kann doch wirklich nicht so schwer sein, eine Rede zu halten, oder?!"

„Warum versuchst du es dann beim nächsten Mal nicht selbst?", entgegnete Alenka mit zittriger Stimme. Sie war sich des mangelnden Verantwortungsbewusstseins ihrer Schwester bewusst, doch wenn sie all das für so leicht erachtete, warum hatte sie sich dann nicht selbst zur Führerin wählen lassen?!

„Klar! Kein Problem!", erwiderte Afra achselzuckend. „Das krieg ich allemal hin!"

Alenka verzichtete darauf, ihrer Schwester eine Antwort zu geben. Sie wusste nur zu gut, dass Afra sie aus der Fassung bringen wollte, doch das konnte sie sich nicht leisten. Deswegen wandte sie ihre Aufmerksamkeit wieder Luise zu.

„Die Regeln sind eigentlich ganz einfach", verkündete die junge Halbhexe gerade und Alenka hatte das Gefühl, dass sie wesentlich mehr Talent dafür hatte, eine Ansprache zu halten. „Ihr müsst uns eure Zauberkünste demonstrieren. Nur die Hälfte von euch wird weiterkommen und an der zweiten Aufgabe teilnehmen. Ihr seid der Reihe nach dran und ihr habt nur sechzig Sekunden, um uns zu überzeugen. Blade, du fängst an!"

Alenka spürte die wachsende Spannung der Magier, als ein junger Mann mit tiefschwarzem Haar und gleichfarbiger lederner Kleidung nach vorn trat. Er hatte eine selbstbewusste Haltung, doch sein Blick war trüb und verklärt und Alenka konnte nicht mit Sicherheit feststellen, ob er das Publikum um sich herum überhaupt wahrnahm.

„Die Zeit läuft", verkündete Luise, doch der Mann nickte nur gelassen.

Er ließ sich Zeit, ehe er seine Arme hob. Doch dann spürte Alenka eine starke Woge der Magie, die sich um sie legte. Sie spürte mit Entsetzen, wie sich ihre Kette löste und entschwebte. Doch auch den anderen Magiern schien es gleichermaßen zu ergehen. Alenka hörte, wie einige Hexen empört aufschrien und versuchten, ihren Schmuck festzuhalten, doch die Bemühungen waren vergebens.

„Was tut er da?", fragte Afra skeptisch und nun erst schenkte Alenka Blade von neuem ihre Aufmerksamkeit.

Die Schmuckstücke schwebten im Kreis um ihn herum und stiegen nun allmählich in die Höhe, während sie sich gleichzeitig einander näherten. Als sich das Silber berührte, explodierte es plötzlich.

Erschrocken zuckte Alenka zurück, doch dann beobachtete sie erfüllt von Faszination, wie der Himmel glitzerte und die Schmuckstücke in wundervollem Glanz und offensichtlich unversehrt zu ihren Besitzern zurückkehrten.

Alenka spürte, wie sich ihre Kette in ihrem Nacken schloss. Trotz ihres anfänglichen Entsetzens empfand sie dies nun als wunderschön. Auch die anderen Magier teilten mehrheitlich ihre Meinung und Alenka vermutete, dass Blade einer der 40 Kandidaten sein würde, die zu der nächsten Prüfung antreten durften.

„Vielen Dank", sagte Luise laut und unterbrach damit das allgemeine Staunen.

Blade nickte nur kurz und trat wieder zurück in die Reihe der übrigen Teilnehmer.

„Den Bescheid, ob ihr weitergekommen seid oder nicht, erhaltet ihr erst morgen. Ihr könnt also gehen, wenn ihr fertig seid", bemerkte Luise, woraufhin einige der Magier nickten, doch die meisten schienen der Halbhexe nicht zuzuhören. Nervös gingen sie auf und ab und Alenka konnte ihnen nur zu gut nachempfinden.

Trotz dieser überwiegend vorherrschenden Unsicherheit vollbrachten die meisten der Zauberer jedoch fantastische Vorführungen. Alenka spürte, wie sie sich allmählich entspannte und gebannt bei den Vorstellungen zusah.

Erst als ein Mann, gehüllt in einen schwarzen Kapuzenumhang, der seine Gesichtszüge gänzlich verbarg, nach vorn trat, wurde Alenka sich wieder der Tatsache bewusst, aus welchem Grund sie hier war. Sie konnte die Gedanken des Mannes beunruhigender Weise nicht erfassen, doch auf eine andere Art als bei Afra. Bei ihrer Schwester konnte sie stets deren Geist wahrnehmen, doch bei diesem Mann wirkte es vielmehr so, als wäre er nicht existent.

Plötzlich spürte Alenka, wie sie ein unerklärliches Gefühl der Faszination berührte, das von dem Zauberer auszugehen schien. Dabei tat er nicht einmal etwas, außer einfach nur dazustehen. Dennoch schien sich dieses jähe, intensive Gefühl auf jeden anwesenden Magier auszuwirken.

Trotz dieser aufgezwungenen Begeisterung, gegen die sie nichts tun konnte, verspürte Alenka gleichzeitig eine gewisse Furcht. Irgendetwas war unheimlich an diesem Mann und sie war erleichtert, als er schließlich zurücktrat und die allgemeine Faszination wieder ein wenig nachließ. Im nächsten Moment standen einige der Magier bereits auf und applaudierten begeistert.

Beunruhigt musterte Alenka den Mann. Sein Anblick

erfüllte sie mit Furcht, die sie sich selbst kaum erklären konnte und sie wünschte sich, er würde nicht für die zweite Aufgabe nominiert werden, was ihr jedoch angesichts des begeisterten Publikums unvermeidbar erschien. Mit Erleichterung stellte sie jedoch fest, dass er sich nach seinem Auftritt umdrehte und zwischen den Bäumen verschwand.

„Wer war dieser Mann?", fragte Alenka leise an Luise gewandt.

„Er heißt Finn. Viel mehr kann ich dir auch nicht sagen", erwiderte die junge Halbhexe, während sich die Magier wieder niederließen.

Alenka nickte langsam, doch es fiel ihr schwer, sich weiterhin auf die Teilnehmer zu konzentrieren. Obwohl dieser Mann bereits gegangen war, hatte er in ihr ein Gefühl unbestimmter Furcht hinterlassen.

Erst als Zusi an Stelle ihres Bruders antrat, gelang es Alenka, ihre Aufmerksamkeit wieder dem Geschehen vor ihr zu widmen. Es überraschte sie, wie talentiert dieses Mädchen war und sie konnte sich kaum vorstellen, dass ihr Bruder noch fähiger sein sollte. Zusi beschwor Wasser herauf und formte damit das Abbild einer Meerjungfrau. Dem folgte die Darstellung eines Drachen und zum Schluss erschuf sie eine beinahe identische Abbildung des Schlosses. Es war mit Abstand die bisher faszinierendste Vorstellung, zumal die Beherrschung eines Elements die schwierigste Magieform überhaupt war. Alenka hatte bisher noch nicht einmal gewusst, dass es überhaupt jemanden gab, der es verstand, derartige Magie zu wirken. Die meisten Magier erreichten bereits bei dem bloßen Versuch ihre äußersten Grenzen, noch bevor irgendein Resultat zu sehen war. Zusi hingegen schien es nicht einmal den geringsten Kraftaufwand zu kosten.

„Zugabe!", riefen einige Magier aus dem Publikum, als die junge Hexe schließlich die Wassergebilde auflöste und zurücktrat.

Alenka spürte, wie ein sanftes Lächeln über ihr Gesicht glitt. Dieses Mädchen war ihr tatsächlich sympathisch. Ihr Geist war rein und klar und schien direkt ihre Seele widerzuspiegeln.

Dann wandte sich Zusi um und eilte von dannen. Auch ohne ihre Gedanken zu kennen, wusste Alenka, dass es sie zu ihrem Bruder zog und sie ihm in Anbetracht der traurigen Umstände ihrer heutigen Anwesenheit beistehen wollte.

Sie sah Zusi noch einen Moment nach, während bereits der nächste Magier nach vorn trat, um sein Talent zu demonstrieren. Er ähnelte dem ersten Kandidaten in seinem ledernen Kleidungsstil, auch wenn seine Garnitur einen unverkennbaren Blauton trug. Alenka vermutete, dass sie womöglich Brüder oder wenigstens gute Bekannte sein könnten, denn Blade wartete noch immer zwischen den Bäumen und verließ den Platz erst, nachdem dieser Teilnehmer sein Kunststück beendet hatte.

Es gab noch viele faszinierende Darbietungen. Obwohl alle Zauberer durchaus fähig waren, reichte jedoch keiner von ihnen an Zusi heran.

# 19. Kapitel

In den beiden nächsten Tagen bekam Alenka während ihrer Audiencen neben den üblichen Besuchern auch gehäufte Aufwartungen von Zauberern. Zu ihrem Entsetzen fragten sie keineswegs nach einem Ratschlag oder gesetzlichen Grundlagen. Sie kamen, um sich zu beschweren – ein Umstand, mit dem Alenka nicht besonders gut umgehen konnte und der sie an den Rand der Verzweiflung brachte.

Sie spürte, wie ihre Hände zu zittern begannen und sie sie unter dem Tisch verbergen musste, während sie nur noch unzureichend Luft bekam. Sie bemühte sich, den Zauberern möglichst verständliche Erklärungen zu geben, weswegen sie nicht auserwählt waren, an der zweiten Prüfung ihrer Competition teilzunehmen. Doch sie hatte das Gefühl, dass keine ihrer Erklärungen ausreichend war.

Nachdem der gefühlte hundertste Zauberer das Zimmer verließ, war Alenka bereits den Tränen nahe und sie war sich sicher, dass sie nicht noch eine Beschwerde würde ertragen können.

Mit Entsetzen sah sie jedoch, dass der nächste Magier erneut ein Zauberer war und bevorzugt wäre sie weggelaufen, wie Afra es so oft tat. Doch dies war ihr unmöglich. Daher versuchte sie, eine möglichst gefasste Haltung auszustrahlen und sich in eine aufrechte Position zu setzen.

Erst als der junge Magier eine Verbeugung vollführte, realisierte Alenka, dass er offensichtlich nicht aus dem Grund zu ihr gekommen war, den sie bisher angenommen hatte. Sofort spürte sie, wie sie sich ein wenig entspannte.

„Wie kann ich dir behilflich sein?", fragte sie schließlich und sie war erleichtert, dass ihre Stimme nicht zitterte.

„Ich bin Milo", stellte sich der junge Zauberer zögernd vor.

Als Alenka diese Worte hörte, wurde sie aufmerksam. Dieser Name kam ihr bekannt vor.

„Du bist Zusis Bruder, nicht wahr?", fragte Alenka ein wenig überrascht. Sie hätte ihn ohne den Namen zu kennen nicht mit der talentierten Hexe in Verbindung gebracht. Schließlich sahen sie einander kaum ähnlich. Milo hatte dunkelblondes Haar, das ihm zwar ebenfalls in sanften Wellen um seinen Kopf fiel, doch bis auf den leichten Blauton in seinen grünen Augen hatte er sonst keine äußerlichen Gemeinsamkeiten mit seiner Schwester. Und auch in seinem Wesen schien er ihr nicht ähnlich zu sein. Er strahlte, wie auch Zusi, eine tiefe innere Ruhe aus, doch über seinem Geist lag ein dunkler Schatten, der Alenka verriet, dass er versuchte, etwas vor ihr zu verbergen, dass sie wohl kaum als positiv auffassen würde.

„Ja", antwortete Milo wahrheitsgemäß, bevor er langsam fortfuhr, jedes Wort wohl überlegt. „Ich wollte mich bei dir dafür bedanken, dass ich unter den Umständen trotzdem eine Chance bekomme."

Alenka nickte nachdenklich. Sie konnte in seinem Geist erkennen, dass Zusi überzeugend genug gewesen war, um ihn für die zweite Aufgabe zu qualifizieren. „Ich bedauere das Unglück deiner Familie sehr. Dein Vater war mit Sicherheit ein guter Mann?!"

„Ja, das war er", bestätigte Milo. „Und er war alles, was ich hatte, nachdem unsere Mutter..." Milos Stimme verlor sich und für einen Moment trat ein Ausdruck tiefen Bedauerns auf sein Gesicht, bevor er sich wieder auf die Gegenwart konzentrierte. „Wenigstens hat Zusi ihren Vater noch", sagte er schließlich, doch nun war seine Miene wieder verschlossen und nur sein Geist verriet Alenka, dass ihn der Tod seiner Eltern tiefer berührte, als er zugeben wollte.

„Dann seid ihr keine Geschwister, Zusi und du?", griff sie seinen letzten Satz auf.

„Wir hatten die gleiche Mutter", erwiderte Milo tonlos. „Ich sollte jetzt besser wieder gehen. Draußen warten noch mehr Magier."

Alenka nickte langsam. Sie hätte es bevorzugt, das Gespräch mit Milo fortzuführen, als weitere Beschwerden zu hören, doch schließlich war gerade das ihre Aufgabe und es gab nichts, das sie Milo noch hätte sagen können. Sie wusste, wie schrecklich diese Situation für ihn sein musste und nun verstand sie auch, warum es Zusi nicht zu wichtig gewesen war, auf der Beerdigung seines Vaters zu erscheinen. Trotz des Mitleids, das sie gegenüber diesem jungen Zauberer empfand, verspürte sie jedoch noch immer eine gewisse Unbehaglichkeit. Nachdenklich sah sie ihm nach, während er die Tür hinter sich schloss. Es war nicht richtig von ihr, seine Aussage anzuzweifeln, dennoch blieb das Gefühl in ihr, dass er irgendetwas, vielleicht sogar im Zusammenhang mit dem Tod seiner Eltern, vor ihr zu verbergen suchte.

Doch Alenka hatte keine Zeit, länger über dieses Thema nachzudenken, denn nun betrat bereits der nächste Zauberer ihr Arbeitszimmer, um sie, wie sie bereits befürchtet hatte, aufgrund ihrer Entscheidungen anzuklagen.

„Morgen sind die Duelle", verkündete Luise am Abend vor der zweiten Prüfung im Speisesaal. „Wir haben alles abgesichert und genügend Heiler für den Ernstfall. Es dürfte nichts passieren."

Alenka nickte nachdenklich. Sie vertraute Luise, trotzdem sorgte sie sich um die Sicherheit der Teilnehmer bei dieser Aufgabe. Sie hoffte, dass die junge Halbhexe Recht behalten und die Magier tatsächlich mit Bedacht miteinander umgehen würden.

Dennoch blieben ihre Sorgen bestehen und beschäftigten sie selbst noch im Schlaf.

Bilder von Magiern, die mit erhobenen Schwertern und Messern aufeinander zustürmten, spielten sich vor ihren Augen ab.

Sie beobachtete voller Entsetzen, wie sich das Eisen in die Brust eines Zauberers grub. Im nächsten Moment blickte sie in das Gesicht des Erdolchten und erkannte darin ihren Vater. Seine Augen weiteten sich vor Entsetzen, während sich sein prunkvolles Gewand rot färbte. Er bewegte die Lippen, als wollte er noch etwas sagen, doch Alenka war es nicht möglich, seine Worte zu verstehen. Dann wankte er rückwärts und stürzte zu Boden.

Alenka schrie vor Entsetzen, als sie begriff, was soeben geschehen war. Sie wollte an die Seite ihres Vaters eilen, doch sie konnte sich nicht bewegen. Irgendjemand hielt sie fest, sodass sie hilflos zusehen musste, wie sich ihr Vater im Todeskrampf krümmte. Alenka rief seinen Namen, während Tränen über ihre Wangen rannen.

Und dann verschwanden die Bilder.

Zitternd setzte Alenka sich auf, während sie versuchte, ihre Atmung wieder zu kontrollieren. Alles um sie herum war dunkel. Es war noch immer tiefe Nacht. Es war nur ein Traum gewesen.

Mit bebenden Händen strich sie die Tränen von ihren Wangen, bevor sie sich langsam zurück in ihre Kissen sinken ließ.

Es waren Jahre vergangen, seit sie das letzte Mal von dem Tod ihres Vaters geträumt hatte, dennoch war es ihr so real erschienen, als hätte dieses tragische Ereignis erst vor wenigen Tagen stattgefunden.

Sie konnte sich nur noch vage daran erinnern, was anschließend geschehen war. Thyra hatte einen Moment abgewogen, Alenka ebenfalls zu töten, doch dann hatte sie entschieden, dass Alois' Töchter möglicherweise noch von Nutzen sein könnten. So hatten Afra und Alenka die folgenden 17 Jahre in dem Gefängnis verbracht, in dem nun Thyra ihre Strafe selbst absitzen durfte, sobald sie wieder gefasst war.

Vielleicht hätte Alenka die gewissenlose Mörderin doch zum Tode verurteilen sollen. Es hätten sich mit Sicherheit ausreichend Magier gefunden, die dieses Urteil nahezu mit Freude vollstreckt hätten! Es wäre nur gerecht gewesen, wenn man bedachte, wie viele Leben Thyra selbst genommen hatte.

Doch Alenka hatte sich dagegen entschieden, obwohl sie sich in diesem Moment bezüglich des Grundes hierfür nicht mehr vollkommen sicher war. Das einzige, das sie tatsächlich davon abgehalten hatte, war die Sorge, es später womöglich zu bereuen und die Angst davor, selbst eine derartige Schuld zu tragen. Wenn sie jemandem zum Tode verurteilte, wie unterschied sie sich dann noch von Thyra? Sie wusste nur zu gut, was sie davon abhielt, dennoch hatte sie in diesem Moment das Gefühl, Thyra müsste für ihre Untaten sterben.

Alenka schüttelte den Kopf. Sie durfte nicht so denken! Sie hatte sich bereits als Kind selbst geschworen, niemals ein Leben zu nehmen oder auch nur annähernd dafür verantwortlich zu sein. Jedoch war das gewesen, bevor Thyra ihre Eltern ermordet hatte.

Abrupt setzte Alenka sich auf. Sie durfte nicht länger über diese Thematik nachdenken. Es tat ihrer Psyche nicht gut.

Langsam stand sie auf und verließ leise ihr Gemach. Sie musste sich irgendwie ablenken.

Ziellos wanderte sie durch das Schloss, während sie immer wieder den Anhänger um ihren Hals berührte. Doch je mehr sie versuchte, die Ereignisse von vor 17 Jahren zu vergessen, desto mehr drängten sich ihr die Bilder auf. Schließlich blieb sie vor einer Tür im obersten Stockwerk stehen. Zögernd streckte sie ihre Hand aus und bewegte die Klinke nach unten.

Sie liebte diesen Raum mit seinen Wänden, vor denen sich eine Wand aus fließendem Wasser erhob.

Leise schloss sie die Tür hinter sich und streckte ihre Hand nach dem kühlen Nass aus. Es fühlte sich angenehm an. Warum war sie nur so lang schon nicht mehr hier gewesen? Das letzte Mal hatte sie diesen Ort zusammen mit ihrer Schwester und Kira aufgesucht, am Tag der Krönungszeremonie. Seither hatte sie darauf verzichtet, dieses riesige Badezimmer für sich allein zu nutzen.

Langsam ging sie an der Wand entlang, bis sie schließlich zu dem Punkt gelangte, nach dem sie gesucht hatte.

Sie tauchte ihren Arm tief in das Wasser und berührte leicht den kleinen grünen Knopf. Sofort bildete sich ein Strudel auf dem Fliesenboden, durch den das Wasser abfloss.

Zufrieden wandte Alenka sich ab und ging zu dem riesigen Becken hinüber, das sich nun rasch füllte.

Langsam ließ sie sich in das Wasser gleiten. Sie spürte, wie sie zitterte, doch beinahe augenblicklich erwärmte sich das Wasser.

Vorsichtig legte sich Alenka auf eine der Liegen. Es war angenehm, das warme Wasser um sich herum zu spüren. Entspannt lehnte sie sich zurück und schloss die Au-

gen. Sie brauchte sich jetzt wegen nichts Sorgen zu machen. Die nächste Aufgabe ihrer Competition würde erst
in einigen Stunden beginnen und bis dahin war noch ausreichend Zeit.

# 20. Kapitel

„Ich denke, du kannst anfangen", stellte Luise mit einem Blick auf das versammelte Publikum fest.

Alenka nickte langsam, während sie spürte, wie sie sich verkrampfte. Sie hob das Kinn und setzte ein möglichst freundliches Lächeln auf, doch noch bevor sie sich erheben konnte, war Afra bereits aufgesprungen und trat nun an ihrer statt nach vorn.

„Was tust du?", fragte Alenka voller Entsetzen, doch Afra schien es nicht für notwendig zu halten, ihr eine Antwort zu geben.

Alenka realisierte, dass sich die Blicke der Magier nun auf Afra richteten, und sie hätte sich gewünscht, dass mehr Stoff die Haut ihrer Schwester bedeckt hätte.

„Sie schafft das schon", sagte Luise leise und Alenka spürte ihre Hand sanft auf ihrem Arm. Trotz der vorgetäuschten Zuversicht in ihrer Stimme, erkannte Alenka jedoch, dass die Tatsache, dass Afra eine Ansprache halten würde, auch die junge Halbhexe beunruhigte.

Alenka wünschte sich, sie hätte Afra nicht selbst dazu motiviert, sodass es ihr nun unmöglich war, das Folgende zu verhindern.

Afra räusperte sich, doch Alenka konnte keinerlei Nervosität an ihr feststellen. „Hi Leute", begann sie ihre Ansprache mit fester Stimme.

Alenka hätte am liebsten das Gesicht in den Händen verborgen. Wie konnte ihre Schwester eine Ansprache vor ihrem Volk nur in einem solchen Ton halten?

„Tja, ich bin nicht Alenka, aber trotzdem: Toll, dass ihr alle das seid!"

Zu ihrer Überraschung musste Alenka feststellen, dass ihr Volk durchaus nicht abgeneigt von dem Ton ihrer

Schwester war und einige der Zauberer offensichtlich auch ihren freizügigen Kleidungsstil nicht verachteten.

„Wenn ihr kein Blut sehen könnt, solltet ihr besser sofort wieder verschwinden", fuhr Afra laut fort. „Die Zauberer werden sich hier nämlich gleich mächtig die Köpfe einschlagen. Klassischer Kampf auf Leben und Tod!"

Alenka sog entsetzt die Luft ein, während Luise sich rasch erhob, um Afras Ansprache zu beenden.

„Es wird also mächtig spannend! Viel Spaß euch allen!", rief Afra mit sichtlicher Begeisterung in das Publikum und riss ihren Arm nach oben, bevor sie mit einem breiten Lächeln auf den Lippen zurücktrat und sich wieder auf ihren Platz fallen ließ.

„Bist du noch bei Trost?", fragte Alenka mit einer gewissen Schärfe in ihrer Stimme, doch Afra hob nur unbeeindruckt die Augenbrauen.

„Was anderes sagst du doch auch nicht!"

„Allerdings!", erwiderte Alenka schockiert. „Ich würde niemals eine Tötung gutheißen!"

„Das wissen doch alle", winkte Afra gelangweilt ab. „Außer dir hat jeder kapiert, dass das nur ein Scherz war."

Alenka öffnete den Mund, um ihre Schwester über diese gedankenlose Äußerung zu rügen, doch Afra ließ sie nicht zu Wort kommen.

„Außerdem hat Luise ja grad erklärt, dass Mord verboten ist", bemerkte Afra mit einem kurzen Kopfnicken zu der Halbhexe, die gerade klare Regeln für möglichst harmlose Ausgänge der Duelle verkündete.

„Dennoch war diese Bemerkung leichtsinnig von dir", beharrte Alenka tadelnd. „Und auch dein Kleidungsstil ist für einen solchen Auftritt blamabel."

„Was? Darum geht es jetzt schon wieder?", fuhr Afra auf und schüttelte den Kopf. „Du schämst dich also für mich? **Das** ist echt daneben! Und du denkst, **ich** bin gestört!" Afra tippte sich verärgert an die Stirn und wirbelte auf dem Absatz herum, um die Tribüne im Laufschritt zu verlassen.

Alenka hätte gern noch etwas erwidert, doch sie wollte jetzt keinen Streit mit ihrer Schwester austragen, nicht vor diesem Publikum.

„Warum streitet ihr euch immer?"

Alenka zuckte erschrocken zusammen. Während ihrer Meinungsverschiedenheit mit Afra hatte sie nicht realisiert, dass Luise ihren Platz wieder neben ihr eingenommen und das erste Duell bereits begonnen hatte.

„Ich wünschte, es wäre anders", erwiderte Alenka bedauernd. Warum nur war ihre Schwester auch immer so eigensinnig?

„Ganz ehrlich...", begann Luise zögernd und Alenka spürte deutlich, dass ihr das Folgende nicht zusagen würde. „Ich denke, dass es nicht nur **Afras** Schuld ist. Zu einem Streit gehören immer zwei."

Überrascht musterte Alenka die junge Halbhexe. Was sie da sagte, klang durchaus verständlich. Trotz all ihrer gemeinsamen Erlebnisse, war es Alenka nicht gelungen, eine erfolgreiche Beziehung zu Afra aufzubauen. Womöglich war es an der Zeit, genau daran zu arbeiten?! Allerdings hatte Alenka keine Idee, wie sich dieses Vorhaben tatsächlich in die Tat umsetzen lassen sollte – so selten, wie sie ihrer Schwester im Normalfall begegnete.

Doch jetzt war nicht der richtige Moment, um über ihre mangelnden humanen Kompetenzen zu sinnieren.

Alenka versuchte, ihre Aufmerksamkeit den vor ihr ablaufenden Duellen zu widmen, doch die denen zugrunde liegende Brutalität ließ sie erschaudern.

Ohne Rücksicht bekämpften sich die Magier, bis ihre

Gegenüber schließlich kampfunfähig waren. Dennoch musste Alenka anerkennen, dass sie durchaus kompetente Schlosswachen hatte. Sie besaß zwar keinerlei Kenntnisse über magische Kampftechniken, doch sie glaubte, dass Dagad weitreichend fähig war. Jedenfalls parierte er alle Angriffe seines Gegners und streckte ihn schließlich innerhalb weniger Sekunden nieder.

Und auch die anderen Zauberer schienen nicht unvorbereitet zu sein.

„Ich glaub', Afra steht auf ihn!"

„Wie bitte?" Verständnislos musterte Alenka die junge Halbhexe neben ihr.

„Dagad! Dort drüben!"

Alenka folgte Luises Blick und konnte tatsächlich Afra erkennen, wie sie sich angeregt mit Dagad unterhielt. Alenka spürte einen schmerzlichen Stich in der Nähe ihres Herzens, den sie sich selbst kaum erklären konnte. Irgendetwas missfiel ihr an dieser beinahe harmonisch wirkenden Szene.

Entschieden wandte Alenka den Blick von den beiden ab. Es stand ihr nicht zu, sich in die Privatangelegenheiten ihrer Schwester einzumischen. Dennoch wanderte ihre Aufmerksamkeit immer wieder zu dem etwas abseits gelegenen, lichten Platz zwischen den Bäumen.

Überrascht stellte sie irgendwann fest, dass die beiden offensichtlich gegangen waren, wobei dieser Umstand sie noch wesentlich mehr beunruhigte.

Alenka versuchte, sich auf die Duelle zu konzentrieren, während sie beinahe unaufhörlich nach dem Geist ihrer Schwester suchte.

Erst als ein junger Zauberer mit welligem blondem Haar, in dem sie Milo erkannte, nach vorn trat, konnte sie beinahe etwas wie Faszination bei dem Geschehen unter ihr empfinden.

Wie auch seine Schwester beherrschte er das Element Wasser, womit sein Gegenüber, in dem Alenka Laurentius erkannte, schwer zu kämpfen hatte. Es war mit Abstand das interessanteste Duell, doch letztendlich reichten Laurentius' Fähigkeiten nicht aus. Fast tat Alenka seine Niederlage leid, doch Milos Talente waren nun einmal um einiges beeindruckender.

Dieser Umgang mit einem Element war für Alenka faszinierend und sie hätte Milo beinahe den Sieg gewünscht, hätte sie nicht im Geheimen den Wunsch verspürt, überhaupt nicht heiraten zu brauchen. Außerdem gefiel ihr der Gedanke nicht, sich mit jemandem zu vermählen, der derart erbarmungslos gegen einen Mitmenschen kämpfen konnte, obwohl sie die Duelle natürlich in gewisser Weise selbst angeordnet hatte. Und schließlich schien es genau das zu sein, was ihr Volk von ihrem künftigen Gemahl erwartete.

Alenka schauderte. Es schockierte sie, wie begeistert das Publikum angesichts der vor ihnen ablaufenden Geschehnisse war. Sie waren regelrecht erpicht darauf, möglichst barbarische Szenen zu sehen, von denen der unheimliche Zauberer in seinem schwarzen Umhang die beunruhigendsten lieferte. Mit nur einem Schlag streckte er seinen Gegner nieder – mit einem Magieimpuls, bei dem Alenka hätte schwören können, etwas abgrundtief Bösartiges dahinter gespürt zu haben.

Je kaltherziger die Kämpfe jedoch waren, desto lauter wurde der Applaus.

Alenka fühlte sich unter dieser blutrünstigen Magieransammlung gänzlich fehl am Platz. Diese Zustimmung zur Brutalität erinnerte sie auf beängstigende Weise an Thyras Anhänger.

188

War diese Unmoralität womöglich eine weitere Folge von der nicht legitimen Herrschaft der skrupellosen Mörderin? Oder lag es einfach nur in der Charaktereigenschaft der hier versammelten Magier? Alenka war sich nicht sicher, doch ihr gefiel keine der Alternativen.

Und auch der nun wieder aufsteigende Gedanke an die anstehende Heirat, deren Sinn ihre Competition überhaupt war, lähmte sie geradezu vor Sorge.

Unter diesen Umständen war es eine regelrechte Folter für sie, den Kämpfen zusehen zu müssen. Die magische Darbietung empfand sie zwar als beeindruckend, doch auf humaner Ebene betrachtet, war das Geschehen vollends unakzeptabel. Alenka wäre gern vor diesen grauenvollen Eindrücken geflohen, doch das war ihr natürlich nicht möglich.

Sie war nur erleichtert, als das letzte Duell schließlich entschieden war und sich die versammelten Magier in begeisterten Diskussionen vertieft verteilten.

# 21. Kapitel

Am darauffolgenden Tag erwachte Alenka bereits früh am Morgen. Die Sonne hatte noch nicht einmal die untersten Baumkronen erreicht, dennoch sangen die Vögel bereits zahlreich in den Wipfeln.

Alenka erhob sich langsam und öffnete eines der Fenster. Die frische Luft strich ihr angenehm kühl über die Wangen. Es war ein wunderschöner Morgen. Genussvoll atmete Alenka die kühle Luft ein. Sie schien durch ihren gesamten Körper zu strömen und ihre Sinne zu beleben. Alenka fühlte sich plötzlich vollkommen entspannt und glücklich.

Ein leises Zwitschern ließ sie nach unten sehen. Vor ihr, auf dem Fenstersims, saß ein kleiner blauer Vogel. Ein sanftes Lächeln umzog Alenkas Lippen, als sie behutsam die Hand ausstreckte, um dem kleinen Tier sanft über sein Gefieder zu streichen. Obwohl die Gedanken des Vogels für sie unzugänglich waren, hatte sie das Gefühl, dass er sich bei ihr wohlfühlte, denn er machte keine Anstalten, auch nur den Versuch zu unternehmen, von dannen zu fliegen und zu seinen Artgenossen zurückzukehren.

Vorsichtig strich Alenka über die angenehm weichen Federn. Ihr gefiel diese Zutraulichkeit des Tieres, die sie auch ein wenig mit Stolz erfüllte.

„Flieg zurück zu deiner Familie", sagte sie schließlich sanft und zog ihre Hand zurück.

Der Vogel sah sie noch einen Moment an, doch dann breitete er seine kleinen Flügel aus und verschwand wieder in dem dichten Blätterdach der Bäume.

Alenka blieb noch eine Weile an dem offenen Fenster stehen, bis sie sich schließlich zitternd abwandte und es wieder sorgfältig verschloss. Es war draußen recht kühl und Alenka hegte kein Interesse daran, sich womöglich zu erkälten.

Als Alenka in ihrem Arbeitszimmer eintraf, kehrten augenblicklich all ihre Zweifel und Sorgen zurück. Sie fürchtete sich davor, erneut Vorwürfe hören zu müssen.
Doch glücklicherweise blieben ihre Ängste unbegründet. Selbst am nächsten Tag nahmen kaum Magier die Mühe auf sich, sie für eine Beschwerde aufzusuchen.

„Wo hält Afra sich im Moment auf?", fragte Alenka, als sie sich am Abend im Speisesaal niederließ. Seit ihrem Streit hatten sie kein Wort mehr miteinander gewechselt und es schien Alenka nun möglicherweise an der Zeit für eine Entschuldigung.
„Keine Ahnung!" Luise schüttelte ratlos den Kopf. „Soll ich jemanden sie suchen schicken?"
Alenka zögerte einen Moment. Sie wusste, dass ihre Schwester es ihr übelnehmen würde, doch immerhin war sie die Tage seit Thyras Entkommen bisher um diese Zeit zurückgewesen und Alenka sorgte sich um ihre Sicherheit. „Ja, bitte", entschied sie daher schließlich.
Luise nickte wortlos und verließ den Saal. Nachdenklich sah Alenka ihr nach. Sie war sich der Tatsache bewusst, dass sie mit Afra einen erneuten Streit würde austragen müssen, sobald ihre Schwester zurückgekehrt war. Doch immerhin war dies der Möglichkeit, sie erneut tot aufzufinden, deutlich vorzuziehen.

Ungeduldig wartete Alenka, während die Zeit verstrich und ihre Sorge zunehmend wuchs. Wenn ihrer Schwester tatsächlich etwas zugestoßen war, würde sie sich das selbst niemals verzeihen können. Und wenn Thyra dafür verantwortlich sein sollte, würde Alenka mit Gewissheit ihre Vorsätze brechen und sie töten, nur um im Anschluss selbst zu Grunde zu gehen. Die Folge davon wäre eine komplette Auslöschung ihrer Blutlinie, wie Thyra es annähernd beabsichtigt hatte, nur dass es bei dieser Version keinen Sieger geben würde.

Alenka spürte, wie sich ihr verkrampftes Herz entspannte, als sie schließlich den verärgerten Geist von Afra spürte. Erleichtert atmete sie auf und erhob sich, um ihrer Schwester entgegen zu treten.

Mit zitternden Händen öffnete sie die Tür, als sie Afras Stimme bereits von der Treppe her hörte.

„Sie hat kein Recht dazu!", schimpfte ihre Schwester ungehalten. „Und du verteidigst sie auch noch!"

Alenka hörte Luises sanfte Stimme, die beruhigend auf Afra einredete.

Zögernd ging Alenka auf die Treppe zu, als sie ihre Schwester bereits auf der obersten Stufe erblickte.

„Ich kann auf mich allein aufpassen!", unterbrach Afra Luises Ausführungen, wobei ihre Worte jedoch eindeutig Alenka galten.

„Afra, ich habe mir Sorgen..."

„Du machst dir immer Sorgen!", fiel Afra ihr gereizt ins Wort. „Such dir jemand anderen dafür!"

Alenka spürte, wie ihr der Atem stockte. Warum nur konnte Afra nicht verstehen, dass ihr womöglich Gefahr drohte?! „Ich habe nur dich", sagte Alenka leise, doch sie wusste, dass ihre Schwester sie gehört hatte, denn sie hielt in ihrem Versuch inne, sich auf ihr Zimmer zurückzuziehen, und wandte sich stattdessen wieder ihr zu.

„Ich bin nicht so, wie du mich haben willst! Das werde ich nie sein!"

„Dennoch bist du meine Schwester", stellte Alenka fest und trat näher an Afra heran. „Und deswegen mache ich mir Sorgen um dich."

Über die Schulter ihrer Schwester konnte sie sehen, wie Luise sich von ihnen abwandte und die Treppe leise wieder hinabstieg.

Afra seufzte frustriert. „Du klingst fast genauso wie Lexi. Thyra wäre komplett bescheuert, wenn sie versuchen würde, mich zu töten." Alenka spürte, wie Afra ihr sanft eine Hand auf die Schulter legte. „Glaub' mir, ich kann auf mich aufpassen!"

„Wie Lexi?", wiederholte Alenka nur überrascht. Mit diesem Vergleich hatte sie im Moment am wenigsten gerechnet.

Lexi war eine ehemalige Anhängerin von Thyra, doch sie hatte sich bereits kurz nach Alenkas und Afras Gefangennahme von ihr losgesagt. Sie hatte Alenka und Afra hin und wieder im Gefängnis besucht und ihnen unter Tränen erzählt, wie Thyra ihren Bruder ermordet hatte, nachdem sie erwogen hatten, ihr den Rücken zu kehren.

Alenka wusste, dass sie nur aus Angst um ihr Leben weiterhin Thyras Befehlen gefolgt war und daher hatte Alenka sie auch begnadigt.

„Ja!" Afra nickte gleichgültig und ließ sich auf dem Treppengeländer nieder. „Ich war bei ihr. Sie hat ziemlich Angst, weil sie glaubt, Thyra wird sie töten. Lexi hat sie ja praktisch verraten."

Alenka musterte ihre Schwester überrascht. Sie hatte sich die ganze Zeit über ausschließlich Sorgen um Afra gemacht, dabei hatte sie völlig außer Acht gelassen, dass Thyra auch für alle anderen Magier eine Bedrohung darstellte.

Afra lachte leise und Alenka verstand nicht recht, was

ihre Schwester an dieser Situation amüsant fand.

„Wenn Thyra bei Lexi auftaucht, macht ihr Freund sie kalt!", bemerkte Afra schließlich sachlich. „Er hat schon sämtliche Sicherheitsmaßnahmen getroffen. Zauber rund um das ganze Haus! Ich kann froh sein, dass sie mich nicht aus Versehen gegrillt haben." Ein provokantes Grinsen umspielte Afras Lippen.

Alenka missfiel der Tonfall ihrer Schwester und auch die Vorstellung, dass jemand durch Lexis Sicherheitsmaßnahmen verletzt werden konnte. Doch was sollte sie dagegen sagen, wenn sie nichts unternahm, um Thyra zu finden und sie die Mörderin stattdessen sogar den Teilnehmern ihrer Competition als letzte Aufgabe überließ?! Der Gedanke daran ließ sie erschaudern. Wie konnte sie nur so etwas zulassen?

„Wir sehen uns morgen", stellte Afra fest und glitt von dem Geländer. „Gute Nacht!"

„Die wünsche ich dir ebenfalls", erwiderte Alenka, doch sie bezweifelte, dass ihre Schwester sie noch gehört hatte. Schließlich war sie soeben auf der obersten Treppenstufe angelangt und verschwand nun aus Alenkas Sichtfeld.

## 22. Kapitel

Der Tag der dritten Prüfung begann mit einem wunderschönen, sonnigen Morgen. Langsam schritt Alenka über den Schlossplatz auf die Tribüne zu. Dort, wo bei der vorherigen Prüfung noch ein Kampffeld gewesen war, standen nun zehn Tische mit je zwei Stühlen. Darauf befanden sich flache Bretter mit aufgemalten schwarzen und weißen Quadraten.

Verwundert musterte Alenka die seltsame Platte auf dem Tisch vor ihr, die nur dieses Spiel der Menschen darstellen konnte, von dem Afra gesprochen hatte. An den Rändern standen Buchstaben und Zahlen, deren Sinn Alenka nicht recht erschließen konnte. Auf einer der Seiten befanden sich 16 schwarze hölzerne Figuren und denen gegenüber die gleiche Anzahl in Weiß. Zweifellos würden die Teilnehmer bei dieser Prüfung die Figuren irgendwie über das Brett bewegen müssen. Womöglich bestand das Ziel dieses Spiels darin, sie auf die andere Seite zu bringen?!

„Afra wird es gleich erklären", bemerkte Luise zögernd, woraufhin sich Alenka verkrampfte. Das konnte doch nicht Luises Ernst sein?! Nicht, nach Afras letzter katastrophalen Ansprache?!

„Ich weiß, du willst nicht, dass Afra irgendwelche Reden hält", fuhr Luise fort und es war offensichtlich, wie unbehaglich sie sich angesichts dieser nicht abgesprochenen Entscheidung fühlte. „Aber sie ist leider die einzige hier, die wirklich weiß, wie dieses Spiel geht."

Alenka zögerte, bevor sie schließlich ergeben nickte. Es nutzte nichts, Luises Behauptung in irgendeinem Punkt zu widersprechen, denn es war schlichtin die Wahrheit.

Sie spürte jedoch, dass es noch etwas gab, das die junge

Halbhexe ihr mitteilen wollte, während sie die Stufen hinaufstiegen.

Doch erst als sie sich niederließ, begann Luise schließlich zaghaft zu sprechen. „Afra wird diesmal auch die Kampfrichterin sein. Sie wird kontrollieren, dass sich alle an die Regeln halten."

Alenka nickte erneut nur wortlos. Es gab nichts, das sie dazu sagen konnte, auch wenn sie von dieser Idee nicht besonders angetan war.

„Eigentlich könnten wir anfangen...", sagte Luise zögernd nach einigen Minuten des Schweigens.

Alenka holte tief Luft und hob den Kopf, bevor sie sich langsam erhob.

„Wo bleibt Afra nur?"

Überrascht sah Alenka die junge Halbhexe neben ihr an und nahm wieder Platz. Selbstverständlich hatte sie die Abwesenheit ihrer Schwester bemerkt. Aus irgendeinem unerklärlichen Grund war sie jedoch von der Annahme ausgegangen, Afra befinde sich bereits an einem ihr von Luise zugeordneten Platz.

„Bin doch schon da!", erklang Afras Stimme neben Alenka, als sich ihre Schwester auch schon auf dem Platz zu ihrer Linken niederließ.

Alenka musterte Afra nur kurz, bevor sie ihre Schultern straffte und sich zitternd aufrichtete, um dem Publikum nun entgegen zu treten.

„Werte Hexen und Zauberer, vielen Dank für euer heutiges Erscheinen. Ich wünsche den hier Versammelten viel Vergnügen und den noch verbliebenen Teilnehmern selbstverständlich gutes Gelingen." Alenka zwang sich zu einem fröhlichen Lächeln in das Publikum. „Nachdem die 20 verbliebenen Teilnehmer bereits ihre Fähigkeiten in der Beherrschung ihrer Magie unter Beweis gestellt haben, werden sie heute auf Taktik und Logik geprüft. Dafür haben wir uns für ein Strategiespiel aus der Menschenwelt entschieden, auf das sich hoffentlich alle bestmöglich vorbereitet haben. Dennoch wird Afra euch jetzt noch einmal die verbindlichen Regeln dafür erläutern." Damit ließ sich Alenka wieder nieder, während ihre Schwester mit einem breiten Lächeln nach vorn trat.

„Also, bei Schach, so heißt das Spiel, geht es – wer hätte das gedacht – darum, euren Gegner zu besiegen", begann Afra in heiterem Ton. „Ihr seht die Figuren vor euch! Der Spieler, der weiß hat, beginnt. Euer Gegner hat verloren, wenn er seinen König nicht mehr setzen kann. Wisst ihr alle, welche Figur der König ist?"

Die Zauberer nickten kurz und einige hielten die entsprechende Figur in die Höhe, woraufhin Afra mit ihrer Erklärung fortfuhr.

Zu Alenkas Überraschung schienen die Zauberer die Spielregeln tatsächlich begriffen zu haben, während sie selbst den Ausführungen ihrer Schwester nur verständnislos zuhörte. Auch das Publikum warf sich fragende Blicke zu und fast befürchtete Alenka, dass diese Prüfung zu viel gefordert war.

„Okay, dann geht's jetzt los!", beendete Afra ihre Erklärungen, bevor sie sich zu Alenka umwandte. „Du bist heut' Abend dran!", stellte sie entschieden fest. „Also pass' lieber gut auf!"

Überrascht sah Alenka ihre Schwester an. „Ich wage es zu bezweifeln, dass das eine gute Idee ist", erwiderte sie leise, doch Afra schien nicht einmal mehr auf sie zu achten. Sie hatte sich bereits abgewandt und eilte nun von der Tribüne auf den Schauplatz unter ihnen.

Alenka beobachtete, wie Afra von jedem der Zauberer einen kleinen Zettel mit dem jeweils darauf geschriebenen Namen entgegennahm. Beinahe achtlos warf sie sie in eine Schale und mischte sie grob durch. Mit einem gewissen Interesse sah Alenka dabei zu, wie ihre Schwester vor dem ersten Magier in Lederkleidung, den Alenka glaubte, von der ersten Prüfung wiederzuerkennen, innehielt und ihn seinen Gegner auslosen ließ. Er schien durchaus erfreut, als er den Namen laut nannte und Alenka wusste, dass er erleichtert war, nicht direkt gegen einen Teilnehmer aus seinem Bekanntenkreis antreten zu müssen.

Während Alenka die zwanzig Teilnehmer nun aufmerksamer musterte, bemerkte sie, dass sie sich nur noch an die wenigsten von ihnen erinnern konnte, geschweige denn, ihre Namen noch im Sinn hatte. Dagad und Milo waren noch unter den Zauberern, außerdem dieser unheimliche Magier, der in seinen Kapuzenumhang gehüllt war. Mit Überraschung beobachtete sie, wie ihre Schwester sich ausgerechnet mit diesem Zauberer bei der Auslosung seines Gegners freundlich unterhielt, beinahe so, als würde sie ihn bereits länger kennen.

Erfüllt mit Unbehagen berührte Alenka den Anhänger ihrer Kette. Ihr missfiel es deutlich, ihre Schwester in der Gegenwart dieses Mannes zu sehen. Afra war zu vertrauensvoll. Konnte sie denn die Bedrohlichkeit, die von dem Zauberer ausging, nicht spüren?

Alenka nahm sich vor, sie bei einer günstigen Gelegenheit danach zu fragen.


Als schließlich alle Zauberer ihrem Gegner zugeteilt waren und sich an den Tischen platziert hatten, veranlasste Afra den Beginn der Prüfung durch ein einfaches Klatschen in ihre Hände.

Zögernd, jedoch äußerst konzentriert, begannen die Magier, ihre Figuren über das Spielfeld zu bewegen. Alenka konnte die allgemeine Anspannung spüren, die auf dem Platz und auch bei den Zuschauern auf der Tribüne herrschte, auch ohne von ihren besonderen Fähigkeiten Gebrauch zu machen. Sie spürte, dass diese Prüfung für die Magier eine deutlich anspruchsvollere Aufgabe war, als die vorhergehenden. Zuvor hatten sie einfach handeln und reagieren können, doch nun mussten sie genauestens nachdenken und versuchen, die verschiedenen Reaktionsmöglichkeiten ihres Gegenübers einzukalkulieren.

Alenka empfand es als positiv, die Magier auf ihr taktisches Geschick zu prüfen und sie wünschte, sie hätte mehr Prüfungen dieser Art gewählt.

Sie selbst versuchte, aus den Überlegungen der Zauberer zu verstehen, wie genau dieses Spiel funktionierte, und glaubte, als schließlich das letzte Turnier ausgetragen war, es einigermaßen verinnerlicht zu haben.

Mit einem gewissen Unbehagen stellte Alenka fest, dass es dem ihr unheimlichen Zauberer gelungen war, sich für die nächste und gleichzeitig vorletzte Prüfung zu qualifizieren. Bei dieser Aufgabe musste er scheitern, denn Alenka wusste, dass sie ihn nicht heiraten wollte! Mit diesem Magier konnte sie nicht zusammenleben, selbst wenn er möglicherweise der Fähigste der Bewerber war.

# 23. Kapitel

„Wo warst du gestern?", fragte Afra vorwurfsvoll am nächsten Morgen.

Verwundert sah Alenka zu ihrer Schwester auf, die durch den Saal auf sie zusteuerte und sich schließlich ihr gegenüber niederließ.

„Du wolltest doch mit mir Schach spielen!" Unachtsam schob Afra die Schalen auf dem Tisch beiseite und platzierte eines der Spielfelder vom Vortag darauf.

„An ein solches Versprechen kann ich mich nicht entsinnen", erwiderte Alenka langsam, jedoch ohne jegliche Auswirkungen auf ihre Schwester zu erzielen.

Unbeirrt stellte Afra die hölzernen Figuren weiterhin auf die quadratischen Felder. „Du fängst an!", entschied sie und drehte das Brett so, dass die weißen Figuren vor Alenka standen.

„Ich halte das für keine gute Idee", erwiderte Alenka mit angespannter Stimme. Sie hatte kein Interesse daran, sich von ihrer Schwester bloßstellen zu lassen.

„Ach, komm schon! Du bist doch sonst auch immer angeblich so schlau und wenn **ich** es sogar kapiert hab', dann kriegst du's erst recht hin!"

Alenka musterte das Spielfeld skeptisch.

„Wir können ja wetten!", schlug Afra vor.

„Nein, danke!" Alenka schüttelte entschieden den Kopf. In dieser Hinsicht misstraute sie Afra zu sehr.

„Doch!"

Alenka musterte ihre Schwester zweifelnd. Sie wusste, dass sie Afra von dieser Idee nicht würde abbringen können.

„Wenn ich verliere, verhalte ich mich einen Tag so, wie du willst" Afra musterte Alenka mit zusammengezogenen

Brauen und beinahe angewidertem Gesichtsausdruck, bevor sie fortfuhr. „Mit… bodenlangen Kleidern, deinen… ach so tollen Manieren… Eben was du willst!"

„Wäre dir das denn möglich?", fragte Alenka skeptisch, doch Afra zuckte nur die Schultern.

„Ich werd's überleben! Ist ja nur für einen Tag! Wie schwer kann das schon sein?!"

„Und ich nehme an, du würdest demnach im Gegenzug das Gleiche von mir verlangen?!", stellte Alenka fest, doch erneut überraschte sie die Reaktion ihrer Schwester.

„Das wär doch viel zu langweilig!"

Alenka spürte, wie sie sich bei diesen Worten innerlich verkrampfte. Wie auch immer Afras Vorschlag lauten sollte, sie war sich gewiss, dass er keinesfalls annehmbar sein würde.

„Außerdem will ich ja deinen tollen Ruf nicht gefährden", fuhr ihre Schwester mit unüberhörbarem Sarkasmus fort und schüttelte den Kopf. „Nein. Wenn **ich** gewinne, bekomme ich einen Tag!"

„Wie bitte?" Alenka glaubte, sich verhört zu haben.

„Ich will", erwiderte ihre Schwester betont langsam, „dass du dir für morgen frei nimmst und wir einfach irgendetwas zusammen machen."

Alenka war sich nicht sicher, ob Afra womöglich scherzte. Sie konnte sich nicht entsinnen, je irgendetwas gemeinsam mit ihr unternommen zu haben, nicht einmal, als sie noch Kinder und ihre Eltern noch am Leben gewesen waren. „Was würdest du darunter verstehen?", fragte sie daher zögernd und musterte ihre Schwester aufmerksam, doch Afra zuckte nur mit den Schultern.

„Weiß noch nicht! Mir wird schon was Tolles einfallen. Also, was ist nun?"

Alenka wusste, dass ihre und Afras Vorstellungen bezüglich der Definition des Wortes ‚toll' weit auseinander gingen, dennoch wollte sie ihre Schwester nicht zwangsweise enttäuschen.

„Na los! Fang schon an!", drängte Afra und rutschte mit ihrem Stuhl näher an die Tafel.

Alenka war sich der Tatsache bewusst, dass sie auf die Wette ihrer Schwester nicht direkt eingegangen war. Zumindest würde sie auf diese Weise eine Absage für ihr eigenes Gewissen geltend machen, auch wenn Afra diese nicht akzeptieren würde.

Zögernd berührte Alenka eine der Figuren und schob sie zaghaft nach vorn. Sie war sich nicht zur Vollkommenheit sicher, was sie eigentlich tat, während Afra scheinbar ohne jede Überlegung handelte.

Im Verlauf des Spiels glaubte Alenka jedoch allmählich zu verstehen, wie es zu handhaben war und hatte das Gefühl, ihre Schwester tatsächlich bezwingen zu können.

„Wer ist der Magier, mit dem du gestern gesprochen hast?", fragte Alenka ihre Schwester irgendwann zögernd, doch Afra zog nur die Stirn in Falten und schob eine ihrer Figuren schräg nach vorn.

„Welcher? Ich hab' mit vielen geredet."

Alenka zögerte einen Moment. Sie war sich nicht sicher, wie sie diesen unheimlichen Zauberer beschreiben konnte, ohne sofort ein negatives Bild von ihm zu vermitteln. „Bislang war er immer in einen schwarzen Kapuzenumhang gekleidet", sagte sie schließlich vorsichtig, während sie nach weiteren Beschreibungsmöglichkeiten suchte.

„Meinst du Finn?"

Alenka nickte wortlos. Nun, da sie den Namen gehört hatte, erinnerte sie sich auch wieder an ihn.

„Was willst du von ihm?"

Alenka stockte der Atem. Natürlich musste Afra ihre Frage fehlerhaft interpretieren. „Er ist mir… unheimlich", erwiderte sie zögernd, doch dann fuhr sie mit fester Stimme fort. „Ich möchte nicht, dass du in Kontakt mit ihm stehst."

„Im Ernst?!" Unbeeindruckt hob Afra die Augenbrauen und lehnte sich mit verschränkten Armen in ihrem Stuhl zurück. „Er ist ein bisschen komisch, aber ich glaub' nicht, dass er gefährlich ist."

Alenka bedachte ihre Schwester mit skeptischem Blick. Sie konnte sich nicht recht dazu entschließen, ihrem Urteilsvermögen zu trauen. „Woher kennst du ihn?", fragte sie vorsichtig, während sie eine Figur nach vorn schob, um Afra wenigstens auf diese Weise bei Laune zu halten.

„Hab' ich dir doch schon erzählt!" Seufzend beugte Afra sich nach vorn.

Alenka versuchte, sich an die Inhalte ihrer letzten Gespräche zu erinnern, doch sie war sich ziemlich sicher, dass ihre Schwester nie auch nur eine Begegnung mit diesem Zauberer erwähnt hatte.

„Er ist Lexis Freund."

„Lexis Freund?", wiederholte Alenka überrascht. Nun stellten sich ihr noch wesentlich mehr Fragen als zuvor. Wenn dieser Finn bereits mit einer anderen Hexe liiert war, warum trat er dann bei ihrer Competition an? Wusste Lexi davon oder sollte Alenka womöglich einen Gesandten zu ihr schicken, um sie davon in Kenntnis zu setzen?

„Aus welchem Grund…?", begann Alenka, doch Afra ließ sie nicht ausreden.

„Lexi hat ihn darum gebeten", gab ihre Schwester gleichgültig zur Antwort, während sie das Spielfeld aufmerksam musterte. „Sie wollen testen, wie viel er drauf hat, wenn er Thyra irgendwann mal töten will. Also, keine

Sorge, er will nichts von dir!"

Fassungslos musterte Alenka ihre Schwester. Nun gab es für sie einen Grund mehr, sich Sorgen zu machen, in Anbetracht der Tatsache, dass ein Mitglied ihres Volkes einen Mord plante, auch wenn es sich dabei um Thyra handelte. Außerdem konnte es dabei durchaus passieren, dass Finn bei einem solchen Versuch selbst Schaden nahm. Am Ende würde es einen Toten geben und Alenka wollte dafür nicht die Verantwortung tragen.

„Was hast du?", fragte Afra mit einem spöttischen Unterton. „Wenn er die nächste Prüfung schafft, wär' das doch ohnehin seine Aufgabe. Oder etwa nicht?"

Alenka konnte ihre Schwester nur wortlos ansehen, während sie am ganzen Körper zu zittern begann. „Ich will Thyra lebend", sagte sie schließlich mit brechender Stimme.

Für Afra schien das Thema jedoch bereits erledigt zu sein, denn sie schob nur eine ihrer Figuren mit einem selbstgefälligen Lächeln nach vorn, das Alenka bereits den Ausgang des Spiels verriet. „Schach Matt!", verkündete ihre Schwester triumphierend und stand auf. „Du hast verloren! Ich sag' Luise Bescheid, dass sie deine Besucher für morgen abbestellen kann."

Bevor Alenka noch etwas sagen konnte, hatte ihre Schwester den Saal bereits verlassen und die Türen schlossen sich nun mit einem dumpfen Geräusch hinter ihr.

Unschlüssig betrachtete Alenka die Decke über ihr. Sie war bereits seit einer halben Stunde wach, doch hatte sie sich bisher nicht dazu überwinden können, sich zu erheben. Sie wusste, dass sie Afras Vorhaben nicht würde entgehen können, dennoch graute ihr davor, ihrer Schwester zu begegnen und sie wusste, dass Afra bereits im Speisesaal auf sie wartete. Sie konnte ihren ungeduldigen Geist selbst auf diese Entfernung deutlich spüren.

Mit einem inneren Unbehagen richtete sie sich langsam auf. An der Tür blickte sie noch einmal zweifelnd zurück in ihr Gemach, bevor sie sich schließlich abwandte und mit erhobenem Kopf auf den Speisesaal zuschritt.

„Na endlich!", begrüßte Afra sie kurz darauf genervt.

„Verzeih mir", entschuldigte sich Alenka knapp. Unter dem unzufriedenen Blick Afras ließ sie sich an der Tafel nieder und musterte die zahlreiche Auswahl an Speisen, bevor sie schließlich eine köstliche Suppe wählte.

„Suppe?!", fragte Afra kopfschüttelnd und ließ sich ebenfalls nieder. „Du bist doch echt schon dünn genug!"

Alenka entschied sich, die Worte ihrer Schwester nicht weiter zu beachten, während sie den Löffel vorsichtig zu ihrem Mund führte.

„Is' mir auch egal!", sagte Afra achselzuckend, während sie sich selbst eine nicht besonders mäßige Portion auflud. „Aber ich weiß nicht, wann wir zurückkommen. Und ich will ja nicht, dass du wieder umkippst."

Wortlos schüttelte Alenka den Kopf, bevor sie beschloss, das Gespräch einem anderen Thema zu widmen. „Ich wüsste gern, wie deine heutigen Pläne aussehen."

Doch Afra hob nur gleichgültig die Schultern. „Es gibt keinen Plan! Lass dich einfach überraschen!"

Alenka musterte ihre Schwester fassungslos. Konnte sie dies tatsächlich ernst meinen? Wie konnte sie etwas vorhaben, ohne sich auch nur Gedanken über einen konkreten Plan gemacht zu haben?!

„He, entspann dich! Ich zeig dir einfach mal, was **ich** jeden Tag so mache, damit du dir nicht immer so viele

Sorgen machen musst." Ein Lächeln zeichnete sich auf Afras Gesicht ab, doch Alenka bezweifelte, dass es unbedingt positiv aufzufassen war.

„Wohin führst du mich?", fragte Alenka, als ihre Schwester das Schlosstor öffnete.

„Wieso? Hast du Angst, rauszugehen?", erwiderte Afra nur mit hochgezogenen Brauen, bevor sie sie am Handgelenk fasste und nach draußen zog.

„Ich bin durchaus fähig, allein zu gehen", verkündete Alenka bestimmt und entzog ihrer Schwester ihren Arm. Sie war sich der Tatsache bewusst, dass Laurentius und Marvin sie beide beobachteten und sie legte nur wenig Wert darauf, in dieser Situation gesehen zu werden, während sie in Uneinigkeiten mit ihrer Schwester stand.

Doch Afra schien sich von einem solchen Umstand nicht im Geringsten beirren zu lassen. „Vielleicht solltest du dir andere Schuhe zaubern", riet sie ihr nur, bevor sie sich abwandte und voran in den Wald ging.

„Und du solltest in Erwägung ziehen, überhaupt welche zu tragen", erwiderte Alenka mit deutlichem Missfallen.

„Hab ich schon! So gefällt's mir aber besser!"

Alenka atmete überrascht ein. Ihr gefiel der Umgangston ihrer Schwester nicht, doch sie befürchtete, dass sie ihren eigenen Nachteil herbeiführen würde, wenn sie Afra jetzt verstimmte.

Schweigend folgte Alenka ihrer Schwester tief in den Wald hinein. Schon bald wusste sie nicht mehr, in welche Richtung ihr Schloss lag. Ihr fiel auf, dass ihre Umgebung immer dunkler wurde und das dichte Blätterdach kaum noch Tageslicht zu ihnen hindurch ließ. Sie spürte, wie sie mit ihrem Kleid an einem Ast hängen blieb und der Stoff riss. Es wäre ihr wahrscheinlich äußerst unangenehm gewesen, wären andere Magier zugegen, doch so interessierte es sie kaum – einerseits, weil sie nach dem andauernden Laufen kaum mehr ihre Beine spürte und andererseits, weil sie wusste, dass sich ihre Kleider von selbst wieder zusammensetzen würden.

Mit angehaltenem Atem und schmerzhaft klopfendem Herzen lauschte sie auf die Geräusche in ihrer Umgebung. Sie konnte keinen Magier in der Nähe spüren, doch beruhigender Weise hörte sie wenigstens Vogelgezwitscher.

„Afra, wohin führst du mich?", frage Alenka atemlos und hielt ihre Schwester zurück.

„Du wirst schon sehen! Ist gar nicht mehr weit!" Damit entwand sie sich Alenkas Griff und ging zielstrebig weiter durch den Wald.

Alenka spürte, wie Tränen in ihre Augen traten. Ihr Körper war solch weite Wanderungen nicht gewohnt. Jeder einzelne ihrer Muskeln schmerzte, ihre weiße Haut war zerkratzt und der sie umgebende Teil des Waldes erschien ihr äußerst unheimlich. Noch nie hatte sie sich so weit von ihrem Schloss entfernt. Sie hatte keine Vorstellung, wo sie sich befanden, doch ohne ihre Schwester würde sie den Rückweg nie mehr finden.

„Afra, bitte lass uns umkehren!"

Langsam wandte sich Afra zu ihr um. „Wir sind fast da! Sag bloß nicht, du hast Angst?!"

Wortlos schüttelte Alenka den Kopf. Ihre Kehle war plötzlich wie zugeschnürt. Sie konnte nicht mehr reden und bekam kaum noch Luft, als ihr ein schrecklicher Gedanke kam. Was sollten sie tun, wenn auch Afra nicht mehr zurückfand? Alenka spürte, wie ihre Knie zitterten und drohten, jederzeit nachzugeben.

„Ich hab' dir doch gesagt, zieh andere Schuhe an." Afra seufzte leise, bevor sie zu ihr zurückkam.

Doch Alenka wusste, dass die Ursache für ihr Befinden nicht in ihren Schuhen lag, denn diese hatten sich bereits an das Unternehmen angepasst.

„Du siehst echt nicht gut aus!", stellte Afra schockiert fest.

Alenka spürte, wie ihre Schwester sanft eine Hand auf ihre Stirn legte.

„Komm! Dort vorn ist es schon. Schaffst du das?"

Alenka nickte wortlos, obwohl alles vor ihren Augen verschwamm und sie drohte, ohnmächtig zu werden. Sie fühlte Afras Arm, der sich um ihre Hüfte legte und sie davor bewahrte, zu stolpern. Alenka hoffte, dass sie in diesem Zustand keinem anderen Magier begegneten, denn ein solcher Anblick von ihr war einfach nur zutiefst entwürdigend.

## 24. Kapitel

„Los! Wach auf!", hörte Alenka die Stimme ihrer Schwester gedämpft und öffnete blinzelnd die Augen.

Durch das Blätterdach konnte sie Abschnitte des hellblauen Himmels sehen. Sie spürte weiches Gras unter ihren Händen und begriff voller Entsetzen, dass sie auf dem Waldboden lag. Schockiert setzte sie sich auf. Sofort verschwamm alles wieder vor ihren Augen, doch sie wurde nicht erneut ohnmächtig.

„Mach langsam!", riet Afra ihr und setzte sich neben sie. „Hier ist niemand außer uns. Deshalb komm' ich auch so gern her."

Wortlos sah Alenka sich um. Sie befanden sich auf einer kleinen Lichtung, umgeben von dunklem Wald. Ein Stück von ihnen entfernt bahnte sich ein schmaler Fluss seinen Weg durch das grüne Gras. Nur einzelne Sonnenstrahlen drangen bis zu ihnen hinab und bildeten ein eigentümliches Schattenmuster. In gewisser Weise konnte Alenka nachvollziehen, was Afra zu diesem Ort zog, obwohl sie selbst die geborgenen Räumlichkeiten ihres Schlosses bevorzugte.

„Du solltest öfter spazieren gehen!", stellte Afra fest und ausnahmsweise schien es tatsächlich nur ein gut gemeinter Rat ihrer Schwester zu sein.

Alenka nickte wortlos. Sie wusste selbst, dass sie unterernährt war und sie ihrem Körper noch nicht besonders viele Möglichkeiten gegeben hatte, nach den 17 Jahren im Gefängnis Muskeln aufzubauen.

„Vielleicht sollten wir zurück besser den anderen Weg nehmen."

Es dauerte einen Moment, bis Alenka den Inhalt der Worte ihrer Schwester verinnerlicht hatte. Bedeutete dies, dass es vollkommen unnötig gewesen war, sich durch das kaum überwindbare Unterholz zu quälen?!

„Den anderen Weg?", wiederholte sie mit bebender Stimme, doch ihre Schwester nickte nur gelassen.

„Es ist ein Umweg, aber leichter! Und dort gibt es einige schöne Stellen, wo man Halt machen kann." Kurz darauf umspielte ein Lächeln Afras Lippen, das nichts Gutes bedeuten konnte. „Aber so bist du wenigstens mal von deinem Führerinnengehabe runtergekommen!"

Empört holte Alenka Luft. Und da hatte sie beinahe schon geglaubt, dass ihre Schwester allmählich zur Vernunft kommen und etwas wie Verantwortungsbewusstsein entwickeln könnte!

„He, entspann dich!"

Alenka spürte, wie Afra ihr in einer kameradschaftlichen Geste gegen den Arm boxte. Überrascht zuckte sie zusammen und strich vorsichtig über ihren Oberarm.

„Man, bist du zerbrechlich!", bemerkte Afra kopfschüttelnd und ließ sich rücklings in das Gras fallen. „Dagegen müssen wir echt was machen!"

Wortlos musterte Alenka ihre Schwester. Afra sah tief entspannt aus, wie sie so da lag.

Alenka zögerte einen Moment und sah sich unbehaglich um, doch sie konnte niemanden in der Nähe sehen oder gar spüren. Vorsichtig lehnte sie sich auf dem Boden zurück. Sie hörte den gleichmäßigen Atem ihrer Schwester neben sich und das Zwitschern der Vögel. Dieser Ort hatte tatsächlich auf seltsam befremdliche Weise etwas Beruhigendes an sich. Alenka spürte, wie ein sanfter Windhauch über ihre Wangen strich und die wenigen Sonnenstrahlen ihr Gesicht wärmten.

„Du hast recht", sagte Alenka schließlich leise, obwohl sie sich nicht sicher war, ob es tatsächlich klug war, ihrer

Schwester dieses Zugeständnis zu machen. „Dieser Ort ist in der Tat wundervoll!"

„Sag ich doch!", erwiderte Afra gedämpft und räkelte sich genüsslich, bevor sie sich langsam wieder aufsetzte.

Überrascht hörte Alenka zu, wie Afra leise eine Melodie pfiff. Alenka glaubte, sie womöglich schon einmal gehört zu haben, doch konnte sie nicht sagen, wo oder von wem.

Kurz darauf stieß ein kleiner Vogel aus den Baumkronen zu ihnen hinab und ließ sich auf Afras Knie nieder.

Verwundert setzte sich Alenka ebenfalls auf, als sich bereits weitere Vögel um sie sammelten.

„Sing etwas!", forderte Afra sie leise auf.

Alenka glaubte, sich verhört zu haben. Das konnte ihre Schwester nicht allen Ernstes von ihr verlangen!

„Das mögen sie", fügte Afra hinzu und strich dem Vogel auf ihrem Knie sanft über das Gefieder.

„Ich werde auf keinen Fall singen!", stellte Alenka den Irrtum ihrer Schwester richtig, doch Afra ließ sich von diesem Einwand nicht von ihrer Idee abbringen.

„Versuch es! Bitte! Früher hast du auch immer gesungen. Ich weiß, dass du das wunderbar kannst." Dann trat jedoch plötzlich ein unverschämtes Lächeln auf Afras Gesicht. „Oder du kannst dir schon mal überlegen, wie du **allein** wieder zurückfindest!"

Entgeistert sog Alenka die Luft ein. Unter anderen Umständen hätte sie ihre Schwester für diese Dreistigkeit getadelt, doch tatsächlich war sie in dieser unangenehmen Situation auf Afra angewiesen. Daher zwang sie sich, ihren Ärger zu verdrängen und versuchte, dem Wunsch ihrer Schwester irgendwie nachzukommen.

Zögernd begann Alenka, einige Töne zu summen, die sich zu einer Melodie zusammenfügten. Sie kam ihr seltsam vertraut vor, als wäre sie ein Teil von ihr, den sie schon seit Jahren in sich trug. Es war durchaus faszinierend, wie sich diese Tonfolge entwickelte, und allmählich empfand Alenka sogar Freude daran, während sich weitere Tiere auf der Lichtung sammelten.

Die Melodie erinnerte Alenka auf schmerzliche Weise an ihre Kindheit und all die seelischen Belastungen. Vor allem der Tod ihres Vaters traf sie noch immer schwer und schließlich war sie in der Lage, all ihren Kummer in Worte zu fassen.

Leise begann sie zu singen, doch es fühlte sich an, als würde ein schwerer Stein von ihrem Herzen genommen. Auch wenn die Worte noch so simpel waren, schienen sie in diesem Moment treffend und erlaubten ihr erstmals, ihre erschütternden Gefühle wirklich zu verarbeiten.

„Es war einst ein König
Von reinem Blut,
Er war weis' und gerecht,
Im Herzen gut.

Er hatte Familie,
hatte Vertrau'n.
Das war sein Verhängnis,
Es war ein Grau'n.

Keiner konnte ahnen,
Was bald geschah;
Schlimmer Vertrauensbruch -
Sein Tod war nah.

Zu spät kam die Warnung,
Schon war es Nacht.

Der Mörder war im Schloss,
War schlecht bewacht.


Ein Messer in der Brust,
Alles blutrot,
Sein Herz schlägt nicht länger.
Der König ist…"

Alenka spürte, wie ihre Stimme brach. Sie konnte nicht mehr weiter singen, während unaufhörlich Tränen über ihre Wangen rannen.

„Tot!", flüsterte Afra mit rauer Stimme.

Zitternd sah Alenka zu ihrer Schwester auf. Sie brauchte keine Gedanken zu lesen, um zu wissen, was sie empfand.

„Alenka", sagte Afra nur leise, während ihr ebenfalls Tränen in den Augen standen.

Alenka fühlte, dass sie ihrer Schwester Trost spenden musste und gleichzeitig sehnte sie sich selbst danach. Sie konnte nicht sagen, wer von ihnen zuerst den Impuls gab, doch es war auch nicht von Bedeutung. Im nächsten Augenblick lagen sie einander in den Armen, beide schluchzend. Noch verstärkt durch die Emotionen ihrer Schwester, fühlte Alenka all die Trauer, die sie die ganzen Jahre über zu unterdrücken gesucht hatte. Doch trotz all des Schmerzes taten die Tränen in gewisser unerklärlicher Weise gut. Selbst im Gefängnis, das sie auf eine besondere Weise aneinander gebunden hatte, war Alenka ihrer Schwester nie so nah gewesen, wie jetzt. Von daher war sie Afra plötzlich sogar dankbar, dass sie sie zu dem heutigen Tag überredet hatte. Es stärkte ihr Verhältnis zueinander und trotz der Trauer hatte es auch etwas Befreiendes an sich.

Plötzlich spürte Alenka etwas Kühles an ihrer Wange, das sie sanft berührte. Überrascht sah sie auf und blickte direkt in die dunklen Augen eines Rehs. Gebannt von dem Anblick eines eigentlich scheuen Tieres aus dieser Nähe, berührte Alenka ihre Schwester nur mit sanftem Druck an der Schulter, ohne den Blick von dem Reh abzuwenden. Sie zuckte erschrocken zusammen und verkrampfte sich, als es mit der Zunge plötzlich über ihre tränennasse Wange fuhr.

„Es mag dich", flüsterte Afra mit belegter Stimme, bevor sie sich in einer fließenden Bewegung über das Gesicht wischte und die Hand schließlich vorsichtig nach dem Fell des Rehs ausstreckte. Es zuckte nur kurz mit den Ohren, als es die Berührung von Afra spürte, doch es machte keine Anstalten, sich zu entfernen.

Vorsichtig hob Alenka ebenfalls die Hand und berührte behutsam das Fell des Tieres. Erschrocken zog sie ihren Arm zurück, als sich das Reh plötzlich bewegte. Es lief jedoch nicht weg, sondern trat stattdessen noch näher an Alenka heran, nur um sich dann neben sie zu legen und den Kopf in ihren Schoss zu betten. Überrascht musterte Alenka das Tier einen Moment, bevor sie sich dazu entschloss, es erneut zu streicheln.

„He, guck mal!", hörte sie plötzlich Afras Stimme gedämpft an ihrem Ohr.

Interessiert folgte Alenka dem Blick ihrer Schwester zum Rand der Lichtung. Zunächst konnte sie nichts erkennen außer dunklen Bäumen, doch dann sah sie, was Afra ihr hatte zeigen wollen. Inmitten des Dickichts, vollkommen regungslos, verharrte eine ganze Rehherde, angeführt von einem majestätischen Hirsch.

Wie gebannt sah Alenka ihm direkt in die Augen. Ein Gefühl der Ebenbürtigkeit ging von diesem Tier aus.

Er trat einen kleinen Schritt nach vorn und neigte den Kopf. Erfüllt von einem seltsamen Gefühl der Ehrfurcht folgte Alenka seinem Beispiel. Es war nur eine kurze Geste, doch sie sagte mehr aus, als tausend Worte es vermochten – Respekt, Anerkennung, Toleranz.

Dann wandte sich der Hirsch ab und schritt voran in den Wald. Das Reh neben Alenka erhob sich und schloss sich seiner Herde an, um mit ihnen gemeinsam im Unterholz zu verschwinden.

„Wie hast du das gemacht?", fragte Afra beeindruckt.

„Ich weiß es nicht", erwiderte Alenka wahrheitsgemäß, während sie versuchte, erneut irgendwelche Gefühle ihrer Schwester zu erahnen.

Afra nickte nur stirnrunzelnd. „So nah sind sie mir noch nie gekommen. Sie müssen dich wirklich mögen und zwar nicht, weil du Führerin bist!"

Alenka bemerkte, dass ihre Schwester den letzten Teil besonders betonte, doch sie wusste schließlich, dass Afra ihr Streben nach der Erfüllung ihrer teilweise wohl auch selbst auferlegten Pflichten als Führerin kaum würdigte.

Sie beobachtete, wie ihre Schwester vorsichtig einen Hasen auf den Arm nahm und ihn sanft streichelte. Alenka fand es durchaus faszinierend, wie liebevoll Afra mit den Tieren umging und sie erkannte, dass ihre Schwester eine ganz spezielle Bindung zu dem Wald und seinen Bewohnern hatte, die sie selbst wohl kaum jemals würde nachempfinden können. Sie empfand die Zutraulichkeit der Tiere als wundervoll, dennoch bevorzugte sie den Kontakt zu Magiern, auch wenn sich diese Begegnungen weniger unkompliziert gestalteten.

„Sollten wir nicht allmählich zurückkehren?", fragte Alenka schließlich nach mehreren Stunden, die sie auf der

Lichtung verbracht hatten.

Mit zusammengezogenen Augenbrauen hob ihre Schwester den Kopf und sah zu dem durch das Blätterdach schimmernden Himmel empor. „Du willst sicher zurück sein, solange es hell ist, oder?"

„Diesen Umstand würde ich bevorzugen", erwiderte Alenka mit angespannter Stimme.

„Tja, dann müssen wir wohl jetzt los!", stellte Afra fest und erhob sich langsam, nachdem sie die Tiere vorsichtig von ihren Knien auf den Waldboden verlagert hatte.

Alenka folgte ihrem Beispiel und strich nervös ihr Kleid glatt, während Afra sich noch einmal zu den Tieren hinab beugte und sich von ihnen verabschiedete.

Es war nicht gut, dass sie beide allein hier draußen und so weit entfernt vom Schloss waren. Schließlich war es möglich, dass Thyra sich in der Nähe aufhielt. Warum hatte Alenka nur nicht an diese Möglichkeit gedacht, bevor sie mit ihrer Schwester aufgebrochen war? Es wurde bereits Abend und in dem Zwielicht wirkte der Wald noch unheimlicher. Alenka zitterte, doch die Ursache hierfür lag nicht in den sinkenden Temperaturen.

„Hier geht's lang!", verkündete Afra schließlich und erleichtert folgte Alenka ihr.

Bei jedem Rascheln der Blätter zuckte sie erschrocken zusammen und sah sich mit angehaltenem Atem nach Anzeichen von Thyra um. Ihre Schwester schien sich jedoch nicht einmal annähernd Sorgen zu machen. Zielstrebig ging sie voran durch den Wald.

Alenka bemerkte kaum, dass dieser Weg tatsächlich einfacher zu überwinden war. Hier gab es keine dornenbesetzten Sträucher, die sich in ihrem Kleid verfingen. Tatsächlich gingen sie größtenteils über grüne Wiese, wo nur vereinzelt Bäume standen.

Mit schmerzhaft klopfendem Herzen folgte Alenka ihrer Schwester, bis Afra plötzlich stehen blieb.

„Bitte sage mir nicht, dass wir uns verirrt haben", sprach Alenka ihren ersten Gedanken aus, während sie sich erfüllt von Angst umsah.

„Was? Nein! Aber guck mal!"

Zitternd folgte sie dem Blick ihrer Schwester. Vor ihnen erstreckte sich ein hoher Berg, dessen Spitze in goldenes Licht der untergehenden Sonne getaucht war. Es handelte sich um jenen Berg, den Kira vor zwei Monaten erklommen und ihnen dadurch allen das Leben gerettet hatte. Hätte Alenka sich nicht derartige Sorgen um ihre und Afras Sicherheit gemacht, hätte sie sich womöglich die Zeit genommen, diesen Anblick wenigstens für einen kurzen Moment zu genießen, doch so nahm ihr die Angst jede Freude daran.

„Bitte lass uns weitergehen", drängte sie ihre Schwester und umklammerte ihren Arm. Sie konnte sich nicht vorstellen, hier draußen zu leben und nun konnte sie nachvollziehen, warum Lexi sich mit einer solchen Vielzahl an Abwehrzaubern umgab.

„Findest du's nicht schön?", fragte Afra verwundert und musterte Alenka skeptisch.

„Bitte, Afra! Ich möchte gern zurück." Beunruhigt sah Alenka sich um. Sie konnte keinen Magier außer ihnen spüren, doch sie war sich ziemlich sicher, dass Thyra durchaus in der Lage war, ihren Geist vor Alenka zu verbergen.

„Du machst dir zu viele Sorgen", erriet Afra ihre Gedanken und ging kopfschüttelnd erneut voran.

Alenka wusste, dass sie ihre Schwester verstimmt hatte, doch dies war vollkommen unwichtig, wenn sie Thyra begegnen sollten, denn in diesem Fall würden sie wohl beide nicht mehr lange am Leben sein.

Alenka spürte deutlich die Erleichterung, als sie endlich ihr Schloss erblickte. Erst als sich die großen Eingangstore hinter ihnen geschlossen hatten, nahm sie sich die Zeit, tief durchzuatmen. Erst jetzt spürte sie das schmerzhafte Stechen in ihren Seiten und das unaufhörliche Zittern ihrer Knie.

Langsam wankte sie zu der Treppe. Sie bekam kaum noch Luft, doch sie zwang sich, langsam die Stufen empor zu steigen. Irgendwie schaffte sie es, das nächste Stockwerk zu erreichen.

„Kommst du?", rief ihre Schwester ihr vom anderen Ende des Ganges zu, doch Alenka schüttelte nur wortlos den Kopf.

Sie fühlte sich nicht in der Lage, den Weg bis zum Speisesaal zu bewältigen. Erneut verschwamm alles vor ihren Augen, doch irgendwie gelang es ihr, die Tür ihres Gemachs zu erreichen. Mit zitternden Händen drückte sie die Klinke herunter und stolperte in das Zimmer.

Erschöpft sank sie auf ihr Bett. Nie wieder würde Afra sie zu einem solchen Ausflug überreden können.

Alenka glaubte kurz, die Stimme ihrer Schwester zu hören und ihr Gesicht zu sehen, doch dann wurde bereits alles um sie herum von undurchdringlicher Schwärze überdeckt.

# 25. Kapitel

Blinzelnd öffnete Alenka die Augen. Helles Sonnenlicht schien ihr ins Gesicht, das verriet, wie viele Stunden sie geschlafen haben musste. Trotzdem fühlte sie sich schwach und erschöpft, wobei die Ursache hierfür wohl ihr Ausflug vom Vortag darstellte.

Als sie sich langsam aufsetzte, spürte sie den Schmerz jedes einzelnen Muskels in ihrem Körper. Sie stöhnte leise und verzog das Gesicht. Solche Unternehmungen war ihr Körper eindeutig nicht gewohnt.

Alenka wollte sich gerade mühsam erheben, als sie ihre Schwester bemerkte. Afra saß auf einem Stuhl direkt neben ihrem Bett. Sie war vornübergekippt und lag nun mit dem Kopf auf der Decke.

Vorsichtig erhob Alenka sich, während sie sich bemühte, ihre Schwester nicht zu wecken. Sie war sich der Tatsache bewusst, dass sie am Abend des vergangenen Tages ein zweites Mal ohnmächtig geworden war. Ihre Schwester schien wohl die gesamte Nacht über bei ihr gewesen zu sein und auf gewisse Weise empfand Alenka dies als rührend. Möglicherweise hatte der gestrige Ausflug tatsächlich dazu beigetragen, ihre Beziehung zueinander zu verbessern.

Leise bewegte sich Alenka zu ihrer Zimmertür und öffnete sie mit angehaltenem Atem. Erst als sie auf dem Flur stand, wagte sie es wieder, Luft zu holen.

Heute war die letzte öffentliche Prüfung ihrer Competition. Alenka erschauderte, als sie daran dachte, was die weiterkommenden Teilnehmer danach erwartete. Doch sie zwang sich, diesen Gedanken zu verdrängen, um wenigstens augenscheinlich einen gefassten Eindruck zu vermitteln.

Erhobenen Hauptes betrat Alenka die Tribüne und stellte sich vor ihrem Platz auf. Sie spürte die Blicke der Magier unangenehm auf sich ruhen, während sie in Gedanken einen Satz formulierte. „Werte Hexen und Zauberer, heute findet die vorletzte Prüfung meiner Competition statt, bevor die besten der Teilnehmer die schwierigste Aufgabe von allen erwartet. Dennoch wünsche ich allen Zauberern viel Erfolg und gutes Gelingen!" Mit einem gezwungenen Lächeln trat Alenka zurück und ließ sich auf ihrem Platz nieder. Sie hätte gern noch mehr gesagt, doch tatsächlich – so fiel ihr auf – wusste sie selbst nicht wirklich, was die Magier bei dieser Prüfung eigentlich erwarten würde.

„Die Teilnehmer haben die Aufgabe, in den Wald zu gehen", ergänzte Luise die Regeln der heutigen Prüfung. „Dort müssen sie nach einem Gegenstand suchen und diesen wieder hierher bringen. Allerdings kommen nur drei der zehn Magier weiter." Mit einem Lächeln wandte sie sich von dem Publikum ab und direkt den Zauberern zu. „Der Gegenstand ist von Magie umgeben. Ihr solltet seine Gegenwart spüren können. Also... los!"

Die Zauberer sahen sich für einen Augenblick überrascht an, bevor die ersten von ihnen schließlich auf den sie umgebenden Wald zueilten und die übrigen nur kurz darauf folgten.

Alenka spürte die allgemeine Verwunderung, mit der das Publikum den Magiern nachsah.

„Du hättest vielleicht erwähnen sollen, dass sie einige... Hindernisse überwinden müssen", erklang plötzlich eine amüsierte Stimme hinter ihnen.

Überrascht wandte Alenka sich um, als Afra bereits ziemlich unschicklich von hinten über die Stuhllehne stieg und es sich neben Alenka gemütlich machte.

„Danke für's Wecken!", bemerkte Afra spöttisch, doch ihr Satz zuvor war für Alenka von höherem Interesse.

„Von welchen Hindernissen sprichst du?", fragte sie mit angespannter Stimme und rechnete bereits mit dem Schlimmsten.

„Du weißt nicht mal über deine eigenen Regeln Bescheid?!", fragte ihre Schwester und hob belustigt eine Augenbraue, während Luise unruhig ihre Hände ineinander wand und sie nervös beobachtete.

„Es sind nicht direkt Hindernisse", bemerkte die junge Halbhexe zögernd, während sie es kaum wagte, Alenka anzusehen.

„Worum handelt es sich?", wiederholte Alenka ihre Frage misstrauisch.

„Kinder!", verkündete Afra nur kurz und kippte ihren Stuhl auf die Hinterbeine.

„Was willst du mir damit sagen?"

„Naja, 10 Kinder! Sie behindern die Zauberer nicht, aber..."

„Es ist ein Test!", unterbrach Luise Afras Ausführungen. „Es besteht keine Gefahr für sie und sie haben sich alle freiwillig gemeldet!"

Alenka musterte Luise zweifelnd. Ihre Worte sagten bisher nichts Konkretes aus, doch sie gaben ihr einen Anlass, sich Sorgen zu machen.

„Für die Zauberer wird es aussehen, als wären sie in Gefahr", teilte Afra ihr schließlich mit und ließ sich mit einem dumpfen Aufprall des Stuhls wieder nach vorn fallen. „Was sie wahrscheinlich nicht sind! Denk ich!"

„Sie sind nicht in geringster Gefahr!", betonte Luise noch einmal. „Wir wollen sehen, ob die Magier bereit sind, zu verlieren, um dafür jemandem das Leben zu retten. Eigentlich ungefähr so, wie du es wolltest!"

Schockiert musterte Alenka die junge Halbhexe und ihre Schwester abwechselnd. „An eine solche Anweisung kann ich mich nicht entsinnen", bemerkte sie mit zitternder Stimme, doch Afra hob nur die Schultern, während Luise sich nervös eine Haarsträhne um den Finger wickelte.

„Dein Gedächtnis lässt nach!", bemerkte Afra nur gleichgültig. „Oder vielleicht solltest du dich das nächste Mal einfach deutlicher ausdrücken!"

„Es wird niemand zu Schaden kommen", versicherte Luise ihr erneut. „Das verspreche ich!"

Zögernd nickte Alenka. Sie konnte nur hoffen, dass Luise Recht behalten würde.


Die Stunden verstrichen nur langsam und die Abwesenheit der Zauberer und Kinder bereitete Alenka immer mehr Sorgen.

„Kannst du noch immer mit Gewissheit sagen, dass niemand zu Schaden gekommen ist?", fragte sie schließlich leise an Luise gewandt.

Die junge Halbhexe nickte nur wortlos, doch Alenka konnte erkennen, dass nicht mehr ganz so viel Zuversicht in ihrem Geist lag, wie noch zu Beginn dieser Prüfung.

„Schaut mal, da kommt jemand!", rief Afra plötzlich und erhob sich, um den ankommenden Magier besser in Augenschein nehmen zu können.

Es war ein Zauberer, dessen Gesicht Alenka von der letzten Prüfung bekannt vorkam. Sein Geist war erfüllt von einem Gefühl des Triumphes, mit dem er eine kleine Schatulle stolz in die Luft hielt. Alenka hörte vereinzelten Applaus im Publikum, doch sonst nahmen die Zuschauer kaum Notiz von ihm, so vertieft wie sie in der Zwischenzeit in ihre Gespräche waren.

Alenka richtete ihren Blick auf Luise. Bedeutete die Ankunft dieses Mannes nun Positives oder Negatives?

Doch Luise hob nur ratlos die Schultern. „Wir werden die Kinder später nach dem Verhalten der Magier befragen", sagte sie nur leise, bevor sie sich erhob und nach vorn trat. „Herzlichen Glückwunsch!", verkündete sie dem Zauberer. „Welche Nummer hat dein Gegenstand?"

Überrascht musterte der Zauberer die Schatulle in seinen Händen. „Eine... zwei!", sagte er schließlich leicht verunsichert. Er schien nicht recht zu verstehen, weswegen diese Nummer von Bedeutung war und Alenka teilte seine Verwirrung. Doch Luise schien kein Interesse daran zu haben, diesen Umstand zu erklären.

„Vielen Dank!", sagte sie nur, bevor sie den Zauberer freundlich verabschiedete. „Falls du weiterkommen solltest, findest du in dieser Truhe innerhalb der nächsten beiden Tage eine Nachricht mit der Beschreibung der nächsten Aufgabe. Du kannst jetzt gehen."

Doch der Zauberer machte keine Anstalten, dem Geheiß nachzugehen. Unschlüssig stand er auf dem Platz.

Erst als Luise sich wieder niederließ, schien er zu begreifen, dass dies ihr letztes Wort gewesen war. Langsam entfernte er sich, jedoch nicht, ohne immer wieder enttäuscht zurückzublicken.

Alenka war sich der Tatsache bewusst, dass er davon ausgegangen war, mit Sicherheit die nächste Prüfung antreten zu können, da er die von Luise anfangs gestellte Aufgabe schließlich scheinbar erfüllt hatte.

Auch die Reaktionen der darauf zurückkehrenden Zauberer waren ähnlich. Dennoch war Alenka weiterhin beunruhigt, denn bisher war keines der erwähnten Kinder eingetroffen.

„Ist es beabsichtigt, dass die Kinder hierher zurückkehren?", fragte sie daher nach weiteren zwei verstrichenen Stunden, während die Sonne bereits allmählich unterging.

„Nein!", erwiderte Luise überrascht. „Sie gehen nach Hause und ich besuche sie morgen."

Alenka nickte erleichtert. „Wie viele der Zauberer halten sich noch im Wald auf?"

„Jetzt jedenfalls zwei weniger!", bemerkte Afra und deutete auf zwei ankommende Magier. „Blade und Paul, richtig?"

Luise nickte wortlos und erhob sich, um die beiden Zauberer ebenfalls nach ihrer Nummer zu fragen.

Überrascht musterte Alenka ihre Schwester von der Seite. Woher kannte sie diese beiden Magier wohl?

„Was ist?", fragte Afra, als sie Alenkas Blick bemerkte.

Alenka spürte, wie sie leicht errötete und beeilte sich, in eine andere Richtung zu sehen. „Ich frage mich nur...", begann sie zögernd und holte tief Luft, bevor sie den begonnenen Satz vollendete, „woher du all diese Zauberer kennst?!"

Alenka hätte erwartet, dass ihre Schwester beleidigt oder verärgert reagieren würde, doch stattdessen hob sie nur gleichgültig die Schultern. „Ich hab' eben ein gutes Gedächtnis", erwiderte sie nur und wandte ihren Blick wieder in Richtung des Waldes. „Milo und Dagad fehlen noch."

„Wie bitte?", fragte Alenka überrascht, verwundert über den plötzlichen Themenwechsel.

„Wolltest du das nicht wissen?!", entgegnete Afra mit hochgezogenen Brauen, bevor sie sich wieder abwandte.

Alenka fröstelte allmählich, während die Zeit weiter verstrich und die Zuschauer nacheinander die Tribüne verließen.

„Dort ist Dagad", bemerkte Afra schließlich und erhob sich.

„Wohin gehst du?", fragte Alenka verwundert, doch Afra war bereits außerhalb ihrer akustischen Reichweite.

Alenka beobachtete, wie ihre Schwester zu dem Zauberer trat.

„Er hat die vier!", rief Afra Luise knapp zu, bevor sie Dagad ins Schloss begleitete.

Wortlos sah Alenka ihrer Schwester nach und spürte ein gewisses Unbehagen. Sie empfand keine Antipathie gegenüber der Schlosswache, dennoch gefiel ihr die Vorstellung nicht, dass er eine mögliche Beziehung mit Afra eingehen könnte.

Unruhig wartete sie auf die Rückkehr ihrer Schwester.

Doch erst als bereits die ersten Sterne durch das Blätterdach glitzerten, öffnete sich das Schlosstor wieder.

Mit langen Schritten kam Afra auf die Tribüne zu. „Ist Milo immer noch nicht zurück?", erkundigte sie sich überrascht und blieb vor Luise stehen.

Wortlos schüttelte Alenka den Kopf. Allmählich machte sie sich ernsthafte Sorgen um ihn.

„Wo ist seine Schwester?", fragte Afra weiter. „Ist sie etwa ohne ihn gegangen?"

Verwundert sah Alenka sich um. Natürlich hatte sie bereits bemerkt, dass sämtliche Zuschauer gegangen waren, dennoch war ihr dieser Umstand bisher noch nicht bewusst aufgefallen.

„Sie wird ihn suchen", vermutete Luise unsicher.

Alenka zögerte einen Moment. Sie hielt diese Theorie für durchaus wahrscheinlich, dennoch überwog ihre Sorge. „Bitte schicke jemanden, um **beide** zu suchen", wies sie die junge Halbhexe daher an. Sie brauchte Gewissheit über das Wohlbefinden der Geschwister.

„Das mach **ich**!", warf Afra ein, bevor Luise sich auch nur erheben konnte. „Gib mir eine Stunde!"

„Nein!" Entsetzt fasste Alenka ihre Schwester am Arm. Sie konnte nicht zulassen, dass sie ging, denn wenn Milo und Zusi tatsächlich Gefahr drohte, würde diese auch Afra betreffen. „Das kann ich nicht zulassen!"

„Ich kann sie finden!", erwiderte Afra zuversichtlich und entwand sich Alenkas Griff. „Ich brauch' nur Milos Bewerbungsschreiben. Luise? Das hast du doch sicher noch, oder?"

Doch Luise machte keine Anstalten, Afras Wunsch nachzukommen. Abwartend sah sie Alenka an und Alenka war froh, dass wenigstens **sie** noch Wert auf ihre Entscheidungen legte.

Auch Afra schien diesen Umstand zu bemerken, denn nun wandte sie sich direkt an Alenka. „Komm schon, Alenka! Es ist nur ein einfacher Zauber, mit dem ich sehen kann, wo sie sind. Wenn da irgendwas nicht stimmt, werd' ich schon nicht allein geh'n! So bescheuert bin ich nun auch wieder nicht!"

Zweifelnd musterte Alenka ihre Schwester. Sie war sich sicher, dass Afra ihr nicht Bescheid geben würde, selbst wenn Thyra in der Nähe sein sollte. Doch dann kam ihr ein Gedanke, wie sie möglicherweise einen Kompromiss finden konnten. „Du sollst deinen Willen bekommen", entschied Alenka schließlich. „Allerdings nur unter der Bedingung, dass Marvin und Rick dich begleiten."

„Einverstanden!", willigte Afra augenblicklich ein, wobei Alenka gerade dieser Umstand an ihrem eigenen Vorschlag zweifeln ließ.

„Wo hast du die Briefe?", fragte Afra ungeduldig an Luise gewandt.

„Im Schloss...", erwiderte die junge Halbhexe nun zögernd. „Ich hol ihn!" Mit einem Blick auf Alenka erhob sie sich und als Alenka nichts sagte, verließ sie eilig die Tribüne.

„Und ich sollt' dann wohl mal Marvin und Rick einsammeln!", bemerkte Afra, bevor sie sich mit einem breiten Grinsen noch einmal zu Alenka umdrehte. „Oder hast du's dir doch nochmal anders überlegt?"

Wortlos schüttelte Alenka den Kopf. Sie wusste, dass es eine rein rhetorische Frage gewesen war und ihre Schwester nicht ernsthaft eine andere Antwort erwartet hatte.

Gut gelaunt verließ Afra die Tribüne und ging zum Schlosstor. Dort wechselte sie einige Worte mit Marvin, bevor sie zusammen mit ihm hinein ging.

Schaudernd sah Alenka ihr nach. Sie war nun vollkommen allein – die einzige auf dem Platz, abgesehen von Laurentius, der noch immer das Schlosstor bewachte und – so fiel Alenka auf – sie beobachtete.

Langsam erhob sie sich und ging ebenfalls in Richtung des Schlosses. Wortlos öffnete Laurentius ihr das Tor und ließ sie eintreten.

Alenka zögerte einen Moment, doch dann entschied sie sich, in der Halle auf Luise und Afra zu warten. Die Minuten verstrichen, bis sie schließlich leichte Schritte auf der Treppe hörte.

„Ich hab' ihn", verkündete Luise und zeigte Alenka einen dicht mit Tinte beschriebenen Bogen Papier. „Wo ist Afra?"

„Sie wollte Rick suchen", erwiderte Alenka, während sie Milos Handschrift aufmerksam musterte. Sie war geschwungen und hatte etwas Ruhiges und Gleitendes an sich. Das Äußere seiner Schrift verriet Alenka, was sie ohnehin bereits über seinen Charakter zu wissen glaubte.

Er war ein ausgeglichener Zauberer, ruhig und zurückhaltend, und behielt seine inneren Empfindungen bevorzugt für sich.

Wortlos gab Alenka Luise das Papier zurück und wartete erneut auf ihre Schwester.

Schließlich kam Afra eilig die Treppen hinab gelaufen und Alenka konnte sie bereits hören, bevor sie sie sah. Etwas langsamer folgten ihr Marvin und Rick. Alenka konnte erkennen, dass Rick mehrere eiserne Ketten um seine Hüfte trug – seine übliche Ausrüstung, wenn er es zum Ziel hatte, einen Magier aufzuspüren und festzunehmen, wie möglicherweise Thyra.

Beunruhigt musterte Alenka die beiden Zauberer. Wenn ihr jemand Afras Sicherheit garantieren konnte, dann waren es diese beiden Brüder. Obwohl Alenka bezweifelte, dass selbst sie eine ernsthafte Bedrohung für eine grausame Mörderin wie Thyra waren.

„Hier, bitte", sagte Luise und hielt Afra den Brief entgegen, doch noch bevor sie diese beiden Worte vollständig aussprechen konnte, hatte Afra ihr bereits das Papier aus der Hand gerissen.

„Danke!", sagte sie nur knapp, bevor sie die Treppe wieder hinauf eilte.

Wortlos folgten ihr Marvin und Rick, während Alenka ihnen zweifelnd nachsah.

„Wirst du mir Bescheid geben, sobald sie Milo und Zusi gefunden haben?", fragte Alenka die junge Halbhexe neben ihr.

„Natürlich", erwiderte Luise, woraufhin Alenka ihrer Schwester annähernd beruhigt nach oben folgen konnte.

Noch spürte sie Afras Anwesenheit im Schloss, doch sie wusste nur zu gut, dass sich dies jeden Moment ändern konnte.

# 26. Kapitel

Die Minuten verstrichen, während Alenka unruhig in ihrem Gemach auf und ab ging. Seit sie gespürt hatte, wie ihre Schwester das Schloss verließ, waren ihre Nerven zum Zerreißen gespannt.

Es waren erst dreißig Minuten seit Afras Aufbruch vergangen, doch Alenka kam es wie Stunden vor. Sie dachte einen Moment daran, ihren Vater zu kontaktieren, doch wenn sie an ihre letzte Begegnung dachte, verspürte sie Angst davor. Er war ihr so fremd und kaltherzig erschienen, sogar beinahe abweisend. Doch vielleicht sollte sie gerade aus diesem Grund in Erwägung ziehen, mit ihm zu sprechen. Möglicherweise fühlte er sich einsam – dort, wo auch immer er nun war. Vielleicht war es diese Einsamkeit, die sein Verhalten so verändert hatte, und natürlich auch die Enttäuschung über das Handeln seiner Schwester. Das musste die Ursache sein! Er musste versuchen, Alenka auf diese Weise vor Thyra zu schützen, auch wenn sie es bisher noch nicht verstanden hatte.

Zitternd ließ sie sich auf ihrem Bett nieder. Sie berührte den Kettenanhänger mit ihren Fingerspitzen und schloss die Augen.

Unsicher öffnete sie sie wieder, als sie die Gegenwart ihres Vaters spürte. Wortlos musterte Alenka ihn, während sie darauf wartete, dass er zuerst das Wort ergriff.

„Willkommen zurück, Tochter", sagte er schließlich und Alenka entspannte sich ein wenig. Nun lag wieder die sanfte Wärme in seiner Stimme, die ihr ein Gefühl der Sicherheit und Geborgenheit vermittelte. „Du scheinst allmählich besser in der Wahrnehmung deiner Pflichten zu werden."

„Danke, Vater!", sagte Alenka – peinlich berührt, da sie selbst glaubte, besonders innerhalb der letzten Tage nachlässiger geworden zu sein.

„Es ist gut, dass du dir auch Zeit für dich selbst nimmst", fuhr ihr Vater fort und Alenka wusste, dass er von dem Tag sprach, den sie mit Afra auf der Waldlichtung verbracht hatte.

„Du sollst dich vergnügen! Und du solltest dir weniger Sorgen machen!"

„Und wenn Afra etwas zustoßen sollte?", fragte Alenka zaghaft.

Doch dieser Umstand schien ihren Vater nicht im Geringsten anzusprechen. Beinahe gleichgültig hob er die Schultern und die Vertrautheit seiner Erscheinung verlor sich vor Alenka. Das war unmöglich ihr Vater! Er hätte niemals zugelassen, dass einer seiner Töchter etwas zustoßen könnte.

„Deine wichtigste Pflicht ist es, dich um dein Volk zu kümmern", bemerkte ihr Vater kopfschüttelnd, jedoch mit einem Nachdruck in der Stimme, der keinen Widerspruch duldete. „Du kannst Afra nicht sterben lassen, weil es deinem Ruf schaden könnte. Als Führer geht es nicht mehr um deine persönlichen Interessen. Nur um dein Ansehen und das Wohlergehen deines Volkes! Gefühle für die Familie sind reine Ablenkung. Sie beeinflussen deine Objektivität. Du solltest dich schnellstmöglich davon lösen, bevor dir deine Beziehung zu Afra zum Verhängnis wird."

Schockiert sah Alenka ihren Vater an. Diese Worte konnte er nicht ernst meinen!

„Vertrau mir! Ich weiß, wovon ich spreche." Ihr Vater seufzte leise und griff sich mit der Hand an die Brust, wo Thyras Messer sich einst in sein Fleisch gebohrt hatte. „Hätte ich damals meinen Verstand benutzt und Thyra tatsächlich ernst genommen, wäre all das nie passiert. Ich habe sie unterschätzt, weil ich mich von meinen Gefühlen habe leiten lassen. Jeden anderen hätte ich einfach verhaften lassen, ohne dass er überhaupt nur in meine Nähe gekommen wäre. Mach nicht denselben Fehler wie ich!"

„Afra ist nicht Thyra", brachte Alenka nur mit erstickter Stimme hervor. Wie konnte Alois nur so einen Vergleich anstellen? Das war gänzlich absurd.

„Natürlich nicht!" Beschwichtigend hob er die Hände, bevor seine Stimme wieder einen kaltherzigen Ton annahm. „Aber wenn es um sie geht, lässt du dich trotzdem von deinen Gefühlen leiten. Du stellst **ihr** Wohl über das aller anderen. Das kannst du dir als Führerin nicht leisten!"

Sprachlos konnte Alenka ihren Vater nur ansehen. Sie begriff nicht, was er von ihr erwartete. Er konnte doch unmöglich von ihr verlangen, dass sie dabei zusah, wie ihrer Schwester ein Leid geschah?!

„Eines Tages wirst du es verstehen", sagte Alois nur, doch Alenka glaubte, etwas wie Enttäuschung in seiner Stimme zu hören.

Wortlos schüttelte sie den Kopf. Sie versuchte, ihre Gedanken in Worte zu fassen, doch sie war dafür zu sehr mit Entsetzen erfüllt.

„Du solltest in Ruhe darüber nachdenken", riet ihr ihr Vater und bedachte sie mit einem sanften Lächeln. „Ich hoffe für den gesamten Wald, dass du nie in eine Situation geraten wirst, in der du zwischen deiner Schwester und deinem Volk wählen musst." Damit wandte er sich ab und verschwand in der Dunkelheit.

Blinzelnd öffnete Alenka die Augen. Sie konnte nicht glauben, was ihr eigener Vater soeben von ihr verlangt hatte. Sie war zu schockiert, um auch nur einen einzigen klaren Gedanken fassen zu können. Bewegungslos starrte sie die Wand an, ohne sie wirklich zu sehen. Sie spürte die Panik, die sie wie ein eiskalter Schauer schüttelte. Konnte dies tatsächlich ihre Pflicht sein? Womöglich zusehen zu müssen, wie ihre Schwester starb, nur um das Allgemeinwohl zu schützen?! Wäre ihr Vater dazu fähig gewesen? Hatte er Thyra nicht trotz all ihrer Taten geschwisterliche Liebe gegenüber empfunden und sie sogar in Schutz genommen? Wie konnte er nur so etwas von ihr verlangen?

Alenka hörte ein leises Klopfen, doch sie konnte dieses Geräusch nicht zuordnen. Verwirrt blinzelte sie, während ihre Gedanken allmählich wieder in die Gegenwart zurückkehrten.

Es klopfte erneut und diesmal sah Alenka sich nach der Ursache des Geräusches um. Gerade als ihr bewusst wurde, dass sie Luises Geist vor der Tür spürte, betrat die junge Halbhexe bereits den Raum.

„Ist alles in Ordnung? Du siehst blass aus", bemerkte Luise besorgt und musterte sie prüfend.

„Es ist alles in bester Ordnung", erwiderte Alenka mit bebender Stimme, als ihr wieder einfiel, weswegen sie Luise zu sich beordert hatte. „Ist Afra zurückgekehrt?", fragte sie, während sie den Geist ihrer Schwester bereits gedanklich suchte.

„Ja", bestätigte Luise, kurz bevor Alenka sie einige Etagen über ihnen fand. „Und Milo und Zusi geht es gut. Sie sind wieder zu Hause."

Alenka nickte erleichtert. „Weswegen sind sie so lang ferngeblieben?"

Luise zögerte einen Moment, bevor sie schließlich antwortete. „Du weißt doch, dass Milo zur Beerdigung seines

Vaters war?!"

Alenka nickte wortlos. Wie hätte sie diesen Umstand vergessen können?

„Er war nicht Zusis Vater", fuhr Luise fort, doch auch dies war für Alenka keine Neuigkeit. „Aber sie hatten die gleiche Mutter. Sie wurde von Thyra ermordet, weil sie eine Halbhexe war. Deshalb sind die beiden bei Zusis Vater in der Menschenwelt aufgewachsen! Zusi ist also nur eine Viertelhexe! Und Milo... ein Dreiviertelzauberer! Er konnte bisher alle Prüfungen bestehen, weil er trotzdem verschiedene Magie wirken kann. Aber aus irgendeinem Grund kann er sie wohl nicht aufspüren. Er hat den Gegenstand nicht gefunden, obwohl er sogar ganz in der Nähe versteckt war."

Schweigend hörte Alenka Luise zu. Zumindest erklärte dieser Umstand, warum die beiden Geschwister derart perfekt das Element Wasser beherrschten. Alle Magier mit Menschenabstammung waren bekanntlich auf zwei Gebiete spezialisiert, während ihr Talent in allen anderen Bereichen je nach der Höhe ihres Magieanteils eher geringfügig ausgeprägt war.

Insgesamt schockierte Alenka diese Tatsache jedoch. Hätte ihr Volk jemals einen Magier an ihrer Seite akzeptiert, der kein reinblütiger Zauberer war, selbst wenn er all ihre Prüfungen bestanden hätte?

„Er ... hat jetzt verloren", sagte Luise schließlich zögernd und sah Alenka unsicher an.

Doch Alenka wusste selbst nicht, wie sie diese Situation bewerten sollte, daher nickte sie nur wortlos, woraufhin Luise sie allein ließ.

Alenka hatte Milo und Zusi gegenüber eine gewisse Sympathie empfunden, doch unter einem solchen Umstand hätte sie Milo niemals heiraten können, selbst wenn er ihre Competition gewonnen hätte. Es war ihre Pflicht, dafür zu sorgen, dass ihre späteren Kinder einmal reines magisches Blut in sich tragen würden, mit den bestmöglichen Erbanlagen – der Position eines Führers würdig.

Schaudernd legte Alenka sich auf ihrem Bett nieder. Diese Gedanken machten ihr Angst. Allein die Vorstellung eines Mannes machte ihr Angst! Sie war noch nicht bereit, zu heiraten, doch sie hatte keine Wahl. Sie hatte die Entscheidung selbst getroffen und jetzt würde sie die Konsequenzen tragen müssen. Ihr wurde nun auch bewusst, was ihr Vater ihr mit seinen harten Worten hatte verdeutlichen wollen. Ihre persönlichen Interessen waren in ihrer Position ohne jede Bedeutung, denn tatsächlich war das einzige, das zählte, ihrem Volk dem Anschein nach Zufriedenheit zu gewährleisten. Dieses Opfer würde ihre Bürde sein, doch sie würde lernen müssen, damit zu leben.

# 27. Kapitel

Mit schmerzhaft klopfendem Herzen stieg Alenka die Treppen hinauf. Luise hatte sie soeben zu einer äußerst dringlichen Angelegenheit aus ihrem Arbeitszimmer gebeten und sämtliche wartende Magier höflich weggeschickt.

Alenka hörte nun ihre hastigen Schritte hinter sich, als sie ihr eilig die Treppe hinauf folgte, nachdem das Schlosstor hinter der letzten Hexe geschlossen war.

„Tut mir leid, Alenka, aber es ist wirklich wichtig", verkündete Luise ihr atemlos, als sie mit ihr auf einer Höhe war.

„Worum handelt es sich?", fragte Alenka besorgt und musterte Luise von der Seite.

„Das wird sie dir gleich selbst sagen", erwiderte die junge Halbhexe nur, während sie das geräumige Zimmer links des Speisesaals anstrebte.

‚Sie?‘, fragte sich Alenka unbehaglich. Was hatte Afra nur jetzt wieder angestellt?

„Aber zumindest gibt es auch eine gute Nachricht", bemerkte Luise mit gedämpfter Stimme. „Ich war vorhin bei den Kindern. Hätte Milo den Gegenstand gefunden, wäre es schwierig geworden, aber so ist relativ eindeutig, wer weiterkommt."

„Und welche Zauberer werden dies sein?", fragte Alenka, ebenfalls leise, und hoffte, Luise würde ihr nicht den Namen Finn nennen.

„Dagad, Blade und Paul!"

Erleichtert atmete Alenka aus. Dieser Umstand behob noch nicht ihre Sorge in Bezug auf die drohende Hochzeit, dennoch minderte er sie ein wenig.

Wortlos folgte Alenka der jungen Halbhexe in das Zimmer, doch zu ihrer Überraschung wartete nicht Afra darin auf sie, sondern Tiara. Mit leichtem Missfallen realisierte Alenka, dass Tiara, wie auch ihre Schwester, es nicht für notwendig erachtete, Schuhe zu tragen, doch Alenka fühlte sich nicht in der Position, sie dazu aufzufordern.

„Alenka, ich brauche deine Hilfe!", erklärte Tiara, ohne sich die Mühe einer förmlichen Begrüßung zu machen. In ihrer Stimme und auch in ihrem Geist klangen gleichermaßen deutliche Ratlosigkeit und Besorgnis mit.

„Welches Anliegen führt dich zu mir?", fragte Alenka zögernd, denn so, wie sie Tiara in Erinnerung behalten hatte, war diese Hexe durchaus in der Lage, ihre Probleme selbst zu bewältigen.

„Marek ist verschwunden", erwiderte Tiara bemüht sachlich, doch ihre Verzweiflung war für Alenka offensichtlich, auch wenn sie nicht im Geringsten wusste, von wem Tiara überhaupt sprach.

„Kiras Bruder!", fügte die Hexe hinzu, als sie Alenkas mangelndes Wissen bemerkte. „Ich sollte auf ihn aufpassen, solange Kira in Afrika ist."

Alenka nickte zögernd. Tatsächlich wusste sie keinen Rat, mit dem sie Tiara hätte helfen können. Sie war nicht in der Lage, Personen aufzuspüren! Ratlos sah sie zu Luise.

„Afra könnte ihn finden", bemerkte die junge Halbhexe und Alenka missfiel die Tatsache, dass sie nicht selbst auf diese Idee gekommen war.

„Lass sie suchen!", befahl Alenka entschieden und hob ein wenig ihr Kinn an.

Hastig verließ Luise den Raum.

Unsicher musterte Alenka die Heilerin vor ihr, nachdem die Tür wieder geschlossen war. Sie hätte gern etwas Beruhigendes zu Tiara gesagt, doch tatsächlich schien die

Hexe so tief in ihrer Verzweiflung versunken, dass sie kaum in der Lage war, Alenka wirklich bewusst wahrzunehmen.

Schweigend warteten sie. Wie lange würde es wohl dieses Mal dauern, Afra aufzuspüren?

Die Zeit verstrich, während Alenka allmählich ungeduldig wurde. Sie wollte Tiara helfen, doch konnte sie dies nicht ohne ihre Schwester.

Schließlich ertönte ein sanftes Klopfen an der Tür.

Hoffnungsvoll hob Tiara den Kopf, doch Alenka konnte keinen Grund dafür erkennen. Der Geist gehörte zwar zweifellos zu Luise, doch sie war allein – ohne Afra.

Besorgt beobachtete Alenka, wie die junge Halbhexe die Tür öffnete. Wo konnte sich Afra nur aufhalten?

Doch zu Alenkas Überraschung kam Luise doch in Begleitung. Eine Frau mit leuchtend blondem Haar, gehüllt in einen schwarzen Mantel, den sie schützend um sich zog, betrat hinter der Halbhexe den Raum. Alenka kannte sie und wusste auch, dass sie eine reinblütige Hexe war, daher überraschte es sie, ihren Geist nicht einmal im Ansatz wahrnehmen zu können, so wie bei Finn, dem unheimlichen Zauberer aus den Prüfungen ihrer Competition.

„Lexi", sagte Alenka überrascht, doch dann erinnerte sie sich ihrer Haltung. „Was führt dich hierher?", fragte sie daher förmlich, während sie Tiaras Überraschung spürte.

Die Heilerin kannte Lexis Hintergrundgeschichte nicht und hatte sie bisher nur unter Thyras Gefolge gesehen. Alenka zögerte einen Moment. Ihr missfiel der Gedanke, Tiara könnte glauben, sie verbünde sich mit Anhängern von Thyra, doch wollte sie dies nicht vor Lexi klären.

Schnell sammelte Alenka gedanklich die wesentlichen Details über Lexi, die Tiara zum Verständnis benötigen würde, bevor sie ihr die Informationen gedanklich sandte.

„Finn hat…", begann Lexi stockend und Alenka bemerkte, dass sie zitterte. Die blonde Hexe atmete tief durch, offensichtlich um sich zu beruhigen, bevor sie schließlich einen vollständigen Satz bilden konnte. „Finn hat Thyra gefangen!"

Sprachlos sah Alenka Lexi an. Sie war zu überrascht, um etwas sagen zu können, doch Tiara und Luise schien es nicht anders zu ergehen.

Erst als die Türen erneut geöffnet wurden, fand Alenka ihre Sprache wieder. Doch sie war noch zu überrascht, um auf Lexis Verkündung zu reagieren, weswegen sie beschloss, sich erst einmal ihrer eintreffenden Schwester zu widmen. „Einen Moment bitte!", sagte sie daher nur zu Lexi, bevor sie sich an Afra wandte, um sie wenigstens ein Problem lösen zu lassen.

„Afra, Tiara braucht deine Hilfe, um jemanden aufzuspüren. Bist du dazu in der Lage?"

Afra musterte die Versammelten einen Moment stirnrunzelnd. „Hi Lexi!", bemerkte sie knapp, bevor sie Alenkas Frage beantwortete. „Kommt drauf an! Wer ist es?"

„Marek!", erwiderte Tiara, bevor Alenka die Frage beantworten konnte.

Zu Alenkas Überraschung schien ihre Schwester jedoch genau zu wissen, von wem Tiara sprach.

„Kiras kleiner Bruder, richtig?"

Tiara nickte wortlos, doch Afra nahm kaum Notiz von ihr, während sie zu überlegen schien. „Dann gehen wir am besten zu ihm nach Hause", entschied sie schließlich. „Wenn er in der Menschenwelt ist, kann ich ihn von hier aus eh nicht finden. Oder hast du ihn mit hergebracht?"

„Selbstverständlich nicht!", erwiderte Tiara und sah kurz zu Alenka. Ohne Tiaras Gedanken zu kennen, wäre es vermutlich schwer gewesen, diesen Blick zu deuten. So wusste Alenka jedoch, dass die Heilerin an die ursprünglichen Regeln dachte, mit denen der Wald aufgebaut worden war. Nach diesen Gesetzen war Menschen jeglicher Aufenthalt strengstens verboten gewesen.

„Sprecht ihr... von einem Kind?", fragte Lexi zögernd, als Afra bereits an der Tür war.

Tiara musterte die Hexe skeptisch und es war offensichtlich, dass sie ihr nicht trauen konnte.

„Ja", sagte Afra nur, doch aus irgendeinem Grund übertrug sich Tiaras Misstrauen auf Alenka.

„Vielleicht ist er unter den Kindern, die Thyra gefangen hat", bemerkte Lexi und sah dabei leicht verunsichert aus.

„Thyra hat Menschenkinder gefangen?!", wiederholte Tiara skeptisch und auch Alenka fand diese Vorstellung durchaus verwunderlich. Welches Interesse konnte Thyra an Kindern haben, die noch nicht einmal über magische Fähigkeiten verfügten?

„Ja!" Lexi nickte langsam. „Wir vermuten, vielleicht für irgendein grausames Ritual. Aber wir hatten leider nicht die Gelegenheit, sie danach zu fragen", fügte sie mit leicht bissigem Unterton hinzu.

„War sie wirklich so dämlich und ist bei euch aufgetaucht?!", fragte Afra überrascht und als Lexi nickte, lachte sie ungläubig.

„Finn ist ihr gefolgt und hat sie in ihrem eigenen Versteck überwältigen können, wo auch die Kinder waren."

„Worauf warten wir dann noch?!", fragte Afra und etwas Herausforderndes lag in dem Blick, mit dem sie Alenka bedachte.

„Wo befindet sich dieser Ort?", erkundigte sich Alenka

zögerlich.

„Unter dem magischen Berg! Es gibt dort offensichtlich einen Tunnel, den auch reine Magier betreten können."

Alenka nickte wortlos, bevor sie sich an Luise wandte. Vielleicht war es tatsächlich ratsam, diesen Ort zuerst aufzusuchen, denn falls Kiras Bruder unter den von Lexi erwähnten Kindern weilte, war eine weitere Suche unnötig.

„Luise, bitte schicke Marvin und Rick zu diesem Ort! Sie sollen Thyra sicher in Gewahrsam nehmen!"

Luise nickte, doch bevor sie den Raum verlassen konnte, ergriff Lexi zaghaft von neuem das Wort. „Alenka, bitte warte!"

Überrascht musterte Alenka sie, während Luise verharrte und auf einen erneuten Befehl wartete.

„Finn glaubt, dass du ihm misstraust", erklärte Lexi offensichtlich nervös. „Er würde dir gern das Gegenteil beweisen."

Wortlos musterte Alenka die Hexe vor ihr. Sie begriff nicht, worauf Lexi hinaus wollte.

„Es würde ihm viel bedeuten, wenn du persönlich mitkommen würdest und dich selbst davon überzeugst, dass er Thyra gefangen hat."

Alenka zögerte. Diese Bitte erschien ihr eigenartig und einmal mehr spürte sie Tiaras Misstrauen. „Ich halte dies für keine gute Idee!", erwiderte sie daher nur entschieden.

„Du traust mir nicht", stellte Lexi fest und Alenka glaubte, Enttäuschung in ihrem Gesicht ablesen zu können.

„Ich kann deine Gedanken nicht lesen", erwiderte sie wahrheitsgemäß, denn tatsächlich war dieser unerklärliche Umstand der Grund für ihr plötzliches Misstrauen.

„Oh", sagte Lexi nur überrascht, doch dann glitt ein Lächeln über ihr Gesicht. „Es war notwendig, unseren Geist die ganzen letzten Jahre vor Thyra zu verschließen. Finn und ich machen es mittlerweile schon fast aus Gewohnheit. Warte!" Lexi schloss die Augen, während ihr Gesicht einen konzentrierten Ausdruck annahm, bevor die Bilder Alenka erreichten.

Zunächst waren sie verschwommen, doch dann erkannte Alenka deutlich Thyra. Sie lag auf dem Boden auf eine Weise gefesselt, wie Alenka es nie auch nur für möglich gehalten hätte. Es erschien unmöglich, dass sie sich auch nur einen Zentimeter bewegen konnte. Sie hatte die Augen geschlossen und Alenka fragte sich, ob sie womöglich bewusstlos war.

Dann verschwamm das Bild und stattdessen tauchten die verängstigten Gesichter vierer junger Menschen in ihrem Geist auf, bevor Lexi ihre Gedanken wieder hinter einer undurchdringlichen Barriere vor Alenka verbarg.

Alenka bemerkte, dass die blonde Hexe zitterte. Sie schien tatsächlich noch immer unvorstellbare Angst vor Thyra zu verspüren. Alenka zögerte einen Moment. Möglicherweise waren es tatsächlich Tiaras Gedanken, die sie verunsicherten, denn immerhin wusste sie, dass Lexi auf ihrer Seite stand und sie ihr vertrauen konnte. Schließlich war es Magiern in Gedankenbotschaften unmöglich, nicht die Wahrheit weiterzugeben, ohne sich automatisch selbst zu verraten. Diese Bilder entsprachen der Realität.

„Luise, hole Marvin und Rick! Wir treffen uns in der Eingangshalle."

Die junge Halbhexe nickte nur wortlos und verließ den Raum.

„Heißt das, du kommst mit?", fragte Lexi zögernd.

„Ja", erwiderte Alenka schlicht, bevor sie Luise auf den Gang folgte. Doch im Gegensatz zu ihr stieg sie nicht die Treppe nach oben empor, sondern wählte den Weg nach unten. Sie spürte, dass Afra und Tiara ihr folgten, wie auch Lexi, obwohl sie ihren Geist noch immer nicht wahrnehmen konnte.

„Das wird Finn sehr viel bedeuten", bemerkte Lexi leise, sodass nur Alenka sie hören konnte. „Und mir auch! Vielen Dank!"

Alenka nickte wortlos, doch dann fiel ihr ein Umstand auf, dem sie bisher noch keine Beachtung geschenkt hatte, der jedoch möglicherweise die Ursache für ihr Unbehagen darstellen konnte. „Wo hält Finn sich im Moment auf?", fragte sie daher misstrauisch, doch Lexis Antwort diesbezüglich klang durchaus überzeugend.

„Er passt auf, dass Thyra nicht entkommen kann. Scheint eines ihrer unerwarteten Talente zu sein!"

Betroffen wandte Alenka den Blick von Lexi ab. Es war eine eindeutige Anspielung auf ihr eigenes Versagen! Es war ihr nicht gelungen, Thyra dauerhaft festzuhalten, doch dieser Fehler würde ihr nicht noch einmal unterlaufen. Sie konnte sich gut vorstellen, dass Marvin und Rick sich hierfür effektive Methoden würden einfallen lassen.

Erleichtert spürte Alenka drei Personen eine Etage über ihnen, die diesen peinlichen Moment aufhoben. Die Gesichter der beiden Brüder waren gerötet und in Ricks Augen lag ein Funkeln, das Alenka Angst bereitete. Sie eilten die Treppe hinunter, während Rick die eisernen Ketten an seinem Gürtel befestigte, die Marvin ihm wortlos reichte.

„Dann los!", entschied Afra, als die drei bei ihnen angekommen waren, und ging voran auf das Schlosstor zu.

Wortlos folgte Alenka ihr und zu ihrer Überraschung schloss sich ihnen auch Luise an.

# 28. Kapitel

„Wie kannst du dir sicher sein, dass du ihr trauen kannst?", fragte Tiara gedämpft mit abschätzendem Blick auf Lexi, als sie neben Alenka durch den Wald schritt.

Überrascht sah Alenka die Heilerin an. „Afra und ich kennen sie seit 17 Jahren."

„Nur, weil sie euch im Gefängnis besucht hat?!", entgegnete Tiara skeptisch. „Woher willst du wissen, dass sie euch damals nicht belogen hat? Zu dem Zeitpunkt konntest du ihre Gedanken noch nicht lesen."

Diesen Aspekt konnte Alenka nicht leugnen, dennoch glaubte sie nicht, dass dies tatsächlich in Erwägung zu ziehen war. „Warum hätte sie sich diese Mühe machen sollen?" Tiara konnte sich nicht vorstellen, welche Wirkung dieses Gefängnis hatte, selbst auf Magier, die nicht verhaftet waren. Es war unvorstellbar, dass jemand es freiwillig betrat, ohne einen aufrichtigen Grund dafür zu haben.

„Sie ist eine Mörderin, wie auch alle anderen. Du kannst nicht wissen, was sie denkt. Sie könnte uns jetzt direkt in eine Falle führen, dich und Afra töten und dann könnte Thyra die Herrschaft übernehmen."

Zu Alenkas Unbehagen war diese Sorge tatsächlich nicht unberechtigt. „Dafür hatte Thyra 17 Jahre lang Zeit", erwiderte sie mit zittriger Stimme. Es war für sie noch immer ein Rätsel, weswegen Thyra eben dies nicht getan hatte. Sie hatte nicht davor zurückgeschreckt, ihren eigenen Bruder zu töten. Warum sollte sie dann seine Töchter verschonen?

Doch Alenka erinnerte sich, dass Thyra die feste Überzeugung vertreten hatte, sie und Afra wären ihr noch von Nutzen.

„Außerdem ist Lexi keine Mörderin", fügte Alenka entschieden hinzu, als Lexi, die die Führung übernommen hatte, plötzlich stehen blieb und sich suchend umsah.

Sie standen direkt vor dem Berg, an dessen Fuß Alenka sich erst vor kurzem mit Afra aufgehalten hatte. Bei diesem Gedanken erschauderte sie. Wie nah sie Thyra doch gewesen waren, ohne es zu wissen! Diese skrupellose Hexe hätte sie jederzeit erneut gefangen nehmen, foltern oder gar töten können!

Schweigend beobachtete Alenka, wie Lexi einen Vorhang aus Pflanzen beiseiteschob, der sich kaum von seiner Umgebung unterscheiden ließ, und einen dunklen Tunneleingang offenbarte.

„Dort drin hat Thyra gewohnt?!", fragte Afra mit gerümpfter Nase. „Könntest du dir das vorstellen, Alenka? Das gegen dein Schloss?!"

Alenka erachtete es nicht als notwendig, derartigen Fragen eine Antwort zu würdigen.

Zögernd folgte sie Lexi und Rick in den Tunnel, während Marvin dicht hinter ihr eintrat. Nervös sah sie sich in dem dunklen Tunnel um, der von ihrem und Tiaras Kleid erleuchtet wurde. Irgendwo in der Ferne hörte Alenka das Geräusch von Wasser, das sich in die Tiefe ergoss. Dieser Ort erfüllte sie mit Sorge und sie war erleichtert, dass Marvin und Rick sich in ihrer unmittelbaren Nähe aufhielten.

Der Gang reichte im Gegensatz zu Julias Höhlensystem nur wenige Meter ins Berginnere, bevor er in eine dunkle geräumige Höhle mündete, von der mehrere Gänge abzweigten.

„Am besten, ihr wartet kurz hier", empfahl Lexi und betrat einen der Gänge ihnen gegenüber.

Mit aufkommendem Unbehagen sah Alenka ihr hinterher, während sie am ganzen Körper zu zittern begann.

Plötzlich spürte sie zwei starke Hände, die sie grob fassten und im nächsten Moment schmerzhaft gegen die Wand drückten. Bevor sie begreifen konnte, was gerade geschah, hörte sie bereits die überraschten Schreie der anderen.

Ein Atem, versehen mit dem Geruch von Alkohol, schlug ihr ins Gesicht und ließ sie glauben zu ersticken, bevor sie, erfüllt mit Entsetzen, in eine furchteinflößende Grimasse blickte. Der Mann vor ihr hatte seine Lippen zu einem boshaften Grinsen verzogen, sodass Alenka deutlich die langen Eckzähne sehen konnte, die aus seinem Mund ragten.

Panisch versuchte sie, sich aus seinem Griff zu befreien, jedoch mit reichlich wenig Erfolg. Sie hörte das Blut in ihren Ohren rauschen, während ihr Herz vor Angst jeden Augenblick zu zerspringen drohte.

Sie würden alle sterben. Und als wäre das nicht bereits schlimm genug, würde es auch noch Alenkas alleinige Schuld sein. Sie war unfähig, ihre speziellen Kräfte zu gebrauchen, wodurch sie nicht einmal sich selbst retten konnte. Sie hatte ihr aller Todesurteil unterschrieben.

Alenka spürte, wie ihr die Panik die Luft abschnürte und ihre Beine unter ihr nachzugeben drohten.

„Okay, das reicht!", ertönte plötzlich eine männliche Stimme. „Oder ihr seht dabei zu, wie eure Führerin stirbt!"

Alenka fühlte, wie die Gegenwehr der anderen Magier erstarb. Sie wandte den Kopf, um den Sprecher zu sehen und zuckte erschrocken zusammen.

Das Gesicht von einem Kapuzenumhang verborgen, stand Finn vor ihnen.

„Du mieser Verräter!", rief Afra erzürnt, während ohnmächtige Wut durch ihren Geist wallte. „Wo ist Lexi?"

Auf diese Frage erklang ein boshaftes, beinahe unmenschliches Lachen, das Alenka erschaudern ließ. Aus den Schatten hinter Finn trat eine Frau hervor, ebenfalls in einen schwarzen Umhang gehüllt, jedoch unverkennbar durch ihr strahlend blondes Haar.

„Wir haben dir vertraut!", rief Afra aufgebracht und wäre sie nicht von einem weiteren Vampir festgehalten worden, so war sich Alenka sicher, hätte sie Lexi mit bloßen Händen angegriffen.

„Das war wirklich zu amüsant!", erwiderte Lexi mit einem widerlichen Grinsen und trat direkt vor Afra. „Ihr könntet euch uns anschließen. Ich persönlich gehöre lieber zu den Gewinnern."

„Dann mach dich bereit zu verlieren!", entgegnete Afra verächtlich, erfüllt von einem Hass, den Alenka noch nie in dieser Stärke bei einem Magier wahrgenommen hatte. Doch sie konnte Afra durchaus verstehen. Sie hatten Lexi vertraut und sie hatte dieses nur dazu genutzt, um sie an Thyra zu verraten – trotz allem, was die Hexe ihr angetan hatte mit dem Mord an ihrem Bruder.

„Sobald ich die Möglichkeit habe, bring ich dich um!", kündigte Afra an und Alenka hegte keine Zweifel daran, dass sie ihre Worte absolut ernst meinte. Hätte Afra **sie** mit diesem hasserfüllten Blick angesehen, wäre Alenka längst zurückgewichen, doch Lexi lächelte nur auf eine boshafte Weise, die es Alenka unerklärlich machte, wie sie ihr jemals hatten trauen können.

„Den Versuch würde ich wirklich zu gern sehen", bemerkte Lexi, bevor sie sich gleichgültig abwandte. „Bringt sie zu den anderen!", befahl sie und sofort spürte Alenka, wie der Vampir sie auf brutale Weise vorwärts drängte.

Sie spürte, wie Tränen in ihre Augen traten. Tiara hatte recht behalten. Alenka hatte sie allesamt in eine Falle geführt.

Sie konnte das Entsetzen und die Angst der anderen fühlen, dennoch weigerten sie sich, aufzugeben. Sie hatten noch immer Hoffnung und vor allem in Tiara leuchtete ein Kampfgeist auf, der Alenka in jeder anderen Situation Angst bereitet hätte. „Wo ist Thyra?", fragte die Heilerin herausfordernd.

Alenka schätzte ihren Optimismus, dennoch bezweifelte sie, dass Thyra über ihre Vorhaben verhandeln würde.

Doch Finn und Lexi reagierten anders, als von Alenka erwartet. Lexi lachte schallend, doch dann beantwortete sie die Frage mit einem beinahe freundlichen Lächeln, das nicht recht zu ihrer von Bosheit verzerrten Stimme passen wollte. „Keine Sorge, wir stehen zu unserem Wort. Ihr werdet schon bekommen, weswegen ihr hergekommen seid!"

Alenka spürte unwillkürlich, wie sie erschauderte. Sie überlegte, welche Worte Lexi benutzt hatte, um möglicherweise zu erraten, was sie erwarten würde. Doch sie konnte sich nicht daran erinnern.

Lexi hatte ihr versprochen, Thyra auszuliefern und sie hatte Kinder erwähnt. Und ein Ritual! Was plante Thyra nur? Versuchte sie möglicherweise jetzt durchzuführen, wofür auch immer sie Alenka und Afra am Leben gelassen hatte?! Es schien alles keinen rechten Sinn zu ergeben!

Sie wurden von den Vampiren in einen schmalen Gang geführt, der an einer schweren Eisentür endete. Zitternd sah Alenka zu ihrer Schwester, doch Afra schien kaum noch in der Realität zu sein. Sie hatte die Augen konzentriert verengt, während sie unbewegt auf den Vampir starrte, der soeben Anstalten machte, die Tür zu entsperren. Verwundert musterte Alenka ihre Schwester. Was versuchte sie soeben?

Plötzlich ertönte ein Schrei, der Alenka zusammenzucken ließ. Der Vampir brach jäh zusammen und krümmte sich am Boden. Zwei seiner Freunde eilten blitzschnell neben ihn und drehten ihn auf den Rücken. Ein hölzerner Pflock ragte aus seiner Brust, während sich unter ihm eine Blutlache bildete.

Die nächsten Ereignisse geschahen zu schnell, als das Alenka sie gleichzeitig hätte wahrnehmen können.

Tiara nutzte die kurze Unaufmerksamkeit der Vampire, um sie mit Händen und Füßen von sich zu stoßen. Bei dem knackenden Geräusch von brechenden Knochen erschauderte Alenka. Mit Entsetzen beobachtete sie, wie Tiara einem der Vampire das Genick brach und sie fragte sich, wann sie gelernt hatte, sich so schnell und geschickt zu bewegen.

Doch auch Rick und Marvin nutzten den Moment. Rick schlang mehreren Vampiren gleichzeitig eine der Eisenketten um den Körper, woraufhin sie – ihrer Kräfte jäh beraubt – durch einen kräftigen Schlag von ihm benommen zu Boden gingen.

„Das hat keinen Sinn", flüsterte Luise neben ihr und auch Alenka bemerkte, dass weitere Vampire hinzukamen.

Schließlich ertönte ein spitzer, schmerzerfüllter Schrei und voller Entsetzen sah Alenka, wie einer der Vampire seine Zähne in Afras Hals grub. Alenka wollte ihrer Schwester zu Hilfe eilen, doch ihr Körper war wie erstarrt vor Schreck. Sie konnte sich nicht bewegen und war gezwungen, dem Geschehen handlungsunfähig zuzusehen.

„Schluss jetzt!", übertönte Lexis Stimme plötzlich das

Kampfgeschehen. „Sperrt sie ein oder tötet sie! Nur die beiden...", sagte Lexi und deutete auf Alenka und Luise, „...bleiben gefälligst am Leben!"

‚Hört auf!', dachte Alenka verzweifelt und bemerkte dabei selbst kaum, dass sie allen Magiern eine Gedankenbotschaft sandte. Sie wollte nicht, dass jemand starb – nicht solange es irgendwie zu verhindern war.

Überrascht sahen Tiara, Marvin und Rick zu ihr auf. Es war nur ein kurzer Augenblick, doch er genügte den Vampiren, um die Situation wieder unter ihre Kontrolle zu bringen. Einer von ihnen öffnete mit einer schnellen Bewegung die Tür, während die anderen sie brutal in den dahinter liegenden Raum stießen.


„Verdammt!", schimpfte Afra, als die Tür hinter ihnen wieder verschlossen wurde, und schlug mit der Faust gegen das Metall.

„Das wird nichts nützen!", ertönte eine herablassende Stimme hinter ihnen.

Erschrocken wandte sich Alenka um und erblickte Julia. Seit wann unterstützte die Vampirin eine Seite der Magier? Sie hatte sich all die vergangenen 17 Jahre von allen Angelegenheiten ferngehalten, die sie nicht direkt betrafen und sie hatte Thyra vor einem Monat selbst gefoltert. Warum half sie ihr nun?

„Scheint ja 'ne richtige Versammlung hier zu sein. 'Ne nette Einladung hätte mir auch gereicht", bemerkte Afra spöttisch und trat neben Alenka.

Beunruhigt ließ Alenka ihren Blick durch die düstere Höhle wandern. Erst jetzt bemerkte sie, dass sich außer ihnen und Julia noch neun weitere Personen in dem Raum aufhielten.

„Marek!", rief Tiara und Alenka konnte ihre Erleichterung spüren, als sie nach links auf ein blasses, schwarz-haariges Kind zueilte, das Alenka bereits in Lexis Gedankenbotschaft gesehen hatte.

Der Junge kauerte nahe drei weiteren Personen, die wohl allesamt Menschen waren. Unter ihnen war ein Mädchen mit einem grünen Zopf, das nur etwas jünger als Luise zu sein schien. Die anderen beiden – ebenfalls ungefähr in Luises Alter – schienen ein Paar zu sein, deren Aufzug Alenka jedoch zutiefst missbilligte. Sie trugen lederne Outfits, die mit glitzernden Metallspitzen versehen waren und ihnen einen kompromisslosen und einschüchternden Eindruck verliehen. In den Ohren des Mädchens glitzerte eine Vielzahl an Ohrringen, besonders betont durch ihr zurückgestecktes blaugrünes Haar. Doch auch das Erscheinungsbild des Jungen war auffallend – mit seinen unnatürlich roten Haaren.

„Du siehst ja furchtbar aus!", bemerkte Afra plötzlich, bevor sie sich von Alenka entfernte und auf die rechte Seite des Raums ging, wo sich Julia und ihr Gefolge versammelt hatten.

Beunruhigt sah Alenka ihr nach, während sich ihre Schwester vor eine unnatürlich blasse junge Frau kniete. Alenka hegte keinen Zweifel daran, dass sie wohl, wie auch Julia, ein Vampir war. Ihr kam das Gesicht der Frau bekannt vor, doch sie konnte sich nicht entsinnen, wo sie sie schon einmal getroffen hatte.

„Devilia!", rief Tiara voller Entsetzen und im nächsten Moment schien sie jegliches Interesse an Kiras kleinem Bruder verloren zu haben. Die jähe Angst, die in der Heilerin aufwallte, ließ Alenka erschaudern. „Was ist mit ihr?" Besorgt durchquerte sie den Raum und schob Afra zur Seite, um selbst nach ihrer Tochter sehen zu können.

Verwundert trat Alenka ebenfalls zu ihrer Schwester.

Sie erinnerte sich daran, dass Devilia bereits bei ihrer letzten Begegnung kurze Haare getragen hatte, doch dieser Umstand war nicht die Ursache dafür, dass Alenka sie nicht erkannt hatte.

Devilia hatte die Augen halb geschlossen, doch ihr Gesicht sah aus, wie das einer Toten. Der muskulöse Werwolf, dem Alenka ebenfalls bereits begegnet war, hielt sie beschützend in den Armen, doch das wahrlich erschreckende war das Blut, dass Devilias Körper überall bedeckte. Die blonde Frau – Mary, wenn Alenka sich recht an ihren Namen erinnerte – kniete mit scheinbar angehaltenem Atem neben Devilia, während sie die Haut an ihrem rechten Bein immer wieder mühsam aufriss und kleine Holzsplitter herauszog. Marys Gesicht war gräulich verfärbt und sie erweckte den Eindruck, als würde sie sich jeden Moment übergeben, ein Umstand, den Alenka ihr nicht verübeln konnte.

„Was ist mit ihr?", wiederholte Tiara ihre Frage mit bebender Stimme, als keiner Anstalten machte, ihr eine Antwort zu geben.

„Holz!", erwiderte Julia schließlich nur kühl und musterte die Hexe von oben herab. „Es tötet Vampire, wenn es zu lang im Körper ist. Es vergiftet nach und nach unser Blut, auch wenn es nicht direkt das Herz getroffen hat."

Alenka spürte das Entsetzen in Tiara, mit dem sie diese Nachricht aufnahm. „Heißt das, sie stirbt?", fragte sie mit zitternder Stimme, während Tränen in ihre Augen traten.

„Nicht, wenn es verhindert wird", entgegnete Julia kühl und Alenka wusste, dass sie Devilias Leben vollkommen gleichgültig gegenüberstand.

„Was kann ich tun?", fragte Tiara atemlos und sah abwechselnd Julia, den Werwolf und die blonde Frau an.

„Die Holzsplitter müssen alle aus ihrem Bein raus", erwiderte Mary mit erstickter Stimme, bevor sie sich hastig von Devilia abwandte und würgte.

„Du… solltest das nicht machen", sagte ein junger Mann zögernd, der die blonde Frau sanft an den Schultern fasste und versuchte, sie von Devilia wegzuziehen. „Nicht in deinem Zustand!"

„Ich lasse Devilia nicht sterben!", erwiderte sie nur mit bebender Stimme, bevor sie ihre Arbeit zitternd fortsetzte.

Während Tiara ihr dabei half, musterte Alenka den Mann überrascht. Obwohl er nun keine Brille mehr trug, erkannte sie ihn wieder. Doch dies war nicht möglich! Sie hatte dabei zugesehen, wie Julia ihn getötet hatte!

Zweifelnd sah sie sich zu den anderen Magiern um, doch keiner von ihnen war dabei gewesen, um ihr nun ihren abstrakten Gedanken widerlegen zu können. Wortlos sah Alenka den Mann an, doch je länger sie ihn betrachtete, desto sicherer wurde sie sich ihrer Vermutung. Hilflos sah sie zu Julia.

Die Vampirin schien ihren Blick zu spüren, denn betont langsam wandte sie den Kopf in ihre Richtung. Alenka zuckte zusammen und wich einen Schritt zurück. Dieser kalte überhebliche Blick der Vampirin bereitete ihr Angst.

„Du… du hast ihn getötet", sprach Alenka ihre Feststellung leise aus, während sich ihr Herz schmerzhaft verkrampfte. Sie wusste nicht, ob es möglicherweise ein Fehler war, die Vampirin darauf anzusprechen, da sie nicht wusste, wie Julia wohl auf ihre Bemerkung reagieren würde.

Ein herablassendes Lächeln umspielte die Lippen der Vampirin, das Alenka das Gefühl gab, etwas von unerhörter Dummheit gesagt zu haben. „Verwandelt!", bemerkte Julia nur kühl, bevor sie sich wieder von ihr abwandte.

Es dauerte einen Moment, bis Alenka – erfüllt mit Entsetzen – begriffen hatte, was Julia ihr soeben auf ihre gleichgültige Art mitgeteilt hatte. Der Tod war schon schlimm genug, doch danach auch noch zu einem blutsaugenden Monster gemacht zu werden, war so ziemlich das Abartigste, das Alenka sich vorstellen konnte. Schließlich hatte sie selbst miterlebt, wie es Devilia ergangen war.

Doch sie verzichtete auf eine kritische Bemerkung und sah den weiteren Bemühungen von Tiara und der blonden Frau stattdessen nur wortlos zu.

# 29. Kapitel

Erst jähe Geräusche vor der Tür lenkten Alenkas Aufmerksamkeit wieder von Devilia ab. Überrascht und erfüllt mit Sorge wandte sie sich um, als die Tür bereits geöffnet wurde.

Mit einem boshaften Lächeln betrat Lexi den Raum. „Wir halten unsere Versprechen", verkündete sie hämisch und trat zur Seite, um den Mann hinter ihr hinein zu lassen.

Diesmal hatte Finn seine Kapuze abgenommen und mit Entsetzen erkannte Alenka, dass es sich hierbei um den zweiten von ihr totgeglaubten Mann handelte, der ihr bereits vor einem Monat begegnet war.

„Gefällt dir die Auswahl?", fragte er boshaft, als er Thyra in den Raum führte.

Alenka spürte den Hass, der zuvor Afra innegewohnt hatte, nun in sich selbst aufglühen, doch der ihrige galt Thyra. Sie hatte diesen Mann an Julia verraten und nun unterstützte er sie?! Hatte Thyra nicht bereits genug Leben genommen? Musste sie nun noch weiteres Blut vergießen?

Alenka spürte, wie Thyras Geist unter ihrem Hass vor ihr zurückschreckte, bevor sie am Boden zusammenbrach. Alenka konnte ihre Qual spüren und sie wusste, dass sie selbst die Ursache dafür war, doch anstatt vor ihrer Tat zurückzuschrecken, wie beim letzten Mal, verstärkte sie nun die Schmerzen willentlich, die Thyra am ganzen Körper schüttelten.

„Ich dachte, es wäre unmöglich, dass jemand hier drin Magie wirkt?!", stellte Harrold, wie Alenka sich an seinen richtigen Namen erinnerte, fest, während er Thyra abschätzend musterte. „Du hast versagt." Ohne die Hexe weiter zu beachten, ging er an ihr vorbei und trat vor Alenka.

Alenka spürte, wie sie zusammenzuckte und augenblicklich war die Macht, die sie aussandte, unterbrochen.

„Deine Fähigkeiten sind wirklich beeindruckend", bemerkte Harrold und musterte sie interessiert, bevor er an ihr vorbei zu Devilia ging. „Was für ein Jammer!", sagte er und streckte eine Hand nach der Vampirin aus. „So ein hübsches Mädchen!"

„Lass sie in Ruhe!", knurrte der Werwolf und in seiner Stimme lag eine deutliche Warnung, doch Harrold lachte nur.

„Ein Jammer, dass sie dich nicht auch liebt! Hat sie nicht ihre schönen Haare extra für Ron abgeschnitten?"

In dem Blick des Werwolfs konnte Alenka deutlich erkennen, wie sehr ihn diese Worte verletzten.

„Oder etwa nicht?", fügte Harrold lauter hinzu und bevor der Werwolf diesmal reagieren konnte, fasste er Devilia bereits am Hals und hob sie in die Höhe.

Alenka konnte erkennen, wie sie zusammenzuckte und ihre Lider flatterten, während Blut von ihrem nackten Bein auf den Boden tropfte. Devilia verzog das Gesicht. Sie versuchte zu atmen und bemühte sich vergebens, die Hand von ihrem Hals zu entfernen.

„Du hast mich gebissen!", zischte Harrold und ein gefährliches Glitzern lag nun in seinen Augen. „Das tat…" Doch der Rest von seinem Satz ging in einem unterdrückten Schrei unter, als der Werwolf ihn von Devilia wegstieß, sodass er stolperte und zu Boden ging.

„Das wirst du noch bereuen!", rief er zornesfunkelnd, während er sich wieder aufrichtete.

Der Werwolf schenkte ihm jedoch keinerlei Beachtung, sondern zog Devilia nur beschützend an sich.

„Es tut weh", flüsterte die Vampirin leise, während sie sich an den muskulösen Mann klammerte, und selbst ihre Stimme klang furchterregend schwach.

„Wir gehen!", verkündete Harrold wütend und ging auf die Tür zu, während sich nun auch Thyra langsam wieder erhob.

Alenka wollte der Mörderin gerade eine erneute Salve aus Schmerzen senden, als die Hexe etwas tat, dass Alenka derart überraschte, dass es ihr unmöglich war, den notwendigen Hass für diesen Zauber heraufzubeschwören.

Alenka vermutete, dass Thyras Geist womöglich noch immer von den Schmerzen betäubt war, denn sie konnte den Anflug ernsthafter Verzweiflung in ihr erkennen, als sie Harrold zurückhielt. Ihre Stimme war jedoch klar und entschlossen. „Lass sie gehen!", forderte sie Harrold auf und etwas Eindringliches lag in ihrer Stimme. „Du hast es versprochen!"

Diese Worte ließen Alenka stutzen, während sie sich fragte, welche Absichten die skrupellose Mörderin wohl hegte. Doch Lexi lachte nur schallend, während Harrolds Miene vollkommen unbeeindruckt blieb.

„Sie nützen dir nichts. Es wird nicht funktionieren", fügte Thyra hinzu und Alenka konnte ihre Nervosität spüren, aus der sie schloss, dass die Hexe gerade log.

„Du wirkst unglaubwürdig, Thyra", entgegnete Harrold nach einem kurzen Moment des Schweigens, bevor er ihre Hand grob beiseite stieß. „Du hast unsere Vereinbarung nicht eingehalten, also habe ich keinen Grund mehr, deine Nichten zu verschonen."

Alenka glaubte, Entsetzen in Thyras Geist zu spüren, als Harrold sie plötzlich seinerseits fasste und sie ohne Vorwarnung mit dem Hinterkopf hart gegen die Wand schlug.

Alenka zuckte erschrocken zusammen. Sie wusste nicht, was vor ihr geschah, doch sie hatte definitiv kein Mitleid mit Thyra, als sie bewusstlos zusammenbrach.

Ohne ein weiteres Wort verließ Harrold den Raum, gefolgt von Lexi, bevor die Tür wieder verschlossen wurde.

„Was war das denn bitte?", fragte Afra, genauso verwirrt wie Alenka, doch niemand schien darauf eine Antwort zu wissen.

„Er war ebenfalls tot", wandte sich Alenka mit bebender Stimme an Julia, die sie jedoch nur herablassend musterte.

„Hast du ihn auch verwandelt?", fragte Harrolds ehemaliger Partner skeptisch und musterte die Vampirin verständnislos.

„Hätte ich ihn verwandelt, würde er jetzt kein Problem darstellen", entgegnete Julia nur kühl.

„Aber wie ist es dann möglich, dass er noch am Leben ist?", fragte Alenka verständnislos.

Langsam wandte Julia ihr das Gesicht zu. Die Vampirin musterte sie mehrere unerträgliche Augenblicke mit ihrer arroganten abschätzenden Art, bevor sie sich schließlich dazu herabließ, ihr eine Antwort zu geben. „Mir ist bislang nur eine Möglichkeit eingefallen. Hoffen wir für uns alle, dass ich mich irre!" Die Stimme der Vampirin hatte einen unheimlichen Nachklang, der Alenka einen eisigen Schauer über den Rücken rinnen ließ.

Zitternd holte Alenka Luft, bevor sie sich hastig von der Vampirin abwandte. Stattdessen fiel ihr Blick nun auf Thyra, die reglos an der gegenüberliegenden Wand lag.

Alenka wollte sich gerade wieder abwenden, als sie die roten Striemen auf der Haut der Hexe bemerkte. Sie wanden sich kreisförmig um Handgelenke und Hals, als stammten sie von ziemlich schmerzhaften Fesseln. Daraus schloss Alenka, dass Lexis Bilder wohl überraschender Weise die Wahrheit gezeigt hatten, was jedoch bedeutete, dass die Gefahr ausnahmsweise einmal nicht von Thyra ausging. Unter anderen Umständen wäre Alenka womöglich erleichtert darüber gewesen, doch im Moment hatte sie vielmehr das Gefühl, dass Harrold und Lexi eine noch viel größere Bedrohung waren.

„Julia, kannst du ihr helfen?", fragte der Werwolf plötzlich voller Sorge und lenkte Alenka damit von ihren beängstigenden Gedanken ab.

Schnell wandte sie sich zu Devilia um, deren Zustand augenscheinlich keinerlei Besserung zeigte.

„Nein!", warf Mary entschieden ein, bevor Julia der Bitte nachkommen konnte. „Ich krieg das hin!", fügte sie hinzu, während sie einen weiteren Splitter aus der Wunde an Devilias Bein zog.

„Es dauert aber zu lang!", entgegnete der muskulöse Mann an Devilias Seite mit bebender Stimme.

„Julia ist sie doch vollkommen egal!", rief die blonde Frau aufgebracht und obwohl Alenka ihren Worten gedanklich zustimmte, glaubte sie nicht, dass sie eine gute Idee waren.

Die Vampirin musterte Mary jedoch nur überheblich, bevor sie mit eiskalter Stimme das Wort ergriff. „Wenn ich Devilia tot sehen wollte, hätte ich schon längst selbst dafür gesorgt."

„Dich interessiert doch niemand außer dir selbst! Du tötest zum Spaß!" Die Stimme der blonden Frau überschlug sich, während sie Julia anschrie.

„Mary, hör auf!", sagte Harrolds ehemaliger Partner leise und versuchte, Mary von Julia wegzuziehen – für Alenka eine durchaus verständliche Reaktion.

„Du bist ein Monster!", endete die blonde Frau mit ihren Ausführungen, bevor sie sich hastig abwandte und das Gesicht an der Schulter des Mannes verbarg.

„Wie wahr", entgegnete Julia leise, doch überheblicher denn je. Ein gefährliches Lächeln verzog ihr Gesicht, das den Vampir dazu veranlasste, Mary beschützend an sich zu ziehen, die bei diesen Worten regelrecht erstarrte.

Mit geröteten Wangen machte sie sich dann jedoch von ihm los und wandte sich erneut zu Julia um. „Ist das alles, was du dazu sagst?", rief sie aufgebracht. „Du hast Georgio verwandelt. Du…"

„Willst du ihn lieber tot sehen?", unterbrach Julia sie gleichgültig, doch Alenka hatte bei dem Klang ihrer Stimme das Gefühl, dass nun das Leben des Mannes ernsthaft in Gefahr war.

„Ich wollte ihn in einen **Werwolf** verwandeln! Georgio wollte nie ein **Vampir** werden! Wir wollten **menschlich** zusammenleben und nicht… nicht…" Mary brach ab, während ihr erneut Tränen über die Wangen rannen.

Überrascht musterte Alenka die blonde Frau. Laut ihren Worten war sie im Gegensatz zu Alenkas bisheriger Annahme offensichtlich kein Vampir, sondern ein Werwolf. Demzufolge war ihr Standpunkt nun auch verständlich, auch wenn Alenka persönlich keinen großen Unterschied zwischen Vampiren und Werwölfen erkennen konnte. Sie vertrat die Auffassung, dass beide Arten Ungeheuer und skrupellose Mörder waren.

„Julia, bitte hilf ihr jetzt!", unterbrach der Werwolf neben Devilia den Streit der beiden Frauen. Diesmal konnte Alenka deutlich die Verzweiflung in seiner Stimme hören. Ein Blick auf Devilia zeigte ihr, dass dies nicht ohne Grund war.

Sie zitterte am ganzen Körper, während sie leise keuchte. Die Adern an ihren Armen zeichneten sich mittlerweile schwarz auf ihrer weißen Haut ab. Sie schien tatsächlich dem Tod nahe zu sein, doch Julia schien es nicht für nötig zu halten, etwas zu unternehmen. Stattdessen musterte sie die blonde Werwölfin, als warte sie auf eine weitere Reaktion von ihr.

Doch als die Frau nicht erneut versuchte, die Vampirin daran zu hindern, trat Julia schließlich dicht zu Devilia – ein Umstand, der Alenka mit Angst erfüllt hätte und Afra dazu veranlasste, einige Schritte zurückzutreten.

Die Vampirin musterte Devilia einen Moment abschätzend, bevor sie den Ärmel ihres linken Netzhandschuhs beiseiteschob und sich selbst mit ihren Fingernägeln die Haut aufschnitt. Verwundert beobachtete Alenka, wie dunkelrotes Blut aus der kleinen Wunde rann, bevor Julia Devilia unsanft am Kinn fasste und ihr den Kopf in den Nacken drückte.

Erfüllt mit Abscheu sah Alenka, wie die Vampirin Devilia ihr Blut zum Trinken gab. Daher war die Reaktion ihrer ehemaligen Freundin für sie durchaus verständlich, als sie sich plötzlich gegen den Griff wehrte.

„Entweder du trinkst oder du stirbst", teilte Julia ihr gleichgültig mit, woraufhin Devilia ihren Widerstand aufgab und gehorchte.

Obwohl der Anblick dieser Szene Übelkeit in Alenka auslöste, schaffte sie es nicht, die Augen abzuwenden. Sie war nur erleichtert, als Julia ihren Arm schließlich zurückzog und ihre Haut wieder mit dem Handschuh verbarg.

„Danke", sagte der Werwolf leise und zog Devilia sanft an sich, doch nur ein überhebliches Lächeln zeichnete sich auf Julias Gesicht ab.

„Das hat ihr nur ein paar Minuten verschafft. Das Gift muss aus ihrem Körper."

Devilia zuckte zusammen, als Julia sie mit ihren langen Fingernägeln am Hals berührte, wo sich ihre Adern ebenfalls bereits schwarz verfärbt hatten.

„Und wie willst du das machen?", fragte Tiara atemlos, während ihr unaufhörlich Tränen über die Wangen rannen. „Unsere Magie funktioniert hier nicht. Ich kann kein Gegenmittel für sie herstellen."

Doch Julia überhörte die Heilerin glatt. „Das Holz muss aus ihrem Körper. Mary!", befahl sie nur, ohne die Werwölfin anzusehen.

Zitternd löste sich die blonde Frau von ihrem Freund und nahm erneut ihre Position neben Devilia ein.

„Und sie muss ausbluten", fügte Julia etwas leiser hinzu.

„Das würde sie umbringen", gab der Werwolf mit bebender Stimme zu bedenken, obwohl selbst für Alenka ersichtlich war, dass dies vermutlich die einzige Möglichkeit war, um Devilia einen Tod durch Blutvergiftung zu ersparen.

Alenka konnte in Tiaras Geist stummes Einverständnis erkennen, während sie sich widerwillig ein Stück von ihrer Tochter entfernte, um Julia und Mary Platz zum Arbeiten zu schaffen.

„Nicht, wenn sie genügend Blut trinkt!", bemerkte Julia und bevor der Werwolf erneut widersprechen konnte, schnitt die Vampirin Devilia bereits die Halsschlagader auf.

Devilia zuckte zusammen, schien jedoch nicht mehr in der Verfassung zu sein, zu schreien.

Angewidert wandte sich Alenka ab, während Julia Devilia den ganzen Körper aufzuschlitzen schien und ihr abwechselnd ihr eigenes Blut und das des anderen Vampirs verabreichte.

„Wie ist das überhaupt passiert?", fragte Tiara irgendwann verzweifelt, als Alenka in ihrem Geist spürte, dass auch sie den Anblick kaum mehr ertragen konnte.

„Bei ihrer Gefangennahme", gab ein Mann zur Antwort, dem Alenka bislang kaum Beachtung geschenkt hatte.

„Sie haben Granaten mit Holzsplittern benutzt und Devilia wurde von einer getroffen", fügte der Freund der blonden Werwölfin hinzu, der mehrere Schritte von dem Behandlungsort weggetreten war.

Alenka bemerkte, dass er sich nervös über die Lippen leckte, während sein Blick für einen Moment auf Tiaras Hals zu ruhen schien, bevor er hastig wegsah. Dieser Umstand beunruhigte sie, zumal sie durch den Vorfall mit Devilia vor zwei Monaten noch sehr gut wusste, wie unbeherrscht Vampire sein konnten.

„Es ist alles in Ordnung", sagte Mary leise und berührte ihren Freund sanft an der Schulter. „Tut mir leid! Ich wollte nicht, dass du so etwas jemals erlebst."

Verwundert beobachtete Alenka, wie die angespannte Miene des Mannes einem sanften Lächeln wich und er die blonde Frau liebevoll küsste. Alenka spürte ein schmerzhaftes Ziehen in ihrem Herzen, das sie sich selbst kaum erklären konnte. Obwohl sie das Wesen dieser Frau verabscheute, beneidete sie sie. Ihr stand es frei, ihren Lebensgefährten selbst zu wählen. Sie war an keine Traditionen oder Verpflichtungen gebunden.

Erst als eine jähe Bewegung ihre Aufmerksamkeit auf sich lenkte, wurde Alenka bewusst, dass sie die beiden beobachtet hatte.

Julia hatte sich soeben erhoben. Devilia lag blutverschmiert am Boden, doch sie schien am Leben zu sein.

Beunruhigt sah Alenka sich um, ob womöglich jemand

ihren Blick bemerkt hatte, doch alle hatten ihre Aufmerksamkeit auf Devilia gerichtet. Sie atmete erleichtert aus, als sie plötzlich bemerkte, dass außer ihr noch jemand die Werwölfin und ihren Freund musterte – der Mann, der sich bisher recht unauffällig in den dunklen Schatten des Raumes aufgehalten und nur einmal gesprochen hatte.

Langsam hob er den Kopf und sah Alenka nun direkt an. Sein Mund verzog sich zu einem schwachen Lächeln, in dem so viel Traurigkeit lag, dass es beinahe schmerzte.

Zögernd sah Alenka sich um, doch niemand beachtete sie. Daher entschloss sie sich schließlich, den Raum zu durchqueren und zu dem Mann zu treten.

Er hatte pechschwarzes Haar und dunkle Augen von einer unendlichen Tiefe. Alenka konnte seinen Geist nicht spüren, woraus sie schließen konnte, dass er kein Magier war und auch für einen Menschen wirkte er zu ungewöhnlich. Zunächst hatte Alenka ihn für einen Vampir gehalten, doch da sie nun neben ihm stand, glaubte sie, seine Körperwärme zu spüren. Sie konnte sich irren, doch sie kam zu dem Schluss, dass sein Wesen wohl am ehesten dem eines Werwolfs entsprach.

„Sie sieht glücklich aus", bemerkte er, den Blick auf Mary gerichtet und unwillkürlich hatte Alenka das Gefühl, dass sie hier in eine sehr private Angelegenheit eingetreten war.

„Ja, allerdings", erwiderte sie daher nur zögernd, ohne recht zu wissen, was sie nun tun sollte.

„Sie hat mich aus Versehen verwandelt." Der Mann seufzte leise, doch Alenka bemerkte, dass dies die Bestätigung ihrer Vermutung war.

Verunsichert musterte sie den Werwolf und obwohl er ein Wesen war, dass sie in die Kategorie ‚Monster' ordnete, empfand sie aufrichtiges Mitleid für ihn. „Du liebst sie", stellte sie mit gedämpfter Stimme fest.

Ein trauriges Lächeln verzog das Gesicht des Mannes, doch er versuchte nicht, seine Gefühle zu verbergen. „Und jetzt ist sie mit einem Vampir zusammen!" Er schüttelte leicht verächtlich den Kopf, doch Alenka wusste, dass aus ihm die bloße Trauer sprach.

Ohne selbst recht zu wissen, was sie eigentlich tat, legte sie ihm sanft eine Hand auf den Arm. „Du wirst sicher irgendwann die Richtige finden."

„Darauf hoffe ich schon seit 1654." Der Mann seufzte, bevor er sich schließlich von der blonden Frau abwandte. „Ich bin Kris."

„Alenka", erwiderte sie mit einem freundlichen Lächeln und reichte ihm die Hand.

„Hast **du** denn schon den Richtigen gefunden?", fragte er und ergriff sie.

Wortlos schüttelte Alenka den Kopf. „Wir haben Traditionen", stellte sie ausweichend fest, doch Kris schien an ihrem Gesichtsausdruck zu erschließen, dass sie nicht besonders glücklich darüber war.

„Jemand anders schreibt dir vor, wen du zu heiraten hast?!", bemerkte er ungläubig und schüttelte den Kopf. „Findest du das nicht ein wenig altmodisch?"

Alenka musterte den Werwolf überrascht. Auf diese Bemerkung wollte ihr keine rechte Antwort einfallen. „Darüber habe ich bislang noch nicht nachgedacht", erwiderte sie schließlich zögernd.

„Solltest du aber!", riet Kris ihr. „Schließlich ist es dein Leben."

Verwundert sah Alenka ihn an. Er hatte keine Vorstellung von ihrer magischen Gemeinschaft, dennoch waren es seine Worte, die sie erstmals ernsthaft an ihren bisherigen Prinzipien zweifeln ließen.

# 30. Kapitel

Schweigend verbrachten sie die nächsten Stunden, während sie darauf warteten, dass irgendetwas geschah und sie erfuhren, aus welchem Grund sie hier waren.

Irgendwann spürte Alenka schließlich eine schwache Regung auf der gegenüberliegenden Seite des Raums. Thyra schien allmählich das Bewusstsein wiederzuerlangen und obwohl Alenka sie verabscheute, war sie womöglich die Einzige, die im Moment in der Lage war, ihnen Antworten zu geben.

Wortlos berührte Alenka ihre Schwester an der Schulter, bevor sie sich erhob.

Auch die Vampire und Werwölfe schienen mittlerweile auf Thyra aufmerksam geworden zu sein, die sich nun mühsam in eine halb sitzende Position stemmte. Die Hexe wirkte schwach und benommen, sodass Alenka ihrem Geist nichts Aufschlussreiches entnehmen konnte.

„Was soll das Ganze?", brach Afra als Erste die Stille und erhob sich nun ebenfalls.

Thyra blinzelte, während sie zu versuchen schien, etwas in dem dunklen Raum zu erkennen. Zitternd lehnte sie sich mit dem Rücken gegen die kalte Mauer. Es schien einen Moment zu dauern, bis sie die Situation überhaupt einordnen konnte.

„Wofür brauchen die uns?", fragte Afra ungeduldig und trat einige Schritte nach vorn.

„Macht", erwiderte Thyra schließlich nur schlicht. „Sie wollen die ganze Welt beherrschen."

„Na, wenn das alles ist!", spottete Afra und ein freudloses Lächeln verzog ihr Gesicht. „Dann haben wir ja nichts zu befürchten!"

„Wie wollen sie das anstellen?", griff Tiara die Antwort

auf und Alenka bemerkte, dass sie Thyra auffallend konzentriert musterte.

„Sie planen, ihnen ergebene Kreaturen zu erschaffen, die allen anderen Lebewesen überlegen sind. Und sie wollen Alenkas Macht übertragen bekommen", erwiderte Thyra, ohne jemanden anzusehen, während sie ihre Handgelenke massierte. „Sie planen eine Zeremonie. Sie werden fünf Menschen verwandeln. Dafür brauchen sie Werwölfe, Vampire und Magier – sozusagen als Opfer."

„Das heißt, die bringen uns alle um?!", stellte Devilia mit schwacher Stimme fest, doch die Besorgnis in ihrem Unterton war unverkennbar.

„Das sollen die mal versuchen!", bemerkte der Werwolf neben ihr entschlossen und Alenka war sich sicher, dass er alles für Devilia tun würde.

„Fünf?", hakte Afra skeptisch nach und sah sich in dem Raum um, als überprüfe sie, ob sie sich verzählt hatte. „Ich zähle hier nur **vier** Menschen."

„Sie wollten sich eine Halbhexe organisieren. Anders als bei uns ist die Magie von Halbmagiern nicht mit deren Leben verbunden. Ihnen kann die Magie entzogen werden, wodurch sie zu gewöhnlichen Menschen werden."

Alenka spürte, wie Luise sich bei diesen Worten verkrampfte. Diese Nachricht bedeutete zwar, dass sie nicht sterben, mit ihr jedoch etwas wesentlich schlimmeres geschehen würde. Alenka konnte sich kaum entschließen, welches Schicksal wohl wünschenswerter sein könnte.

„Warum wollen sie ausgerechnet Menschen verwandeln?", fragte Afra weiter. „Die haben doch nicht mal irgendwelche Fähigkeiten."

„Gerade deswegen", erwiderte Thyra sachlich. „Magier, Vampire und Werwölfe werden durch ihr Wesen definiert. Wir können darüber hinaus nicht mehr mit weiteren Kräften ausgestattet werden. Wir sind bereits verwandelte Menschen. Einfache Menschen hingegen können noch geformt und mit Fähigkeiten angereichert werden. Sie sind wie ein unbeschriebenes Blatt Papier, das sich noch in jede Richtung entwickeln kann."

„Wie wollen sie an Alenkas Macht gelangen?", erkundigte sich Tiara, die wohl eine der Wenigen war, die im Angesicht ihres Todes nicht die Fassung verloren. „Das ist unmöglich."

Doch Thyra schüttelte den Kopf. „Nicht, wenn Alenka sie ihnen freiwillig überträgt."

„Warum sollte ich Derartiges tun?", fragte Alenka verwundert. Wie kam Thyra auf einen solch absurden Gedanken? Ihre Macht bedeutete Verantwortung – Verantwortung gegenüber ihrem Volk und um diese aufzugeben, würde sie schon einen mehr als überzeugenden Grund benötigen.

Zu ihrer Überraschung hob Thyra diesmal den Blick in ihre Richtung, auch wenn sie sie nicht direkt ansah. „Du hast überhaupt keine Wahl."

„Nein, man hat immer eine Wahl", bemerkte Devilia, bevor Alenka etwas erwidern konnte.

„Sie haben Afra", erklärte Thyra tonlos und Alenka glaubte beinahe, dass selbst sie Harrolds und Lexis Plan nicht befürwortete. „Alenka würde niemals zulassen, dass sie stirbt."

„Was würde ihnen diese Kraft überhaupt nützen?", warf der Freund der blonden Werwölfin zweifelnd ein.

Obwohl Alenka selbst keine Antwort darauf kannte, hatte sie das beängstigende Gefühl, dass es etwas Erschreckendes sein würde.

„Absolute Kontrolle über alle Magier", erwiderte Thyra leise und Alenka fragte sich einen Moment, ob dies womöglich der Grund dafür war, dass sie und Afra noch immer am Leben waren, doch kurz darauf verwarf sie diesen Gedanken bereits wieder. Hätte Thyra sie beide getötet, wäre sie als letzte lebende Nachfahrin ihrer Blutlinie automatisch zur Führerin geworden – mit all diesen Fähigkeiten! Es ergab alles keinen rechten Sinn!

„Blödsinn!", rief Afra aus, doch mehr um sich selbst zu überzeugen, als irgendwen anders, wie Alenka aus ihren Gedanken erschließen konnte. „Alenka kann auch keinen kontrollieren."

„Alois konnte es", stellte Thyra leise fest und Alenka glaubte, ein leichtes Zittern in ihrer Stimme zu hören. Tatsächlich schien sie Angst vor dem bald Geschehenden zu verspüren, auch wenn Alenka in ihrem Geist keinerlei Gefühlsregungen erkennen konnte.

„Selbst wenn Alenka ihnen diese Macht geben würde, sie würden uns trotzdem alle töten, oder?!", bemerkte Afra skeptisch.

„Wahrscheinlich", bestätigte Thyra, doch zu Alenkas Überraschung klang sie nicht sonderlich erfreut darüber.

Afra nickte nachdenklich. „Und wenn wir sie vorher töten?!"

Alenka spürte, wie sie bei Afras Entschlossenheit zum Mord erschauderte, während sich auch alle anderen Blicke auf ihre Schwester richteten. Auch wenn Alenka Harrolds und Lexis Tod ihrem eigenen vorzog, konnte sie eine solch drastische Maßnahme doch auch nicht gutheißen. Es sprach einfach gegen ihre Moral.

„Wärst du dazu bereit?", brach Thyra als Erste die plötzlich eingetretene, gespannte Stille.

„Soll das ein Scherz sein?!", entgegnete Afra kampflustig. „Ich würde nicht eine Sekunde zögern!"

„Gut!", warf Julia kühl ein. Alenka zuckte erschrocken

zusammen, als die Vampirin so unvermittelt das Wort ergriff. „Sie zu töten dürfte nämlich nicht leicht werden. Ich nehme an, du weißt nicht zufällig, wie er seinen Tod überleben konnte?!", fügte sie herablassend an Thyra gewandt hinzu.

Die Hexe verkrampfte sich sichtlich unter dem überheblichen Blick der Vampirin, doch schließlich nickte sie. „Doch. Jaron hat dir vor Jahren die Verwandlungssubstanz entwendet und sie Harrold gegeben. Durch seinen Tod ist er zum Dämon geworden."

Julias Blick ruhte einen spannungsgeladenen Moment auf der Hexe und fast fürchtete Alenka, dass die Vampirin beschließen konnte, Thyra erneut auf barbarische Art zu verhören.

„Was soll das sein?", warf Afra stirnrunzelnd ein, bevor die Situation eskalieren konnte. „Ein Dämon?! Was ist das?" Abwechselnd sah sie zwischen Thyra und Julia hin und her, von denen ihr allerdings niemand eine Antwort gab. „Hey, ich hab' euch was gefragt!"

Julia warf Afra einen knappen Blick zu, in dem ein warnender Ausdruck lag. Bevor sie jedoch etwas erwidern konnte, mischte sich plötzlich der muskulöse Werwolf ein, der Devilia noch immer beschützend im Arm hielt.

„Wie kann das sein?", fragte er scharf und musterte Julia durchdringend. „Du hast gesagt, du hättest den Trank vernichtet!"

„Ich sagte, ich hätte dafür gesorgt, dass er keinen Schaden mehr anrichten kann!", entgegnete die Vampirin kühl, ohne den Mann auch nur anzusehen.

„Dann bist du jetzt also auch noch eine Lügnerin!", zischte Mary und funkelte Julia hasserfüllt an, die jedoch auch sie keines Blickes würdigte. „Gib's wenigstens zu! Du hast ihn nicht vernichtet, weil du seine Macht selbst

269

missbrauchen wolltest! Du bist so krank! Und sieh mich gefälligst an, wenn ich mit dir rede!" Ein ärgerliches Knurren stieg in ihre Kehle, das Alenka automatisch einen Schritt zurückweichen ließ.

Betont langsam wandte sich Julia nun zu dem wütenden Mädchen um. „Nenn' es, wie du willst", sagte sie leise, dennoch war jedes Wort wie ein Eissplitter, der sich unangenehm in Alenkas Haut bohrte und auch Mary zurückschrecken ließ. „Vielleicht habe ich einen Fehler gemacht, aber ich kann es nicht ungeschehen machen. Statt unsere Zeit also mit Vorwürfen zu verschwenden, könntest du dich nützlich machen und vielleicht die ein oder andere Überlegung anstellen, wie wir dieses Problem lösen können."

„Klasse!", bemerkte Afra spöttisch, während sie allmählich ungeduldig angesichts des nicht zielführenden Streits zwischen der Vampirin und den Werwölfen wurde. „Klärt eure Probleme gefälligst zu Hause! Und sagt mir jetzt endlich, was ein verfluchter Dämon ist!"

„Vorsicht!", warnte Julia in drohendem Ton, der Alenka das Blut in den Adern gefrieren ließ.

„Wie ich das sehe, haben wir im Moment alle das gleiche Problem", warf Thyra zögernd ein. „Vielleicht sollten wir wenigstens für ein paar Minuten in Erwägung ziehen, uns nicht alle gegenseitig umzubringen?! Oder wir tun gerade das. Dann gewinnen wenigstens auch Harrold und Lexi nicht."

Julias Blick flackerte unheilvoll zu der Hexe und auch ohne ihre Gedanken zu kennen, war es nicht schwer zu erraten, dass die Vampirin nichts lieber getan hätte, als ihr diesen Wunsch zu erfüllen.

„Dann fang du doch damit an!", schlug Afra kühl vor. „Sag uns endlich, was wir wissen müssen! Was ist ein Dämon und wie kann ich ihn umbringen?"

Thyra zögerte, während ihr Blick nervös in Julias Richtung huschte, bevor sie schließlich knapp nickte. „Ein Dämon ist das, was du vielleicht unter dem Begriff eines schwarzen Magiers kennst. Weißt du, was wir unter dunkler Magie verstehen?"

„Klingt wie was Böses", stellte Afra stirnrunzelnd fest. „Also wahrscheinlich töten, foltern und so ‘n Zeugs. Alles, was du so gemacht hast!"

„Ja und nein. Schwarze Magie ist im Grunde jeder Zauber, der auf die Schädigung eines anderen Lebewesens abzielt. Aber **ich** habe eher versucht, keine davon zu verwenden. Dunkle Magie ist gegen die Natur. Deswegen wird sie sofort bestraft – in Form zeitweiligen Magieentzugs." Thyra schluckte und für einen kurzen Moment tauchte eine Erinnerung, an ihren Kampf gegen Kira in ihrem Geist auf, die auch Alenka sehen konnte.

Thyra hatte damals versucht, die junge Halbhexe mittels eines Todeszaubers zu ermorden. Angesichts dieser Erklärung war es nun kein Wunder mehr, warum die Hexe bei ihrer anschließenden Verhaftung keinerlei Gegenwehr mehr gegen Marvin gezeigt hatte.

„Ein dunkler Magier kann diese Magie im Gegensatz zu uns dauerhaft benutzen", fuhr Thyra leise fort. „Außerdem heißt es, sie wären besessen vom Morden. Sie haben laut den Geschichten kein Herz und ihr einziger Lebensinhalt ist es, anderen zu schaden. Es ist für sie wie ein Zwang. Und als Vorlage für diese Legende hat ein tatsächlicher Dämon gedient – der zuvor einzige seiner Art. Wie alle anderen übermenschlichen Wesen wurde er von dem magischen Stein erschaffen."

„Das sind genug Details", schnitt Julia der Hexe das Wort ab. „Die Geschichtsstunde ist vorbei", fügte sie kühl

271

an Afra gewandt hinzu. „Dämonen töten skrupellos und können fast unmöglich vernichtet werden, weil sie verschiedenste Absicherungen schaffen können. Hat er **dir** je einen Teil seiner Kräfte übertragen?", fragte sie scharf an Thyra gewandt.

„Nein." Die Hexe schüttelte den Kopf, was wahrscheinlich die einzig kluge Antwort angesichts Julias Bereitschaft zum Mord war.

„Bist du dir sicher?", hakte die Vampirin nach und trat direkt vor Thyra, die instinktiv weiter zurück gegen die Wand wich. Bevor die Hexe etwas erwidern konnte, fasste Julia sie bereits grob am Hals und drückte ihr den Kopf in den Nacken, sodass sie ihr ins Gesicht sehen konnte. „Und wage es nicht, zu lügen!"

„Er hat unsere Kräfte gekoppelt, damit ich ihn durch Alenkas Prüfungen führen konnte", hauchte Thyra mit erstickter Stimme. „Aber nur damit er **meine** Magie benutzen konnte. Er wollte, dass ich die Macht spüren konnte, die ich hätte, wenn wir unsere Kräfte dauerhaft verbinden würden. Ich wollte es aber nicht! Und **du** müsstest doch am besten wissen, dass selbst ein Dämon niemanden dazu zwingen kann."

„Warum hättest du dieses Angebot ausschlagen sollen?"

„Ich bin eine Hexe und nicht **so** etwas." Thyras Stimme zitterte, doch klang sie überraschend aufrichtig. „Wir reden hier von einer kompletten Wesensveränderung. Das ist etwas ganz anderes, als irgendein Mord."

„Gut, ich glaube dir", stellte Julia fest, doch fast klang sie enttäuscht, nun keinen Grund zu haben, Thyra töten zu können. „Ich hoffe nur, du irrst dich nicht." Damit ließ sie die Hexe los und wandte sich wieder von ihr ab. „Zu welchen anderen weiblichen Personen hatte er sonst noch längeren Kontakt? Außer zu dir und Lexi?"

„Zu niemandem, von dem ich wüsste."

Julia neigte nachdenklich den Kopf, doch es war unmöglich zu erraten, was ihr diese Information nützte.

„Wozu ist das bitteschön wichtig?", stellte Afra die Frage, die nicht nur Alenka beschäftigte. „Habt ihr keine anderen Probleme? Oder stehst du etwa auf ihn und bist eifersüchtig?!", fügte sie mit einem ungläubigen Kopfschütteln an Julia hinzu.

Die Augen der Vampirin verengten sich auf diese Bemerkung hin, doch bevor sie etwas erwidern konnte, durchbrach Tiara die Anspannung, die schon seit langem kein Wort mehr gesagt hatte.

„Afra hat Recht", stellte sie knapp fest, während sie die steinernen Wände aufmerksam musterte. „Statt zu streiten, sollten wir uns vielleicht lieber überlegen, wie wir hier rauskommen. Wie Thyra schon sagte: Wir haben alle das gleiche Problem! Besiegen können wir sie vielleicht nicht, aber ihnen entkommen, ist etwas gänzlich anderes."

„Ist doch 'n Plan!", stimmte Devilia zu und beugte sich ein Stück nach vorn. Sie schien sich noch nicht vollständig von ihren Verletzungen erholt zu haben, doch die Aussicht auf irgendeine Hoffnung schien ihr neue Kraft zu geben.

„Hier muss es irgendwelche Lücken geben", stellte Tiara fest und erhob sich in einer fließenden Bewegung. „Thyra, du hast das doch alles eingerichtet. Kannst du die Zauber nicht irgendwie wieder aufheben?"

Erwartungsvoll musterte Alenka die ihr verhasste Hexe. Wenn Thyra tatsächlich so mächtig war, einen ganzen Raum zu erschaffen, der ihnen jede Kraft nahm, musste sie doch auch in der Lage sein, ihre eigenen Zauber rückgängig zu machen.

„Nein", antwortete Thyra ernst und Alenka fragte sich, ob sie die Wahrheit sagte oder ihnen nur nicht helfen wollte. Möglicherweise befand sie sich überhaupt nicht in Gefahr, sondern all dies war nur erneut eine Falle – zu welchem Zweck auch immer.

„Die Magie des Berges schwächt unsere Zauberkraft sowieso. Es kostet viel Kraft, hier etwas zu bewirken. Um diesen Raum zu schaffen, in dem überhaupt keine Magie mehr möglich ist, brauchte ich den natürlichen Effekt nur zu verstärken. Das war leicht. Aber den Zauber wieder aufheben..." Thyra schüttelte den Kopf. „Unmöglich! Zumindest von hier aus!"

Alenka spürte die Enttäuschung schmerzhaft in sich aufsteigen. Sie würden alle sterben! Warum war sie auch so töricht gewesen, Lexi zu vertrauen?! Damit hatte sie die Sicherheit ihres gesamten Volkes gefährdet.

„Es muss irgendeinen Weg geben", beharrte Afra, doch auch in ihr konnte Alenka die Ratlosigkeit, die sie alle betraf, verspüren.

„Es gibt keinen", widersprach Thyra und machte damit alle Hoffnungen zunichte. „Alenka ist die Einzige, die ihre Kräfte nutzen kann und ich bezweifle, dass sie irgendeine Lösung hervorzaubern kann." Etwas Spöttisches lag in Thyras Stimme, doch sie schien genauso verzweifelt, wie auch alle anderen.

Alenka erschauderte bei ihren Worten. Sie wusste selbst nicht wirklich, was sie alles konnte und sie fürchtete, dass es nun zu spät war, dies herauszufinden. Sie spürte die Blicke der anderen einen Moment auf sich ruhen und es schmerzte sie, sie enttäuschen zu müssen.

Frustriert ließ Afra sich wieder auf den Boden fallen. Es gab nichts, was sie tun konnten, außer abzuwarten.

# 31. Kapitel

„Das ist was Persönliches, oder?", bemerkte Afra nach einer Weile nachdenklich.

Überrascht musterte Alenka ihre Schwester. Wie kam sie auf diesen Gedanken?

„Ich meine, sie hätten jeden nehmen können. Es gibt so viele Menschen, Magier, Vampire, Werwölfe..."

„Eigentlich nicht!", erwiderte Kris und sorgte damit für allgemeine Überraschung. „Ich glaube, Mary, Jean und ich sind sehr wahrscheinlich die letzten Werwölfe überhaupt. Die anderen wurden die ganzen letzten Jahre von Vampiren getötet. Und Vampire gibt es auch nicht wirklich viele. Tatsächlich scheinen sich die meisten mit denen verbündet zu haben."

Alenka hatte bisher geglaubt, dass es eine ebenso große Vielzahl an Vampiren und Werwölfen gab, wie auch an Hexen und Zauberern.

„Dann eben nicht!", bemerkte Afra und hob gleichgültig die Schultern. „Aber Julia hat ihn getötet."

„Bedauerlicherweise mit wenig Erfolg", erwiderte die Vampirin in ihrer herablassenden Art, während sie ihre Netzhandschuhe gleichgültig zurecht zupfte.

„Und du...", sagte Afra mit schneidender Stimme und wandte sich an Thyra. „Du hast ihn verraten und..."

Doch plötzlich verstummte Afra und auch Alenka hörte die Schritte von der anderen Seite der Tür. Kurz darauf war ein metallisches Klirren zu vernehmen, als ein Schlüssel in das Schloss gesteckt und umgedreht wurde.

Wie erstarrt beobachtete Alenka, erfüllt von Angst, wie die Tür geöffnet wurde.

Mit einem boshaften Lächeln und einem furchteinflößenden Glitzern in den Augen betrat Lexi den Raum, dicht gefolgt von Harrold. „Es kann losgehen!", verkündete sie und musterte die Anwesenden, als überlege sie, wen sie zuerst sterben sehen wollte. „Ich nehme an, Thyra hat euch bereits alles erzählt?!", fragte sie spöttisch und wandte sich zu der Hexe um.

„Lexi, du musst das nicht tun", sagte Thyra leise, doch Lexi lachte nur.

„Natürlich nicht! Aber ich will es! Schon allein um dein Gesicht zu sehen." Dann wurde Lexi jedoch ernst und kniete sich direkt vor Thyra auf den Boden. „Weißt du, du hast deine Chance gehabt", sagte sie beinahe mitleidig mit einem widerlichen Lächeln auf den Lippen. „Ich bin nicht so dumm wie du. Ich bin es leid, dass alle dich wegen deiner Herkunft wie etwas Besonderes behandeln", stellte Lexi verächtlich fest und richtete sich wieder auf, um Thyra von oben herab zu mustern. „Ich freu‘ mich schon darauf, dir beim Sterben zusehen zu dürfen."

„Lexi, tu das nicht! Du weißt nicht...", begann Thyra mit zitternder Stimme und Alenka glaubte, Verzweiflung aus ihren Worten heraus zu hören.

„Was ich tue?!", vollendete Lexi den begonnenen Satz spöttisch. „Ich war mir noch nie so sicher."

Alenka hatte den Eindruck, dass Lexi vollkommen verrückt geworden war. Das war nicht mehr die Hexe, die sie geglaubt hatte zu kennen. Diese Frau war einfach nur abgrundtief böse und möglicherweise sogar noch boshafter als Thyra.

„Was habe ich dir getan?", fragte Thyra und Alenka glaubte, dass sie während des kurzen Gesprächs noch blasser geworden war, als sie es bereits zuvor schon gewesen war.

„Das fragst du?", warf Afra ungläubig ein und Alenka fragte sich, ob ihre Schwester in Betracht zog, Lexis Verhalten zu verteidigen. „Du hast ihren Bruder getötet."

Wortlos schüttelte Thyra den Kopf und Alenka glaubte, Verwirrung in ihrem Gesicht ablesen zu können.

Schallendes Gelächter lenkte sie jedoch von Thyra ab und ließ sie zu Lexi sehen, die nun immer mehr den Eindruck einer Geistesgestörten vermittelte. „Hab' ich gesagt, **Thyra** hat ihn umgebracht?!", fragte sie und etwas von Vergnügen lag in ihrer Stimme. „Mein Fehler! **Ich** hab' ihn getötet. Ich glaube, Thyra kannte ihn nicht mal."

Alenka hörte die Worte, doch ihr Verstand brauchte einen Moment, um sie aufzunehmen. Sie war zu schockiert, um etwas sagen zu können. Wie hatte Lexi so etwas tun können? Und wie konnte sie nun in einem solch sorglosen Ton darüber sprechen?

„Warum?", fragte Afra mit dem gleichen Entsetzen, das auch Alenka verspürte.

„Warum so schockiert, Afra? Thyra hat doch das Gleiche getan, oder?"

Alenka war sich der Tatsache bewusst, die Lexi ansprach, dennoch war diese Nachricht bei ihr etwas anderes. Möglicherweise weil Alenka 17 Jahre lang Zeit gehabt hatte, um die Ermordung ihres Vaters durch Thyra zu begreifen, aber vielleicht auch, weil Lexi in einem derart gleichgültigen Tonfall über ihre Taten sprach.

„Nur im Vergleich zu ihr bereue ich es nicht", fügte Lexi verächtlich hinzu.

Es war eine weitere Information, die Alenka mit Überraschung aufnahm, denn von Reue hatte sie bei Thyra bisher nicht die geringsten Anzeichen wahrgenommen. Zweifelnd musterte sie die Hexe, doch Thyras Miene war vollkommen verschlossen, auch wenn ihr Blick auf den Boden gerichtet war, was jedoch alles bedeuten konnte.

„Er war im Weg!", erklärte Lexi gleichgültig, doch ihre

277

Mimik zeigte deutlich, dass sie sich an Alenkas und Afras schockierten Mienen erfreute. „Er hat unsere Ansichten nicht vertreten. Also hab' ich ihn...“

„Lexi! Dafür haben wir keine Zeit mehr“, unterbrach Harrold sie und schob die Frau unsanft beiseite.

Alenka bemerkte, dass Lexi leicht die Augen verengte und die Unterlippe nach vorn schob, doch sie schien es nicht zu wagen, ihm zu widersprechen.

„Alenka, wie sieht deine Antwort aus?“, fragte Harrold geschäftsmäßig. „Schließt du dich uns an?“

Fassungslos sah Alenka den Mann an. Er konnte doch nicht ernsthaft glauben, dass ihre Antwort darauf positiv ausfallen würde! „Unter keinen Umständen!“, erwiderte sie mit bebender Stimme, voller Angst, welche Auswirkungen ihre Worte wohl haben würden.

„Dann müssen wir dich wohl erst überzeugen.“

„Wen willst du?“, fragte ein Mann, der plötzlich wie aus dem Nichts heraus auftauchte. Und ihm folgten weitere – zweifellos allesamt Vampire.

Ein boshaftes Lächeln umspielte Harrolds Lippen, während er seine Gefangenen musterte. „Ihn“, entschied er schließlich und deutete auf den rothaarigen Menschen.

„Falk!“, rief das Mädchen mit den grünblauen Haaren neben ihm verzweifelt, als die Vampire ihn auf die Füße zogen und zum Ausgang drängten.

„Und natürlich Thyra!“

Alenka beobachtete, wie Thyra zusammenzuckte. Sie schien eben solche Angst zu haben, wie Alenka selbst, doch Alenka hatte kein Mitleid mit ihr, was auch immer sogleich geschehen würde. Hätte Thyra Harrold und Lexi nicht geholfen, wäre sie schließlich auch nicht in dieser Lage. Sie trug selbst die Schuld daran.

„Ihr holt sie extra aus dem Gefängnis, nur um sie dann

zu töten?!", fragte Tiara kopfschüttelnd.

„Sie ist talentiert", erwiderte Harrold knapp, während er Thyra geringschätzig musterte. „Aber jetzt ist sie nicht mehr von Nutzen. Sie ist übrigens auch der Grund, warum **ihr** hier seid", fügte er mit einem Blick auf Afra und Alenka hinzu.

„Ich habe mich an die Abmachung gehalten", sagte Thyra leise. „Also lass sie gehen!"

„Aber nicht doch!" Harrold schüttelte den Kopf mit einem boshaften Lächeln. „Lexi hat jetzt deinen Platz eingenommen."

„Und wenn ich meine Entscheidung ändere?!"

Alenka hörte deutlich, wie Thyras Stimme zitterte. Sie hatte nur eine ungefähre Ahnung davon, dass Harrold wohl plante, Lexi zu seinesgleichen zu machen – ein Umstand, der selbst Thyra abschreckte. Dennoch bot sie nun an, eben dies in Kauf zu nehmen, nur um zu versuchen, Alenkas und Afras Leben zu retten – mit welchem Hintergedanken auch immer.

Alenka bemerkte ebenfalls, wie Lexi zwischen Harrold und Thyra unaufhörlich hin und her sah, als hätte sie Angst, Harrold könne auf Thyras Vorschlag eingehen.

„Zu spät!", erwiderte er jedoch nur und trat dichter an Thyra heran. „Außerdem fällt es mir schwer, dir zu vertrauen. Aber du wirst mitansehen dürfen, wie deine Nichten sterben. Es sei denn natürlich, sie machen nicht den gleichen Fehler wie du und tun stattdessen, was **ich** ihnen sage." Damit wandte er sich den ihm untergebenen Vampiren zu. „Bringt sie raus!", befahl er mit einer abwertenden Geste in Thyras Richtung. „Wir wollen anfangen."

„Du willst sie noch nicht töten?", fragte Lexi und Alenka verspürte Abscheu für diese Frau, als sie die Enttäuschung in ihrer Stimme erkannte.

„Vielleicht brauchen wir sie noch mal", erwiderte Harrold, während er die drei Vampire und Werwölfe musterte. „Aber du darfst Thyra gern foltern, wenn wir hier fertig sind."

Das Lächeln, das auf Lexis Lippen nach diesen Worten trat, drückte aufrichtige Freude aus, als hätte ihr Harrold soeben ein besonderes Geschenk gemacht. Alenka hätte nie gedacht, dass es jemals eine Person geben würde, die sie mehr verachten könnte als Thyra, doch es sah so aus, als hätte sie sich getäuscht, zumindest in diesem Moment.

„Julia, wärst du so freundlich?", fragte Harrold und deutete auf die Tür.

Keiner der Vampire schien es zu wagen, auch nur in Julias Nähe zu kommen und Alenka bemerkte, dass auch Harrold einen gewissen Sicherheitsabstand zu ihr hielt.

Julia musterte ihn nur überheblich, bevor sie mit hoch erhobenem Kopf an ihm vorbei zur Tür schritt. Alenka verachtete Julia für ihr Wesen und all die Morde, die sie begangen hatte, dennoch hätte sie gern ein solches Selbstbewusstsein wie die Vampirin besessen.

„Nein!", rief der Mann neben Devilia laut und Alenka spürte, wie sie erschrocken zusammenzuckte, als der Werwolf sich rasch erhob, zweifellos um Julia zurückzuhalten. Doch bevor er etwas ausrichten konnte, hatten ihn bereits mehrere Vampire an den Armen gefasst und versuchten nun, ihn mit einiger Anstrengung festzuhalten.

„Dir scheint deine Familie wirklich viel zu bedeuten", bemerkte Harrold unbeeindruckt, bevor er sich zum Ausgang umwandte. „Bringt ihn mit!"

„Jean!"

Alenka beobachtete, wie Devilia sich ebenfalls erhob, doch sie hatte keine Chance darauf, mehr auszurichten als der Werwolf.

„Ihr könnt alle gern zusehen", verkündete Harrold, als die Vampire die von ihm ausgewählten Personen hinausgeleitet hatten und er bereits selbst an der Tür stand.

Überrascht sah Alenka ihm nach. Er schien nicht einmal in Erwägung zu ziehen, dass sie versuchen könnten, zu entkommen.

Bevor Alenka sich jedoch entschieden hatte, ertönte plötzlich ein schmerzerfüllter Schrei.

„Jean", flüsterte Devilia erfüllt mit offensichtlichem Entsetzen und war im nächsten Moment zusammen mit den anderen Werwölfen und Vampiren bereits außerhalb des Raums, auf der anderen Seite der Tür.

Die Menschen folgten ihnen, wenn auch zögerlicher. Nur Tiara hielt Marek mit schreckensstarrer Miene zurück. Die Blicke der Magier waren auf Alenka gerichtet, als warteten sie auf ihre Entscheidung.

Erneut ertönte ein Schrei, doch diesmal vermischt mit aufgeregten Rufen.

Alenka war sich nicht sicher, ob sie sehen wollte, was geschah. Sie konnte bereits in Thyras Gedanken die unerträglichen Qualen spüren, die sie beinahe glauben ließen, selbst verrückt zu werden. „Lasst uns nachsehen!", entschied sie schließlich mit bebender Stimme, während sie versuchte ihren Geist vor allen äußeren Einflüssen zu verschließen, doch die lähmende Angst in ihr machte diesen Versuch beinahe unmöglich.

Zitternd ging sie zwischen Marvin und Rick den Weg hinter der Tür zu der Höhle zurück. Eine Vielzahl an Vampiren war damit beschäftigt, dafür zu sorgen, dass keiner ihrer Gefangenen die stattfindende Zeremonie stören oder entkommen konnte.

Mit Entsetzen beobachtete Alenka, was vor ihr geschah. In einem Dreieck waren drei Geräte aufgestellt, an denen Thyra, Julia und der Werwolf gefesselt waren. Es sah aus, als würden unendlich viele kleine Nadeln in ihre Haut gestochen. Für einen Außenstehenden war es kaum möglich zu erkennen, was diese Apparaturen verursachten, außer Schmerzen zuzufügen, doch in Thyras Geist konnte Alenka spüren, dass es sich anfühlte, als würde alles Leben aus ihr herausgesogen werden.

Alle drei Geräte waren mit einem weiteren in der Mitte verbunden, in das ihre Energie übertragen zu werden schien. In diese Maschine eingespannt war der rothaarige Junge, der vor Schmerzen schrie, und zu beiden Seiten von ihm standen Harrold und Lexi, die einander die Hände reichten und hoch konzentriert wirkten. Wenn es ihnen gelang, die beiden abzulenken, so war Alenka sich sicher, würde sich auch diese grausame Konstruktion abschalten, doch angesichts der Vielzahl an Vampiren erschien ihr dies als unmöglich.

Mit Entsetzen musterte Alenka die vier Personen.

Julia hatte die Augen geschlossen, doch sonst waren weder an ihrer Körperhaltung noch an ihrem Gesicht Anzeichen von Schmerz zu erkennen. Diese Selbstbeherrschung der Vampirin war für Alenka kaum vorstellbar, obwohl sie zu wissen glaubte, dass Vampire und Werwölfe in dieser Hinsicht durchaus mehr ertragen konnten, als Menschen oder Magier.

Dem Werwolf jedoch waren seine Empfindungen deutlich anzusehen. Er zwang sich dazu, sich nichts anmerken zu lassen und den Schmerz einfach zu ertragen, doch sein gesamter Körper war bis zum Äußeren angespannt und verkrampft.

Für Thyra schienen die Schmerzen am schlimmsten zu sein. Sie zitterte unkontrolliert, doch sie schien zu schwach zu sein, um zu schreien oder in irgendeiner anderen Weise zu versuchen, dem Schmerz zu entgehen. Anhand ihres immer schwächer werdenden Geistes konnte Alenka darauf schließen, dass sie wohl nicht mehr lang bei Bewusstsein bleiben würde.

Plötzlich schrie der rothaarige Mann auf, lauter als bisher, und bäumte sich auf. Erfüllt mit Entsetzen beobachtete Alenka, wie rote Stacheln aus seinem Rückgrat ausbrachen und seine Kleidung zerrissen. Seine Glieder schwollen an und überzogen sich mit einer roten Panzerung. Die Haare schienen sich in seinen Kopf zurückzuziehen und sein Gesicht verwandelte sich in eine furchteinflößende Grimasse. Die Schreie des Mannes wurden zu einem Kreischen, das bei Alenka Kopfschmerzen verursachte, während Mund und Nase zu einem hervorgewölbten Maul mit messerlangen Zähnen verschmolzen. Schreckensstarr beobachtete sie, wie sich seine Finger- und Zehennägel in die Länge zogen und sich zu mörderischen Krallen verhärteten. Dann verstummte diese Kreatur, die nicht im Geringsten mehr an den jungen Mann erinnerte, und wandte den Kopf.

Für einen Moment sah Alenka diesem Ungeheuer direkt in die Augen, die rot glommen und sie erschaudern ließen. Sie hatte bereits bei Thyra eine solche Augenfarbe gesehen, die zwar erschreckend wirkte, doch diese Augen hatten etwas viel Furchteinflößenderes an sich. Blanke Mordlust spiegelte sich darin wider.

Alenka spürte, wie ihr der Atem stockte und sie zu zittern begann. Dann schlossen sich diese beängstigenden Augen. Die Kreatur brach zusammen und blieb reglos am Boden liegen. Fassungslos starrte Alenka sie an, während sie sich allmählich zurück in die Gestalt des Mannes verwandelte.

# 32. Kapitel

„Also, Alenka", sagte Harrold nach einem kurzen Moment und sah sie mit einem zufriedenen Lächeln an, das Alenka darauf schließen ließ, dass sein Vorhaben geglückt war. „Hast du deine Meinung geändert?"

Wortlos schüttelte sie den Kopf, unfähig zu sprechen.

„Dann werden wir deiner Schwester wohl etwas wehtun müssen. Dafür haben wir nachher noch genügend Zeit."

Alenka verspürte das Grauen, mit dem sie diese Worte erfüllten. Sie würde es nicht ertragen können, ihrer Schwester beim Sterben zuzusehen. Sie musste an die Worte ihres Vaters denken, die sie anfangs derart schockiert hatten. Doch nun verstand sie, was er gemeint hatte. Sie durfte ihre Entscheidungen nicht nach persönlichen Interessen treffen, sondern musste das Wohl ihres gesamten Volkes als oberste Priorität sehen.

Doch womöglich gab es eine Lösung, wie sie wenigstens ansatzweise ihren Verpflichtungen nachgehen und das Leben ihrer Schwester retten konnte. Sie zögerte einen Moment, während Lexi die Fesseln der Gefangenen löste und Harrold sich nachdenklich nach seinen nächsten Opfern umsah.

„Lass alle gehen, dann wirst du erhalten, was du willst", sagte Alenka schließlich mit bebender Stimme. So würde sie Harrold wenigstens davon abhalten, im Moment weitere Personen zu foltern und derartige grauenerregende Ungeheuer zu schaffen.

Harrold musterte sie nachdenklich, bevor er einen kleinen Dolch aus seinem Umhang zog und vor Thyra trat, die in der Zwischenzeit tatsächlich bewusstlos geworden war. Alenka zuckte erschrocken zusammen, als er die

Waffe plötzlich nach vorn stieß. Doch er tötete die Hexe zu ihrer Erleichterung nicht, auch wenn sie Thyra von ganzem Herzen hasste, und durchtrennte stattdessen nur ihre Fesseln. Sie stürzte zu Boden, während Harrold nur langsam seinen Dolch zurücksteckte.

„Und was ist mit ihr?", fragte er leise, jedoch laut genug, dass Alenka ihn deutlich hören konnte, bevor er sich zu Thyra hinab beugte und sie brutal an den Haaren in die Luft zog.

Wortlos sah Alenka von Thyra zu Harrold. Diese Hexe rief in ihr nur negative Gefühle hervor und sie war sich sicher, dass sie den Tod verdiente, dennoch wollte Alenka nicht die Verantwortung dafür tragen. „Ich würde es gutheißen, wenn niemand den Tod finden würde", sagte sie daher mit bebender Stimme, doch Harrold lachte nur höhnisch und Alenka war sich der Tatsache bewusst, dass sie ihm mit ihren Worten soeben ihre größte Schwäche offenbart hatte. Sie zuckte zusammen, als er Thyra unsanft von sich stieß und sie bewusstlos am Boden liegen blieb.

„Es geht weiter!", rief Harrolkd den Vampiren zu und nahm seine vorherige Position wieder ein. „Ich will die Halbhexe!"

Alenka spürte, wie Luise sich innerlich verkrampfte, doch sie ließ sich ohne Widerstand von den Vampiren an eines der Geräte führen. Sie sah Alenka direkt an und die Verzweiflung in ihrem Blick schmerzte Alenka. Sie wünschte, sie hätte irgendetwas tun können, um Luise zu helfen, doch sie wusste nicht, wie ihr dies gelingen sollte.

Unfähig einzuschreiten beobachtete sie, wie die Vampire Kiras kleinen Bruder nach vorn trugen und Tiaras vergebliche Versuche, ihn vor seinem Schicksal zu bewahren.

„Nein, lasst sie in Ruhe!", schrie der Freund der blonden Werwölfin und stürzte Mary in das Dreieck nach, als seine Wachen für einen Moment unaufmerksam gewesen waren.

Die Vampire versuchten, ihren Fehler wieder in Ordnung zu bringen und machten Anstalten, auch ihn an eine der Apparaturen zu fesseln.

„Das könnt ihr nicht machen!", schrie der Mann verzweifelt, während er erbittert gegen die anderen Vampire kämpfte. „Sie ist sch…"

Bevor er jedoch sagen konnte, was die Werwölfin war, brach er plötzlich zusammen und Blut sickerte aus einer Wunde an seinem Magen. Mit Entsetzen beobachtete Alenka, wie Julia gleichgültig ihre blutverschmierte Hand an ihrem Kleid säuberte. Alenka begriff nicht, wie die Vampirin an diese Stelle gelangt war oder warum sie jemanden aus ihrem eigenen Gefolge angriff. Verängstigt wichen die anderen Vampire vor ihr zurück, doch in Harrold schien dieser Vorfall Interesse geweckt zu haben, auch wenn Alenka Julias Handlung vollkommen unklar war.

„Was ist sie?", fragte Harrold und trat vor Julia und den anderen Vampir, doch der Freund der Werwölfin schien das Interesse an einer Antwort verloren zu haben.

„Gut", sagte Harrold schließlich nur und wandte sich mit gespielter Gleichgültigkeit wieder ab. „Dann kann ich sie ja töten."

„Sie ist schwanger!", rief der Mann verzweifelt, während er sich wieder aufrichtete.

Alenka bemerkte, wie sich Harrolds Blick veränderte, mit dem er die blonde Frau nun musterte.

„Das ist natürlich interessant. Dann dürftest du die Glückliche sein, die am Leben bleiben darf. Was für ein Glück, dass mich dein Freund hier damals davon abgehalten hat, dich zu töten."

Alenka war sich nicht sicher, was der Umstand einer Schwangerschaft für Harrold änderte, wenn es ihm gleichgültig war, Kindern derartiges anzutun.

„Es wird später nicht noch mal funktionieren", bemerkte Lexi, während sie ihre Position einnahm und es den Vampiren in der Zwischenzeit gelungen war, den Freund der Werwölfin zu fesseln. „Selbst wenn wir noch mehr Werwölfe haben!"

„Aber wir sollten uns alle Möglichkeiten offenhalten", erwiderte Harrold gedämpft und hielt Lexi seine Hände entgegen.

Verzweifelt beobachtete Alenka, wie dieses schreckliche Ritual erneut begann. Mit Überraschung spürte sie jedoch, dass Luise trotz gleicher Situation wie Thyra kaum Schmerzen zu erleiden hatte. Auch die Halbhexe schien darüber überrascht zu sein. Verwundert wandte sie den Kopf, um die anderen Gefangenen zu sehen, die sich jedoch vor Schmerzen wanden und schrien. Weder der Vampir noch die Werwölfin schienen eine vergleichbare Selbstbeherrschung wie Julia oder der Werwolf vor ihnen zu besitzen.

Trotz der nicht vorhandenen Schmerzen bei Luise spürte Alenka jedoch, wie auch ihr Geist schwächer wurde, während Mareks Verwandlung begann. Mit erneutem Entsetzen beobachtete Alenka, wie sein Hals immer länger wurde und sich sein Kopf deformierte, während ihm gleichzeitig ein Schwanz wuchs. Seine Beine schrumpften, bis sie schließlich dieselbe Länge wie seine Arme hatten und er auf allen vieren stand. Trotz dieser merkwürdigen Erscheinung sah seine umgewandelte Gestalt im Vergleich zu dem vorangegangenen Mann jedoch weniger grauenerregend aus, sondern vielmehr faszinierend.

Dann war die Verwandlung bereits vollendet und dieses merkwürdige Wesen wurde wieder zu dem kleinen Jungen.

Zweifelnd musterte Alenka Luise, während Lexi ihre Fesseln durchtrennte. Ihr schien es gut zu gehen. Sie zeigte keine Anzeichen von Schmerzen oder anderer körperlicher Schwäche, dennoch konnte Alenka ihren Geist nicht mehr spüren, ein Umstand, der ihr Sorge bereitete.

Alenka beobachtete, wie Tiara Marek erleichtert in die Arme schloss, doch sie erkannte auch ihre Sorge. Sie quälte der Gedanke, wie Kira wohl auf das Geschehene reagieren würde oder wie sie es ihr auch nur erklären konnte. Tiaras Gedanken nach war sie für zwei Monate verreist und kehrte nun ausgerechnet heute zurück.

Alenka spürte, wie plötzlich Hoffnung in ihr aufstieg. Möglicherweise konnte Kira ihnen erneut helfen, falls sie sich auf die Suche nach ihrem Bruder begab. Doch selbst wenn sie sie finden sollte, würde sie dann in der Lage sein, etwas gegen diese Vielzahl an Vampiren auszurichten?

„Wollen wir sie gleich nochmal nehmen?", fragte Lexi und zog damit Alenkas Aufmerksamkeit wieder auf sich. Mit prüfendem Blick musterte die blonde Hexe Luise, während sie sie mit einer Hand am Oberarm festhielt. „Sie sieht gesund aus."

Doch Harrold schüttelte zu Alenkas Erleichterung den Kopf. „Lassen wir ihr lieber eine kurze Pause. Ich will sicher gehen."

Lexi nickte wortlos, bevor sie Luise erneut in die Obhut der Vampire übergab.

„Wir nehmen die mit den grünen Haaren", entschied Harrold mit einem boshaften Lächeln. „Petra, richtig?"

Das Mädchen nickte wortlos. Sie zitterte vor Angst und

Tränen rannen über ihre schmutzigen Wangen.

„Und Devilia! Ihr hattet doch bereits miteinander zu tun, nicht wahr?!", fügte Harrold mit einem spöttischen Lächeln hinzu, während er den Hals des Mädchens kurz betrachtete.

„Fasst sie nicht an!", rief der muskulöse Werwolf mit bebender Stimme, doch eine unverkennbare Warnung lag hinter seinen Worten. Er versuchte, sich aus dem Griff der Vampire um ihn herum zu befreien.

Auch Devilia wehrte sich gegen ihre Feinde, die sie zu einer der Apparaturen drängten, doch in ihrer Mehrzahl waren sie ihr hoffnungslos überlegen. Alenka war sich nicht sicher, ob ihr ihre ehemalige Freundin leidtat. Sie nahm es ihr noch immer übel, dass sie beinahe ihre Schwester getötet hätte, auch wenn Julia etwas anderes behauptete.

Plötzlich hörte Alenka Schreie, während mehrere Vampire zu Boden stürzten und ein großes beharrtes Tier auf Devilia zusprang. Bevor es sie jedoch erreichen konnte, hatten die Vampire es bereits wieder eingefangen und Alenka glaubte für einen kurzen Augenblick einen Wolf zu erkennen, doch all dies geschah zu schnell, um wirklich Gewissheit zu gewährleisten.

„Jean!", schrie Devilia, als das knackende Geräusch von Knochen erklang, die brachen, und der Werwolf sich in seiner menschlichen Gestalt an Stelle des Tieres auf dem Boden krümmte.

„Ihr solltet ihn nicht verletzen." Harrold schüttelte geringschätzig den Kopf, doch er schien dem Geschehen vollkommen gleichgültig gegenüber zu stehen. „Bringt mir den Unverletzten!", befahl er und hektisch, als wollten sie ihren Fehler wieder gut machen, zerrten die Vampire Kris nach vorn.

Alenka bemerkte den Blick des Mannes zu der blonden Werwölfin, die zitternd am Boden kauerte und von ihrem Freund in den Armen gehalten wurde, während Julia gleichgültig neben ihnen stand. Ein trauriges Lächeln zeichnete sich auf Kris' Gesicht ab, bevor der Schmerz ihn zu überwältigen schien.

„Rick!", schrie Marvin verzweifelt und lenkte damit Alenkas Aufmerksamkeit auf den **Magier**, für den sich Harrold und Lexi entschieden hatten. Es war das erste Mal, dass Alenka sah, wie Marvin die Fassung verlor oder überhaupt derartig starke Gefühle zeigte.

Doch Ricks Anblick erfüllte sie mit noch viel mehr Entsetzen, der im Gegensatz zu Luise wieder unvorstellbare Schmerzen zu erleiden hatte.

Alenka musste den Blick von ihm abwenden. Sie konnte es nicht ertragen, ihn so zu sehen. Doch seine Schreie schmerzten ihr weiterhin in den Ohren. Am schlimmsten für sie war es jedoch, seine Schmerzen durch seinen Geist nachempfinden zu müssen.

Sie spürte, wie sie zitterte, während Petra bereits zu einem braungrünen Monster geworden war, mit einem Gebilde auf dem Kopf, das schwach an ihre Frisur erinnerte. In gewisser Weise ähnelte sie Marek. Sie besaß ebenfalls einen Schwanz, auch wenn sie noch immer auf zwei Beinen stand und einen deutlich kürzeren Hals hatte. Auch sie wirkte nur wenig furchteinflößend.

Als die Verwandlung beendet war, lösten zwei Vampire hastig die Fesseln des Mädchens, während Lexi und Harrold ihre Positionen beibehielten und die Vampire Luise in stummer Übereinkunft an Petras Stelle zogen.

„Was tut ihr da? Lasst sie frei!", forderte der muskulöse Werwolf, ohne Devilia aus den Augen zu lassen, während sich seine Stimme beinahe überschlug.

„Sie halten den Energiefluss aufrecht", sagte Thyra leise, die sich in der Zwischenzeit, unbemerkt von Alenka, wieder aufgerichtet hatte und nun ganz in ihrer Nähe stand. „Sie werden alle drei dabei sterben. Zweimal ist selbst für Vampire und Werwölfe zu viel."

„Was?" Der Werwolf wandte sich in einer fließenden Bewegung zu Thyra um und für einen Augenblick glaubte Alenka, er würde sie angreifen, doch dann schien er sich eines Besseren zu besinnen.

„Rick!", schrie Marvin mit wachsender Panik, als er die Bedeutung von Thyras Worten verinnerlicht hatte. Verzweifelt versuchte er erneut, gegen die Vampire anzukämpfen, denen er jedoch hoffnungslos unterlegen war.

Mit Entsetzen bemerkte Alenka, dass Rick bereits bewusstlos war, ein Umstand, der sie enorm schockierte, zumal sie es nie für möglich gehalten hätte, bei Rick je irgendeine Form von Schwäche zu sehen.

„Devilia!", rief der Werwolf mit Tränen in den Augen. Alenka bemerkte, wie seine Stimme allmählich verebbte und in Hoffnungslosigkeit überschwang, während auch Devilia und Kris keine Regung mehr zeigten.

Erfüllt von Mitgefühl beobachtete Alenka, wie der Widerstand des Werwolfs erstarb und die Vampire ihren Kampf gegen ihn beinahe erleichtert einstellten. Es musste schrecklich für ihn und Marvin sein, den Personen, die sie offensichtlich am meisten liebten, dabei zusehen zu müssen, wie sie nun starben.

Alenka hörte ein unterdrücktes Schluchzen und als sie den Kopf wandte, sah sie, dass die blonde Werwölfin das Gesicht an der Schulter ihres Freundes verborgen hatte und am ganzen Körper zitterte.

Da Luises Verwandlung bereits einsetzte, wusste Alenka, dass es für Rick, Devilia und Kris zu spät war. Bevor sie jedoch erkennen konnte, was mit ihr geschah, lenkte sie ein Aufschrei ab, der sie dazu veranlasste, den Blick von der Halbhexe abzuwenden.

Zwei Vampire brachen zusammen, während der muskulöse Mann als Wolf in die Zeremonie sprang und Devilia bereits im nächsten Augenblick in Menschengestalt von ihren Fesseln befreite. Bevor jemand ihn aufhalten konnte, hatte er sie bereits hochgehoben und einen Sicherheitsabstand zwischen sie und die Apparatur gebracht, der es den Vampiren unmöglich zu machen schien, Devilia innerhalb der nächsten Minuten wieder daran zu fesseln.

„Schnell!", schrie einer der Vampire verzweifelt. „Die Verwandlung bricht zusammen!"

Tatsächlich schien er recht zu behalten, denn Luise sah nun wieder wie sie selbst aus und auch der Schmerz schien bei ihr nachzulassen.

„Los, nehmt mich!", rief der Vampir, während er bereits begann, sich selbst zu fesseln. „Es wird mich nicht umbringen", fügte er leise hinzu, doch Alenka glaubte, dass er die Worte eher an sich selbst richtete, bevor ihn der Schmerz im nächsten Augenblick bereits überwältigte. Hätten ihn die anderen Vampire nicht gehalten und mit Gewalt gegen die Apparatur gedrückt, wäre er mit Sicherheit zusammengebrochen und hätte den Vorgang damit ein weiteres Mal unterbrochen.

„Fanatischer Mistkerl!", schimpfte Afra halblaut, die neben Marvin stand und ihm etwas hilflos den Arm tätschelte.

Für Alenka war es schrecklich mitanzusehen, wie sich Luises Wirbelsäule zusammenkrümmte, während ihre Haut aufriss und sich Blut auf dem Boden verteilte.

Entsetzt wandte sie den Blick ab und sah stattdessen zudem Werwolf und Devilia, die noch immer bewusstlos war. Sie beobachtete, wie der Mann aufsah, als er sicher zu sein schien, dass Devilia noch am Leben war, und kurz nickte. Ein wenig verwundert folgte Alenka seinem Blick, der auf Julia gerichtet war, die jedoch nicht die geringste Reaktion auf seine Geste zeigte und stattdessen nur ihre blutbefleckten Hände säuberte. Zu ihren Füßen lagen die Vampire, die versucht hatten, den Werwolf von Devilia fernzuhalten, und Alenka glaubte daran zu erkennen, dass es Julia gewesen war, die ihm überhaupt die Möglichkeit verschafft hatte, seine Freundin zu retten.

Plötzlich spürte Alenka einen Windstoß auf ihrer Haut, der sie wieder zu Luise sehen ließ. Noch immer an Händen und Füßen gefesselt hatte sie sich halb in die Luft erhoben. Aus ihren Schultern waren durchscheinende, grünlich schimmernde Flügel gewachsen. Sie erschienen Alenka zart und zerbrechlich, dennoch schienen sie stark genug zu sein, um das Mädchen zu tragen. Überall, wo zuvor Luises Haut aufgerissen war, zogen sich nun schwarze Tattoos über ihren Körper. Die Person vor Alenka hatte noch immer Luises Gesichtszüge. Sie wirkte nicht wie ein Monster, doch was auch immer sie jetzt war, die harmlose Halbhexe war es nicht mehr. Ihr Anblick war befremdend und furchteinflößend, während sie gleichzeitig auf unheimliche Art etwas Wunderschönes an sich hatte. Fasziniert von ihrem Anblick war Alenka nicht in der Lage, den Blick von ihr abzuwenden, bis sie im nächsten Moment zusammenbrach und Harrold und Lexi ihr Ritual unterbrachen.

„Nicht unbedingt das, was wir erwartet haben, oder?", bemerkte Lexi, während die Vampire Rick und Kris zur Seite trugen und dort unsanft ablegten.

„Aber trotzdem absolut tödlich", erwiderte Harrold leise und zog Luise auf die Füße, die nicht recht zu wissen schien, wie ihr soeben geschah. „Du wirst uns gute Dienste erweisen."

Mit Abscheu sah Alenka zu, wie Harrold dem Mädchen beinahe sanft über die Wange strich, doch Luise machte keine Anstalten, sich dagegen zu wehren. Tatsächlich sah sie Harrold nur mit leerem Blick an und nickte beinahe teilnahmslos.

Dieser Zustand von Luise machte Alenka Angst. Zweifelnd sah sie sich nach den anderen Menschen um. Bei genauerer Betrachtung bemerkte sie auch bei ihnen eine gewisse Abwesenheit in ihren Blicken.

„Rick, Rick!"

Noch bevor Alenka sich zu Marvin umdrehte, bemerkte sie bereits an seiner Stimme, dass jede Hoffnung zwecklos war. Verzweifelt schüttelte er Rick an den Schultern, doch in seinem Geist konnte Alenka erkennen, dass er die Wahrheit bereits kannte. Rick war tot! Genauso wie Kris.

## 33. Kapitel

„Würdest du ein Stück zur Seite gehen?", fragte Harrold an Luise gewandt, die wortlos gehorchte, bevor er sich an die Vampire wandte. „Worauf wartet ihr eigentlich? Jetzt kommt der Teil, auf den ich mich am meisten freue", verkündete er, während die Vampire den muskulösen Werwolf bereits fesselten.

Alenka überraschte es, dass er nicht einmal versuchte, sich vor dem Folgenden zu wehren, obwohl er wusste, dass es ihn töten würde.

„Glaubst du wirklich, du hast ihr damit einen Gefallen getan?", fragte Lexi und musterte den Werwolf abfällig. „Wenn du tot bist, wirst du sie nicht mehr beschützen können. Sie wird sterben, wie auch alle anderen."

Alenka sah, wie sich die unbedeckten Muskeln des Mannes anspannten und sie glaubte, ein leises Knurren von ihm zu hören, das jedoch in einem plötzlichen Aufschrei der blonden Werwölfin unterging.

„Nein, Georgio, nicht!" Mary rannen Tränen über die Wangen, während sie versuchte, zu ihrem Freund zu gelangen, der gerade zu einer weiteren der Apparaturen geführt wurde.

Ihr Freund bedachte sie mit einem traurigen Lächeln. Er befand sich in der gleichen Situation wie vor ihm Kris und auch er würde nicht zu der Werwölfin zurückkehren. Alenka sah, wie sich seine Lippen bewegten, doch sie verstand nicht, was er zu seiner Freundin sagte. Die blonde Werwölfin brach als Reaktion auf seine Worte schluchzend am Boden zusammen und umklammerte mit beiden Armen ihren Bauch, während sich der Vampir widerstandslos fesseln ließ.

„Wie heißt du?", fragte Harrold, als die Vampire kurz

darauf das Mädchen mit den blaugrünen Haaren zu ihm brachten.

„Viola", antwortete sie mit zitternder Stimme und Alenka konnte ihre Angst durchaus nachempfinden, nachdem sie das Geschick all der Personen zuvor mit angesehen hatte.

„Du brauchst keine Angst haben", sagte Harrold, während er das Mädchen persönlich fesselte. „Das wird wehtun, aber danach wirst du Kräfte besitzen, mit denen du alles erreichen kannst, was du je wolltest."

Alenka sah, wie Lexi hinter Harrold beinahe abfällig den Kopf schüttelte und den Vampiren bedeutete, einen Magier zu holen.

Noch bevor Alenka jedoch wusste, für wen sich die Vampire entschieden, bewegte sich Tiara plötzlich. Ein Geräusch von brechenden Knochen folgte, als sie zwei von ihnen gleichzeitig zu Boden brachte. Tiara gelang es, noch einem dritten sein Vorhaben zu vereiteln, doch dann hielten die Vampire sie bereits sicher fest.

„Was tut ihr denn da?", fragte Harrold kopfschüttelnd, als die Vampire Tiara gerade vorwärts drängten. „Holt mir Afra!"

„Nein!" Entsetzt trat Alenka in die Richtung ihrer Schwester, doch sie hatte noch nicht einmal einen Schritt getan, als mehrere starke Hände sie bereits mit Gewalt zurückhielten. Voller Entsetzen, unfähig etwas dagegen zu tun, musste Alenka mitansehen, wie ihre Schwester zu Harrold gebracht wurde.

„Das ist nur ein kleiner Vorgeschmack von dem, was wir mit ihr machen werden", bemerkte Lexi schadenfroh und Alenka wusste nicht, ob sie das Folgende würde mitansehen können, ohne nachzugeben.

„Nein, das ist etwas Persönliches!", korrigierte Harrold

sie leise und musterte Afra mit ebensolchem Abscheu, wie sie zuvor Lexi betrachtet hatte. „Du wirst leiden und dann wirst du zusehen, wie ich deine Schwester töte. So wie du ihn getötet hast."

Erfüllt mit Angst beobachtete Alenka, wie ihre Schwester nur spöttisch die Augenbrauen hob. „Den Vampir? Er war ein Mörder. Außerdem braucht ihr Alenka noch. Ihr solltet euch echt langsam mal überlegen, was ihr wollt."

„Keine Sorge, das werden wir." Ein boshaftes Lächeln zeichnete sich auf Harrolds Gesicht ab, während die Vampire Afra zu einer der Apparaturen zerrten.

Alenka wollte ihr gern einen tröstlichen Gedanken senden, doch der Geist ihrer Schwester war vollständig verschlossen. Ihre Miene war angespannt, während sie zu versuchen schien, einen Zauber gegen Harrold zu wirken.

„Das solltest du lassen!", sagte Harrold und ein wütendes Glänzen lag in seinen Augen, als er sich zu Afra umwandte.

Alenka sog entsetzt die Luft ein, als er ihrer Schwester schmerzhaft ins Gesicht schlug. Erschrocken sah sie, wie Afras Kopf mit einem dumpfen Geräusch gegen die Apparatur prallte. Afra blinzelte benommen und Alenka konnte in ihrem Geist erkennen, dass sie nicht mehr allzu klar denken konnte, während Lexi und Harrold bereits ihre Positionen einnahmen.

‚Es tut mir leid!', dachte Alenka verzweifelt, doch sie war sich nicht sicher, ob ihre Schwester die Nachricht noch empfing, als sie bereits vor Schmerz aufschrie und sich wild aufbäumte.

Entsetzt schloss Alenka die Augen. Das konnte sie nicht ertragen. Sie wusste, dass sie selbst diese Schmerzen nicht überstanden hätte, doch sie hätte sie lieber erlitten, als ihrer Schwester derartiges zuzumuten.

Ein spitzer Aufschrei ließ Alenka unwillig zu dem menschlichen Mädchen sehen, dessen Körper sich mit blaugrünen Schuppen überzog.

Doch bevor die Verwandlung vollendet war, sah Alenka plötzlich ein großes Tier, das in Flammen zu stehen schien, von einem Gang auf der gegenüberliegenden Seite auf Harrold zuspringen und ihn zu Boden reißen. Entsetzt schrie er auf, als das Wesen ihm die Zähne in den Hals grub.

Alenka spürte, wie ihr übel wurde, als sich eine Blutlache auf dem Boden bildete und Harrolds abgerissener Kopf zur Seite rollte. Unfähig sich angesichts dieser Schocksituation zu bewegen, beobachtete sie, wie das Tier aufblickte. Verwirrt blinzelte Alenka. Für einen Moment glaubte sie, einen Löwen zu sehen, bevor sich das Tier umwandte und auch Lexi angriff. Alenka realisierte, dass es ihren Kopf nicht auch abriss, sondern es dabei beließ, ihr das Genick zu brechen. Dann richtete sich der Löwe auf die Hinterbeine auf und nahm eine Menschengestalt an.

„Marek!" Mit wehendem rotgoldenem Haar durchquerte Kira den Raum, während sie sich hastig das Blut aus dem Gesicht wischte, und zog den Jungen in eine Umarmung.

„Kira, es tut mir leid", sagte Tiara leise, während sie einige Schritte zurücktrat und Alenka konnte ihr Unbehagen fühlen, mit dem sie ihre Tochter nach deren Auftritt bedachte.

Fassungslos beobachtete Alenka die Szene. Sie konnte nicht begreifen, was sie soeben gesehen hatte. Sie hatte Kira als ein Mädchen in Erinnerung, das nicht in der Lage war, jemanden zu töten und nun tat sie eben dies und dann noch auf eine derartig brutale Weise.

„Wir sollten hier verschwinden!", stellte jemand hinter Alenka fest, dessen Stimme ihr sehr bekannt vorkam und ihr einen Grund gab, den Blick von Kira abzuwenden. „Geht's dir gut?"

„David!" Trotz der Umstände freute sich Alenka, ihn zu sehen und für einen Moment vergaß sie ihren Stand und umarmte ihn. Alenka spürte, wie sie zitterte, doch Davids warme Hand auf ihrem Rücken, mit der er ihr sanft über die Schultern strich, beruhigte sie ein wenig.

„He! Es ist vorbei."

Alenka spürte, wie sie sich verkrampfte. Sie konnte Davids Erleichterung spüren, sie unverletzt zu sehen, doch sie spürte auch eine gewisse Zurückhaltung und Kälte in ihm. Alenka holte tief Luft, bevor sie ihn losließ und zurücktrat. Sie wusste, dass sie die Schuld für seine Anspannung ihr gegenüber trug.

„Verzeih mir!", sagte sie leise und hoffte, dass er dazu in der Lage war. Als er nicht reagierte, wandte sie den Blick schließlich betreten von ihm ab.

Erst als sie sich nun zu den anderen umsah, bemerkte sie, dass die ihnen feindlich gesinnten Vampire die Höhle verlassen hatten, offensichtlich als Reaktion auf Kiras Ankunft.

„Komm mit!"

Sie spürte, wie David ihre Hand ergriff und sie in Richtung Ausgang zog. Alenka zögerte einen Moment, doch als sie sah, dass weitere Wachen anwesend waren und sich um ihre Schwester kümmerten, folgte sie ihm beruhigt. Aus den Augenwinkeln sah sie, wie nun auch die anderen in Richtung Ausgang strebten. Nur Julia verharrte auffallend lang neben Harrolds Leiche und betrachtete sie eingehend. Sie ließ ihren Blick aufmerksam durch den Raum wandern, fast so, als wartete sie auf irgendetwas.

Erleichtert atmete Alenka die frische Luft des Waldes ein, als sie den dunklen Tunnel verlassen hatten. Es war Nacht und Alenka musste in der Dunkelheit darauf achten, nicht zu stürzen.

„Die Sonne geht bald auf", stellte eine kühle Stimme hinter ihr fest, die sie erschaudern ließ. Auch wenn sie wusste, dass von Julia zumindest in diesem Moment keine Gefahr ausging, machte Alenka ihre Erscheinung Angst.

„Sie sind beide tot", teilte die Vampirin ihr knapp mit. „Zur Sicherheit solltest du ihre Leichen allerdings noch eine Weile bewachen lassen. Ich hoffe, ich liege falsch, doch möglicherweise ist es noch nicht vorbei." Damit wandte sie sich ab und schritt mit stolz erhobenem Kopf voran in den Wald.

Wortlos sah Alenka ihr nach. Julias Gefolge schien es den Umständen entsprechend mehrheitlich gut zu gehen. Nur Devilia lag noch immer bewusstlos in den Armen des muskulösen Werwolfs. Für einen Moment spürte Alenka einen Anflug von Besorgnis, denn dieser Anblick erinnerte sie an die Geschehnisse von vor zwei Monaten, als Devilia von Julia verwandelt und zuvor von Thyra getötet worden war.

Alenka zuckte zusammen, als sie daran dachte. Angesichts der Umstände hatte sie Thyra für einen Moment vollkommen vergessen. „Wo ist Thyra?", fragte sie und sah sich zwischen den Magiern und Menschen voller Entsetzen um.

„Eben… war sie noch da", bemerkte Tiara überrascht und sah sich ebenfalls um, doch dann trat der Anflug eines Lächelns auf ihr Gesicht.

Verwundert musterte Alenka sie.

„Tja, Schwesterherz!" Mit fröhlicher Miene klopfte Afra ihr auf die Schulter. „Du dachtest doch nicht ernsthaft, dass sie solange wartet, bis du sie verhaften lässt?!"

Alenka schüttelte den Kopf. „Von dieser Annahme bin ich nicht ausgegangen", erwiderte sie zögernd, doch tatsächlich hatte sie geglaubt, dass irgendjemand in Betracht ziehen würde, Thyra an einer erneuten Flucht zu hindern. Doch da sie auch selbst den gegebenen Umständen nach, andere Sorgen erfüllt hatten, war es nicht möglich, jemandem einen Vorwurf deswegen zu machen.

„Sag ich doch!", erwiderte Afra gleichgültig und zog ihre Hand zurück. „Mir ist heut' nicht mehr nach irgendwelchen Verfolgungsjagden. Ich geh' schlafen."

Wortlos sah Alenka ihrer Schwester nach. Auch sie war müde, doch sie hatte das Gefühl, dass noch einige Angelegenheiten geklärt werden mussten. Sie war überrascht, dass Afra derart wenig Interesse daran zeigte, Thyra zu verhaften. Alenka war sich zwar der Tatsache bewusst, dass sie dieses Mal nicht direkt verantwortlich für die Geschehnisse der Nacht war, doch sie vergaß auch nicht, welche Gefahr die Mörderin dennoch darstellte.

Traurig sah Alenka zu Marvin, der den leblosen Körper seines Bruders zusammen mit Laurentius wegtrug. Sein Tod und der von Kris waren unnötig gewesen. Wäre Alenka nicht so naiv gewesen, hätte sie es womöglich verhindern können. Sie hatte darum gebeten, dass Marvin und Rick sie begleiteten und nun trug sie die Verantwortung für ihr Geschick.

„Was wird mit den Menschen?", fragte Luise leise und mit Erleichterung stellte Alenka fest, dass sie wieder sie selbst zu sein schien, auch wenn sie keinen Einblick mehr in ihre Gedanken nehmen konnte.

Zweifelnd betrachtete Alenka die verwirrten Gesichter der Menschen. Sie hatte das Gefühl, dass es nicht besonders klug war, wenn sie die Geschehnisse in Erinnerung behielten. Es bestand die Gefahr, dass die Identität der Magier dadurch aufgedeckt wurde und angesichts ihrer Gesichtsausdrücke schienen die Umstände auch ihrem psychischen Zustand nicht gutzutun.

„Ist es möglich, ihr Gedächtnis zu verändern?", fragte Alenka verunsichert, doch es war im Moment die einzige Möglichkeit, die ihr einfiel.

„Bestimmt", erwiderte David, während er die Menschen nun seinerseits betrachtete.

„Wir sollten sie erst mal mit ins Schloss nehmen", schlug Luise nachdenklich vor, doch dann nickte sie, wie zur Bestätigung. „Ich werde jemanden finden, der es kann."

Zweifelnd sah Alenka ihr nach. Es irritierte sie, nicht länger Einblick in Luises Gedanken nehmen zu können, doch sie glaubte, in ihrer Stimme Zuversicht zu erkennen.

„Marek wird jedenfalls nicht im Gehirn rumgepfuscht!", sagte jemand hinter ihr entschieden, dessen Stimme Alenka im ersten Moment nicht zuordnen konnte.

Es war überraschend, wie sehr sich Kira doch innerhalb der letzten beiden Monate verändert hatte. Eine gewisse Gefährlichkeit lag nun in ihrem Blick und sie wirkte noch selbstsicherer. Doch möglicherweise empfand Alenka dies auch nur so, da sie zuvor gesehen hatte, wozu Kira fähig war.

„Ich nehm' ihn mit!"

Alenka nickte nur wortlos. Sie hatte kein Interesse daran, sich mit diesem Mädchen anzulegen. Obwohl sie in ihren Geist sehen konnte, erkannte sie nichts Klares, außer Entschlossenheit, die alles andere überdeckte. In diesem Zustand war Kira für sie unberechenbar und Alenka lag noch etwas daran, ihren Kopf zu behalten.

„Irgendjemand muss uns zurückteleportieren!"

„Kommt mit!", sagte David und bedeutete Kira, ihm zu folgen.

Tiara machte Anstalten, sie ebenfalls zu begleiten, doch dann entschied sie sich dagegen. In ihren Gedanken konnte Alenka erkennen, dass sie vor ihrer eigenen Tochter eine gewisse Furcht zu verspüren schien, die Alenka durchaus teilte.

„Wir sollten ebenfalls gehen", entschied Alenka verunsichert, während sie die drei Menschen zweifelnd musterte. „Würdet ihr die Freundlichkeit besitzen, uns zu begleiten?"

Das Mädchen mit den grünen Haaren nickte wortlos, doch die beiden anderen sahen sie nur mit angespannten Mienen an.

Alenka sah kurz zu Tiara, bevor sie schließlich den Kopf hob und die Menschen zu ihrem Schloss führte. Ihr missfiel der Gedanke, noch länger in der Nähe der unterirdischen Höhle zu verweilen, denn schließlich war es möglich, dass die Vampire jederzeit zurückkehrten.

# 34. Kapitel

Nervös strich Alenka über den schwarzen Stoff ihres Kleides. Sie sah nach dieser sehr kurzen Nacht, in der sie kaum mehr als zwei Stunden geschlafen hatte, entsprechend blass und kränklich aus.

Laurentius hatte den drei Menschen noch vor Tagesanbruch die Erinnerungen an die Ereignisse genommen und sie anschließend zusammen mit Kira und ihrem Bruder zurück in die Menschenwelt geleitet.

Alenka sah, wie ihre Schwester sich kurz über das Gesicht wischte. Obwohl sie froh war, dass Afra wenigstens zu diesem Anlass etwas trug, dass ihre Haut mehr bedeckte, als ihre übliche Kleidung, war es für sie schrecklich, ihre Schwester in schwarz zu sehen. Es war zu einer Beerdigung angemessen, dennoch nahm Alenka dieser trostlose Anblick jeden Mut. Sie fühlte sich nicht in der Lage, eine Grabesrede zu halten.

„Wir sollten gehen", sagte sie leise mit einem verunsicherten Blick auf ihre Schwester.

Afra nickte wortlos. Sie war bereits den gesamten Tag schrecklich still. Alenka fühlte ihre Trauer deutlich und sie fragte sich, ob ihre Schwester Rick wohl nahegestanden hatte.

Alenka fürchtete sich davor, Marvin zu begegnen, dessen Gefühle um ein wesentliches intensiver sein mussten. Doch sie täuschte sich.

Während sie ihre Ansprache hielt, stand Marvin beinahe teilnahmslos da und beobachtete nur reglos, wie sein Bruder beerdigt wurde. In seinem Geist fühlte Alenka eine schreckliche Leere, von der sie wusste, dass sie nie wieder vollständig ausgefüllt werden konnte.

Schweigend beobachtete sie, wie Ricks Körper von Erde bedeckt wurde. Ihr fiel auf, dass sie ihn eigentlich kaum gekannt hatte. Er war resolut in seinen Ansichten gewesen und absolut gnadenlos bei deren Durchsetzung, dennoch war Alenka überzeugt davon, dass er ein guter und zuverlässiger Zauberer gewesen war. Er hatte den Tod nicht verdient. Er war noch zu jung dafür gewesen – nur wenige Jahre älter als Alenka selbst. Genauso gut hätte auch Afra an seiner Stelle sein können.

So etwas durfte nicht noch einmal geschehen! Die Sicherheit ihres Volkes musste verstärkt werden und Thyra musste gefunden werden! So schnell wie möglich, bevor noch jemand zu Schaden kam!

Schweigend wandte sich Alenka von Ricks Grab ab. Sanft spürte sie eine Hand, die sich auf ihre Schulter legte.

Mit einem schwachen Lächeln sah Alenka zu David auf. Sie war froh, dass er nun bei ihr bleiben würde. Sie brauchte ihn. Diese eine Gefahr war nun vorüber. Lexi und Harrold waren tot, doch sie hatte dadurch gesehen, wie verletzlich ihre Herrschaft war. Jederzeit konnte sich jemand gegen sie erheben und alle Magier vernichten. Sie war nicht bereit, dasselbe Schicksal wie ihr Vater zu teilen. Für einen solchen Fall musste sie bereit sein und dafür würde sie Davids Unterstützung brauchen. Sie musste lernen, wie ihre Fähigkeiten funktionierten und wie sie sie einsetzen konnte. Schließlich hatte sie die Verantwortung über ein gesamtes Volk und sie würde alles in ihrer Macht Stehende tun, um dieser gerecht zu werden.

# Ein großes DANKE...

...an alle, die dieses Buch und womöglich auch seine beiden Vorgänger gelesen haben. Ich hoffe, euch auch als künftige Leser der nachfolgenden Teile gewonnen zu haben. Für aktuelle Infos rund um die „Magische Welten"-Reihe findet ihr mich auf Instagram (marilyn_mjs) und Facebook (Marilyn Schröder). Alle Nachfragen und Anmerkungen sind jederzeit herzlich willkommen und ich werde mich auch bemühen, diese zu beantworten.

Ein besonderes Dankeschön richtet sich an meine Cousine Liana, die diesmal nicht nur motivierende und inspirierende Beiträge eingebracht hat, sondern auch als erste, kritische Probeleserin fungiert und das tolle Coverbild gestaltet hat. Ich weiß wirklich nicht, was ich ohne dich gemacht hätte. Du bist einfach die Beste!

Ein weiterer Dank geht auch an meine Mutti, die mir stets den Rücken frei hält und mich unterstützt.

Vielen Dank auch wieder an das Team von BoD, ohne das die Veröffentlichung meiner Geschichten noch immer in den Sternen stehen würde.

Danke an alle, die diese Worte lesen und damit indirekt dazu beitragen, dass die Geschichte rund um Kira, Devilia, Alenka & Co. weitergeht. Danke euch allen!

# Magische Welten
## Auge um Auge

## 1. Kapitel

Leise klopften die feinen Regentropfen gegen das Zugfenster. In kleinen Rinnsalen flossen sie an der Scheibe hinab und hinterließen ein trauriges Muster. Die Wolken zogen immer dichter auf, fast als wolle auch der Himmel die Geschicke des vergangenen Tages betrauern.

Doch Jenny konnte nicht weinen, selbst wenn sie es gewollt hätte. Der Schock saß ihr noch immer eiskalt und lähmend in den Gliedern. Sie konnte das alles nicht wirklich begreifen.

Sie fühlte sich wie die Landschaft draußen, an der der Zug vorbeiratterte – ausgezehrt und kraftlos.

Erschöpft lehnte Jenny ihre Stirn gegen das kühle Fensterglas. Sie konnte die Augen kaum offen halten, doch sobald sie sie schloss, tauchten die Bilder in ihrem Kopf auf. Das prasselnde, rot leuchtende Feuer, das aus den Fenstern des Gebäudes zuckte, während der Rauch dunkel und unheilvoll in den Himmel stieg. Die verängstigten, teilweise rußverschmierten Gesichter der anderen. Und am allerschlimmsten: die vielen Verletzten, die unter dem Jaulen des Martinhorns schnellstmöglich ins Krankenhaus gebracht worden waren.

Mit den Bildern kamen auch die anderen Empfindungen wieder in Jenny auf. Die panische Angst und das von

Grauen erfüllte Entsetzen.

Sie schlug die Augen auf und drängte die Gedanken an das Geschehene entschieden zurück. Sie hatte bereits die ganze vergangene Nacht wach gelegen und darüber nachgegrübelt, ohne dass es allerdings irgendetwas geändert hätte. Und es würde sich auch nichts ändern, zumindest nicht, solange sie die Zeit nicht zurückdrehen und alles ungeschehen machen konnte.